btb
Aus Freude am Lesen

btb

Buch

Joseph Türk ist Kripobeamter in München – oder besser gesagt: war Kripobeamter in München. Ein leidiges Disziplinarverfahren und ein missgünstiger Kollege haben dafür gesorgt, dass Türk inzwischen wieder Streife fährt im kleinen 29er-Revier im Münchner Osten. Seine Wortkargheit und sein Gerechtigkeitsempfinden sind geblieben. So kann er es auch nicht lassen, da genauer hinzuschauen und zu ermitteln, wo ihm sein Dienstgrad genau das eigentlich verbietet. Im Gegensatz zu seinem Ex-Kollegen und mittlerweile Kripo-Hauptkommissar Schranz glaubt er nämlich nicht, dass der Mord an einem Zirkusartisten auf dessen verschwundenen Partner zurückgeht. Doch die Recherchen, die er notgedrungen auf eigene Faust anstellt, sind heikel und führen auch ihn zunächst in die Irre.

Autor

Robert Hültner wurde 1950 in Inzell geboren. Er lebt als freier Autor in München und in einem Bergdorf in den südfranzösischen Cevennen. Bevor er sich dem Schreiben zuwandte, war er Schriftsetzer, dann Regieassistent und zog mit einem Wanderkino durch die Dörfer. Hültner ist vielfacher Deutscher Krimipreisträger und Glauser-Preisträger.

Robert Hültner bei btb

Inspektor Kajetan und die Sache Koslowski. Roman (72144)
Walching. Roman (72141)
Die Godin. Roman (72145)

Der Hüter der köstlichen Dinge. Roman (75042)
Inspektor Kajetan und die Betrüger. Roman (75119)

Robert Hültner

Das schlafende Grab

Türks erster Fall

btb

Umwelthinweis:
Alle bedruckten Materialien dieses Taschenbuches
sind chlorfrei und umweltschonend.

Der btb-Verlag ist ein Unternehmen der Verlagsgruppe
Random House.

1. Auflage
Originalausgabe März 2004

Umschlaggestaltung: Design Team München
Umschlagfoto: Wolf Huber
Satz: Uhl + Massopust, Aalen
RK . Herstellung: Augustin Wiesbeck
Made in Germany
ISBN 3-442-73169-0
www.btb-verlag.de

KAPITEL 1

Es war wieder soweit.

Als Türk aus den Augenwinkeln mitbekam, wie Kollege Baier mit Nachdruck den Gang einlegte, ungewohnt bedächtig beschleunigte und – ganz der Musterpolizist aus einem Werbefilm für arglose Schulabgänger – betont aufmerksam die wenigen Passanten musterte, die sich auf dem von der Gluthitze der letzten Tage wellig gewordenen Gehweg in Richtung des Truderinger Einkaufszentrums schleppten, als wäre es ihm möglich, unter ihnen jene herauszupicken, die einen Überfall planten, da wusste er, was kommen würde. Und er lag auch diesmal nicht daneben.

In beiläufigem Ton sagte Baier: »Nicht, dass mich deine Geschichten interessieren.« Ein Seitenblick streifte seinen Beifahrer. »Aber von einem neuen Kollegen will man halt doch das eine oder andere wissen. Verständlich, oder?«

»Hm«, machte Türk.

»Oder nicht? Bist eigentlich Kripohauptmeister, stimmt's?«

»Das weißt du?«

Wer es wollte, hätte dem Ton dieser Bemerkung entnehmen können, dass Türk auch dieses Mal nicht in der Laune war, sich über die Gründe für seine Degradierung auszulassen. Polizeimeister Alfred Baier jedoch war keiner, der die Flinte so schnell ins Korn warf.

»Hör mal, Türk.« Er rang sich ein komplizenhaftes Grinsen ab. »Ich bin nicht neugieriger als andere. Aber wenn der

Datenschutz schon draußen in der Welt ein Witz ist, dann ist er es bei der Polizei gleich dreimal.«

»Kann sein«, räumte Türk ein.

»Kann nicht sein, ist so«, korrigierte Baier ungehalten.

»Hast ja Recht, Ali.«

Baier brummte etwas Unverständliches. Wieder vergingen einige Minuten, in denen Türk demonstrativ den Straßenrand fixierte. Das Trottoir war breiter geworden. Die Zeile niedriger, gleichförmiger Wohnhäuser hatte sich in eine Reihe von Geschäftsgebäuden verwandelt, die von unbebauten Parzellen unterbrochen wurde, von drahtigem Gestrüpp überwuchert und von den Anrainern als Mülldeponie missbraucht.

Baier feilte währenddessen an einer neuen Strategie, wie er seinen Kollegen zum Sprechen bringen könnte. In der 29er-Inspektion brodelte die Gerüchteküche seit Wochen, was die Gründe für die Degradierung des neuen Kollegen betraf. Keinem, der bereits einmal mit Türk die Schicht geteilt hatte, war es bisher gelungen, von ihm Genaueres über die Hintergründe seiner Strafversetzung zu erfahren, und noch verblüffter registrierte man, dass der Neue unter seinem Rauswurf bei der Kripo gar nicht zu leiden schien.

»Erst bei der Kripo und jetzt Streife.« Baier versuchte, seine Worte mit einem Ton solidarischer Empörtheit zu unterlegen. »Wegen der winzigsten Sache wird heutzutag schon ein Aufstand gemacht. Dabei kann doch jedem mal ein Fehler passieren.«

»Kann sein.«

»Und immer geht's bloß gegen die, die jeden Tag ihre Knochen hinhalten müssen. Wenn sich von denen da oben mal einer einen Pfusch leistet, dann gibt's hunderttausend Erklärungen und Entschuldigungen.«

»Werden wir zwei nicht ändern, Ali.«

Baier nickte grimmig.

»Bist gar nicht sauer deswegen? Ich wär's. Und wie.«

»Sauer wegen was?«

»Wegen was!«, fuhr Baier ärgerlich auf, um sofort wieder den Verständnisvollen zu mimen. »Dass du nicht mehr bei der Kripo bist und jetzt als Polizeiobermeister ein paar Hunderter weniger in der Tasche hast.«

»Es ist halt, wie's ist, Ali.«

»Aber unter Karriere versteht man was anderes«, bohrte Baier weiter. »Musst doch zugeben.«

»Kann sein.«

Die Verkehrsampel schaltete auf gelb. Mit einem ärgerlichen Grunzen registrierte Baier einen schmutzstarrenden Opel, dessen Fahrer aufs Gas gestiegen war und mit hörbar klingelnden Ventilen vorbeibrauste. Er fingerte eine Pepsi aus dem Seitenfach und nahm einen Schluck.

»Kannst mir wirklich glauben, dass es mir egal ist, wieso sie dich herabgesetzt haben.« Er wischte sich mit dem Handrücken über den Mund. »Und es gibt auch keinen in der Inspektion, der was an dir auszusetzen hätt. Kannst mir echt glauben.«

»Tu ich, Ali.«

Baier drückte das Gas wieder durch.

»Sag, hast mal einen zu hart angepackt? Ist dir mal die Hand ausgerutscht? Oder so was?«

»Nein.«

Joseph Türk ließ die Seitenscheibe weiter herunter, streckte den Arm ins Freie und lenkte einen Schwall heißer Luft ins Wageninnere. Baier, mit dem er zum ersten Mal Streife fuhr, war hartnäckiger als die anderen Kollegen der B-Schicht der 29er-Inspektion im Münchner Osten.

»Und es macht dir wirklich nichts aus?«

Blöde Frage. Natürlich war es nur die halbe Wahrheit, wenn sich Türk als der Gelassene gab. Natürlich arbeitete es noch in ihm. Weniger, weil er nicht zu den Gründen stand, deretwegen er degradiert worden war. So sehr er sich auch den Kopf zerbrach – er hätte sich nicht anders verhalten können, und er hätte es auch nicht gewollt. Aber er musste sich eingestehen, für einige Sekunden nicht vorsichtig genug gewesen zu sein und es einem – wie sich herausstellen sollte – missgünstigen Kollegen zu leicht gemacht zu haben, ihm ein Disziplinarverfahren anzuhängen.

All das hatte ihn ein wenig aus dem Gleichgewicht gebracht. Evi, mit der sich alles so gut angelassen hatte, hatte es ihm auf den Kopf zugesagt. Er aber hatte es sich nicht eingestehen wollen, dass sein Selbstbewusstsein einen Dämpfer abbekommen hatte. Womit auch sein Vertrauen geschwunden war, dass sie, die erfolgreiche und – wie er fand – verflucht gutaussehende Kommissarin, sich mit einem zum Schutzpolizisten degradierten Versager abgeben würde. Ein giftiges Wort hatte das andere gegeben, die Liebe erfror, und derzeit herrschte Funkstille.

Dagegen fehlte ihm die aufreibende Arbeit bei der Kripo weniger, als er erwartet hatte. Zwar fühlte er sich mit seinen Fünfunddreißig wie ein Fossil unter seinen meist jugendlichen Kollegen, aber es ging gelassener zu in der 29er, weniger verbissen, die unmittelbaren Vorgesetzten waren nicht von Ehrgeiz und Eitelkeit getrieben. Und er hatte erstaunt festgestellt, dass er es zu genießen begann, wieder näher am Alltag der Leute zu sein. Aber sein Misstrauen war geblieben. Besonders gegenüber seinem Kollegen Baier, den alle nur »Ali« nannten, so sehr er sich auch dagegen wehrte. Der etwas träge, zur Bequemlichkeit neigende Polizeimeister – nicht der Hellste und zu gut im Futter, als dass die Bezeichnung »athletisch« noch für seine Figur zutreffend gewesen wäre – ging auf Mitte Zwanzig zu, gab aber schon den Abgebrühten, der es längst aufgegeben hatte, in seiner Tätigkeit nach so etwas wie einem Sinn zu suchen. Sein Phlegma hielt ihn jedoch nicht davon ab, sich lustvoll am Kollegentratsch zu beteiligen.

»Sind mir wirklich so was von komplett egal, deine Geschichten. Aber…«

Türk wandte den Kopf und sah seinem Kollegen ins Gesicht.

»Dann können wir's ja gut sein lassen, oder? Denk einfach einmal drüber nach: erstens wäre ich nicht mehr bei Polizei, wenn ich mir eine größere Sauerei hätte zuschulden kommen lassen. Und zweitens: Du bist zwar schon länger als ich in der Neunundzwanziger, aber dafür bin ich ein gutes Eck älter. Es gibt also keinen Grund, warum du verlangen könntest, dass ich mit dir über was red, über was ich nicht reden mag. Klar?«

Baier, vom entschiedenen Ton überrascht, wich Türks Blick aus.

»Aber... warum magst du nicht?«

»Weil ich nicht mag.«

»Ist doch kein Grund.«

»Ali! Wenn ich was nicht mag, dann *ist* das der Grund. Basta und Schluss.«

Bevor Baier etwas entgegnen konnte, deutete Türk zum rechten Straßenrand. Die Bebauung war zu Ende, eine Kolonnade von Laubbäumen mit stumpfem Blattwerk säumte die Truderinger Straße. Dahinter blinkten die Farben des Zeltdorfes.

»Zirkus Caloni«, entzifferte Türk. »Nächste rechts.«

»Okay.« Baier grinste gallig. »Holt's die Wäsche rein, die Grattler kommen.«

»Das sagst jetzt am besten gleich noch mal, und zwar so laut, dass die uns auch gut hören können«, warnte Türk launig. »Wirst sehen, wie sympathisch uns das machen wird.«

»Werd doch noch einen Witz machen dürfen«, maulte Baier.

»Er sollt halt passen.«

KAPITEL 2

Türk löste den Gurt. Baier parkte das Einsatzfahrzeug am Straßenrand und folgte seinem Kollegen über den unbefestigten Platz. Ein Fenster des 80er-Jahre-Wohnblocks auf der gegenüberliegenden Straßenseite öffnete sich.

Es war still. Die heiße Luft bewegte sich nicht, zwischen den Bauten stand der süßlich bittere Geruch von Dung und tierischem Schweiß. Auf dem Platz, der dem Zirkus zugeteilt worden war, würden in einigen Monaten die Aushubmaschinen anrücken, die taube Brache abschaben und sich in unfruchtbaren Schotter wühlen. Noch vor den ersten Nachtfrösten stünde bereits das Eisengeflecht des Kellerfundaments in der Grube, und im darauf folgenden Herbst würden die ersten Firmenschilder angeschraubt werden, »Consulting«, »X und Partner real estate« oder »Psychotherapeutische Gemeinschaftspraxis, Termine nach Vereinbarung«.

Baier zog den Hosenbund hoch.

»Es stinkt.«

Türk gab keine Antwort. Er war stehen geblieben.

»Hörst du was, Ali?«

»Was soll ich hören?«

»Die Anruferin hat doch behauptet, dass hier am laufenden Band Viecher misshandelt werden sollen.«

»Hat sie. Und?«

»Was tut ein Viech, wenn es gequält wird? Es schreit.«

Baier gab ihm Recht. Er grinste.

»Aber nach dem Theater, das die am Telefon gemacht haben muss, sind wahrscheinlich schon alle zu Tode geprügelt worden.«

Die Planen des Hauptzeltes hingen schlaff im Gestänge. Die Beamten traten näher. Neben dem Publikumseingang war eines der Seitenteile hoch gezogen. Dennoch herrschte im Inneren des Zeltes fast undurchdringliche Dunkelheit.

»Wer da?«, rief Türk. Das Quietschen eines Scharnieres antwortete, jemand schien eine Käfigtür zu schließen. Eine Gestalt löste sich aus der Finsternis, ein Büschel Heu in der Hand. Sie blieb abwartend stehen.

»Was gibt?«

Die Stimme des Mannes verriet Abwehr.

Türk fragte nach dem Chef.

»Was gibt?«, wiederholte der Mann.

Jetzt hatten sich die Augen der Beamten an das Dämmerlicht im Zeltinneren gewöhnt. Der Mann war einen Kopf kleiner als sie. Hose und Hemd spannten sich um seinen sehnig trainierten Körper, sein schwarzes, glatt gekämmtes Haar schimmerte matt. Ein knapp rasiertes Oberlippenbärtchen verlieh ihm das leicht schmierige Aussehen eines Gigolos der Zwanziger Jahre. Obwohl er schon an die Fünfzig sein musste, wirkte seine Haltung jungenhaft.

»Nichts gibt«, raunzte Baier. »Wo Chef ist, Freund.«

Sein Gegenüber nahm eine kaum merkliche geduckte Haltung ein.

»Chef gibt nicht«, beschied der kleine Mann. »Gibt Frau Direktor. Frau Antoni.«

Der kleine Mann wies nach draußen. Bevor er zu einer Erklärung ansetzen konnte, verdunkelte sich das Innere des Zeltes.

»Rosenberg? Ich komm nicht…«

Die Direktorin brach ab, als sie die beiden Beamten erkannte. Sie kam mit resoluten Schritten näher.

»Grüß Gott?«

Die Beamten erwiderten den Gruß und stellten sich vor. Die zierliche Frau, die ihr glattes, schwarzes Haar zu einem strengen Nackenknoten zurückgebunden hatte, nickte kühl.

»Was gibt's? Fehlt wo Wäsche auf der Leine?«

»Sie sind die Chefin?«

Sie bestätigte es. »Antoni.«

Türk sah, dass ihre Arme bis zu den Ellenbogen ölschwarz verschmiert waren. Sie bemerkte seinen fragenden Blick.

»Ich versuch, den Generator zu reparieren. Hat mitten in der Vorstellung vorhin seinen Geist aufgegeben«, erklärte sie. »Sagen Sie, müssen Sie die Arbeitsbewilligungen ausgerechnet jetzt überprüfen? Ist alles in Ordnung, den Ärger werd ich mir nicht auch noch einhandeln. Fragen Sie Ihre Kollegen in Ismaning. Oder in Taufkirchen. Oder in Landshut. Oder wo Sie wollen. Spart Ihnen bestimmt viel Zeit. Und mir erst recht.«

Türk winkte ab. Deshalb seien sie nicht gekommen.

»Ein Anwohner hat Anzeige erstattet. Wegen Tierquälerei.«

Die Direktorin stöhnte leise auf und wischte sich mit dem Oberarm über die Stirn. Türk versuchte, ihr Alter zu schätzen. Höchstens Mitte Dreißig, entschied er.

»Guter Scherz«, sagte sie bitter, mit einem Blick auf die Wohnhäuser auf der anderen Straßenseite. »Und so nagelneu. Könnt mich totlachen.«

»Ach?«, hakte Baier lauernd nach. »Es ist nicht das erste Mal?«

»Leider nein«, bestätigte sie trocken. »Es ist überhaupt nichts Neues, dass man von mir erwartet, ich müsste ein dschungelnahes Freigehege nicht unter zehn Hektar mit mir herumschleppen. Auch wenn unsere Tiere schon seit Generationen kein derartiges Gelände mehr gesehen haben und in kurzer Zeit darin eingehen würden. Nein, Scherz beiseite. Wir werden laufend kontrolliert. Es gibt keine Beanstandungen. Und von uns sehen Sie auch keinen mit dem Almosentopf in der Fußgängerzone. Es mag Kollegen geben, und damit meine ich durchaus nicht bloß kleine Unternehmen wie meines, für die ich die Hand nicht ins Feuer legen würde. Aber meine Tiere sind mein Kapital. Das werd ich mir nicht durch eigene Schlamperei ruinieren.«

»Trotzdem.« Baier hatte gereizt zugehört. »Wir müssen es überprüfen.«

»Von mir aus. Wenn die Polizei für so einen Blödsinn ihre Zeit verschwenden muss. Sie tun mir Leid.«

»Werden wir ja sehen!«

Baier war patzig geworden, wie immer, wenn er das Gefühl hatte, dass ihm nicht der erforderliche Respekt entgegengebracht wurde.

»Wir schauen uns das Ganze jetzt einfach mal an. Wenn die Anzeige berechtigt ist, können Sie sich auf was gefasst machen.«

Sie maß ihn mit einem schnellen Blick, den er bockig erwiderte.

»Ich glaub's schon.«

Sie drehte den Kopf zur Seite.

»Rosenberg? Zeigen Sie den Herren von der Polizei die Tierwägen, ja?«

Sie hob ihre verschmierten Oberarme demonstrativ den Beamten entgegen.

»Ich muss zurück. Wenn die Veranstaltung heute Abend wieder ausfällt, bin ich geliefert. In Ordnung?«

Der kleine Mann näherte sich. Noch immer wirkte er angespannt. Unruhig flogen seine Augen zwischen der Direktorin und den Polizisten hin und her.

Türk ließ sich erklären, wo er sie anschließend finden würde. Im Weggehen fragte sie:

»Hat der Anrufer zufällig gesagt, um welches Tier es sich handelt?«

»Hat er«, bestätigte Türk.

Sie sah zu ihm auf.

»Und?«

»Es soll um einen Esel gehen.«

»Borro?«

Sie lachte ungläubig auf, setzte zu einer Antwort an, verzichtete dann aber darauf und schüttelte nur den Kopf.

»Rosenberg, die Herrschaften möchten bloß unseren Borro sehen.« Sie wandte sich zu den beiden Beamten. »Viel Vergnügen, die Herren.«

Der Kleine nickte knapp und ging voraus. »Bitte sehr.«

Der Esel war im Schatten eines Wohnwagens angepflockt. Er wandte seinen Kopf leicht und klappte sein Ohr gelassen nach oben, als sich die Männer näherten.

Rosenberg gab ihm einen gutmütigen Klaps.

»Das sein'd Borro. Sein'd unser einziger Esel.«

Türk und Baier sahen sich verdutzt an. Das Tier hatte sich wieder zum Futter gebeugt. Es wirkte gut genährt, sein Fell glänzte.

Türk dehnte seinen Hemdkragen.

»Tritt er im Programm auf?«

Rosenberg schüttelte den Kopf. »Ist zu störrisch.«

»Wozu haben Sie ihn dann?«

»Für Kinder. Für Streicheln und Reiten.«

Baier ging um das Tier herum. Er hob seine Mütze und wischte sich mit dem Handrücken über die Stirn.

»Man sieht wirklich nichts«, meinte er. »Und einen verhungerten Eindruck macht er mir auch nicht.«

Türk stimmte ihm zu.

»Aber die Anruferin hat von Schmerzensschreien gefaselt, die ihr jedesmal durch Mark und Bein gehen würden.«

Rosenberg blickte aufmerksam von einem zu anderen.

»Schmerzen? Borro?«

»Wahrscheinlich wieder eine von den Weltverbesserern, die sich wichtig machen wollen«, mutmaßte Baier. »Freiheit für alle und so.«

»Danach schaut's aus«, brummte Türk.

»Alles in Ordnung?«, fragte der kleine Mann.

Türk bedachte den Zirkusmitarbeiter mit einem Kopfnicken und winkte seinem Kollegen.

Die Direktorin hing immer noch über dem Stromaggregat, als die beiden Streifenbeamten zurückkehrten.

»Na?« Sie sah nicht auf. »Werd ich verhaftet?«

Baier setzte zu einer ärgerlichen Erwiderung an. Sie richtete sich auf.

»Und jetzt erklären Sie mir bitt schön bloß noch, wie ein Mensch, vorausgesetzt er hat noch alle Tassen im Schrank, darauf kommen kann, dass wir unseren lieben Borro misshandeln?«

»Man hat ihn schreien hören«, erklärte Türk.

»Ach nein.« Sie seufzte entnervt auf. »Esel schreien nun mal. Wo und wann sie wollen. Um die Futterzeit oder wenn ihnen langweilig ist. Dass es edler Gesang ist, kann man zwar nicht behaupten, aber dafür können sie nichts, und ich hätt auch mehr von Borro, wenn er singen könnte. Schöne Tierschützer, die sich darüber aufregen, dass die Tiere Laute von sich geben. Also? Keine Festnahme? Umstellung des Geländes, Beschlagnahmung und Abtransport? Wär eh schon alles egal. Ich…«

Ein durchdringender, trompetenartiger Ton durchbrach die nachmittägliche Stille.

»Hören Sie?« Die Direktorin wies mit einer Kopfbewegung nach hinten. »Das war Borro. Hört sich das an, als würd man ihn schlagen?«

»Wenn sich einer damit nicht auskennt…?«, meinte Baier.

»Und wie wär's damit, sich zuerst zu informieren, anstatt schlecht von uns zu reden und uns die Polizei auf den Hals zu hetzen?« Wieder wischte sie sich über die Stirn. »Ich hab's manchmal so satt, glauben Sie mir. Und dann kommt noch so ein Mist dazu. Ich find den verdammten Fehler nicht, obwohl ich schon alles auseinander gebaut hab.«

Türk sah über die Schulter. »Ali, sagst du nicht immer, dass du dich mit Motoren auskennst?«

Baier warf seinem Kollegen einen überraschten Blick zu. Zögernd antwortete er: »Schon. Aber nicht mit Apparaten wie dem da, die kurz nach der Steinzeit gebaut worden sind. Hat Ihr…«, er suchte nach dem geeigneten Wort, »…Betrieb denn keinen Mechaniker?«

»Er steht grad vor Ihnen«, gab sie zurück. »Ich bin nämlich schon froh, wenn ich mir genug Artisten leisten kann.«

»Vielleicht ist es was Einfaches«, gab Türk zu bedenken. »Schaut an und für sich noch recht robust aus, das Ding. Was, Ali?«

Unwillig musterte Baier die herumliegenden Teile des Motors.

»Gibt doch bestimmt einen Notdienst für so was, oder?«

»Sicher. Aber nicht das Geld, um ihn zu bezahlen«, sagte die Direktorin. »Und dann würd das so kurzfristig auch nicht mehr klappen. Wenn ich das Gerät nicht in spätestens einer halben Stunde zum Laufen gebracht hab und die Abendvorstellung absagen muss, hab ich erst recht kein Geld mehr für die Reparatur.«

Baier zuckte die Achseln. War es ihr Bier?

»Könnt's vielleicht…«, Türk räusperte sich, »…der Keilriemen sein?«

Sie schüttelte bestimmt den Kopf.

»Ist erst vor zwei Jahren erneuert worden. Außerdem müsste das ja zu sehen sein, oder?«

»Kann sich gewickelt haben. Dann sieht man nichts.«

Sie sah ihn zweifelnd an und überlegte einen Augenblick. Dann griff sie zum Schraubenzieher und löste die Abdeckung. Sie stieß einen überraschten Schrei aus.

»Tatsächlich! Das war's!« Sie atmete erleichtert auf. »Ich bin mir einfach zu sicher gewesen, dass es daran nicht liegen kann!«

»Kenn ich, das Gefühl«, sagte Türk. »Oft sind die Dinge einfacher, als man glaubt.«

Die Direktorin schenkte ihm einen dankbaren Blick.

»Die Polizei, dein Freund und Helfer. Manchmal stimmt's direkt. Wie kann ich mich revanchieren? Eine Freikarte für die Familie?«

Türk wehrte mit einer unbeholfenen Geste ab. Sie verstand.

»Ah ja. Sie dürfen ja nichts annehmen.«

»So ist es«, drängte Baier. »Komm, Türk. Der Blödsinn hat uns eh schon zu lang aufgehalten.«

Im Auto ließ sich Baier mürrisch auf den Fahrersitz fallen und steckte den Zündschlüssel ein.

»Bist schon irgendwie schwul, Türk.«

»Hat's dich?«

Türk sah seinen Kollegen ungläubig an.

Baier ließ den Motor aufheulen und lenkte den Wagen auf die Fahrbahn.

»Irgendwie pervers, mein ich.«

»Und ich frag, ob's dir gut geht.« Er deutete auf seine Stirn. »Da oben, mein ich.«

»Weißt genau, was ich mein, Türk.«

»Eher nicht.«

»Es ist knapp vor Schichtende, und du fängst damit an, dich um irgendwelche versiffte Motoren zu kümmern. Sind wir jetzt Pfadfinder oder was? Hast schon mal die Aufgabenordnung gelesen?«

»Durchaus, Ali.«

»Und? Steht da was drin, dass wir für kaputte Keilriemen zuständig sind? Und nenn mich du nicht auch noch Ali. Bin kein Kanak, klar? Heiß Alfred, zu deiner Information.«

»Hab's kapiert, Ali«, sagte Türk versöhnlich. »Und jetzt fang dich wieder ein, okay?«

»Als ob's nicht schon langen würd, dass wir wegen so saublöden Anzeigen unsere Zeit verplempern müssen«, maulte Baier weiter. »Ist das nicht eigentlich die Sache vom Amtstierarzt? Seit wann müssen wir uns um den Scheiß auch noch kümmern?«

»Das hab ich unseren Inspektionsleiter auch gefragt.«

»Und?«

»Zwei Gründe. Erstens haben die im Veterinäramt wieder mal keine Zeit gehabt, und zweitens hat die Anruferin gleichzeitig eine Stadträtin von den Grünen alarmiert. Kapiert?«

»Verstehe.« Baier nickte grimmig. »Und weil der Maierhofer ein Schwarzer ist, will er sich nichts nachsagen lassen. Also praktisch hochpolitisch, das alles.«

»Du sagst es«, bestätigte Türk.

Baier grinste. »Aber schlecht hat sie nicht ausgesehen, die Chefin, hm? Wie alt wird die gewesen sein? Noch keine Vierzig, oder? An so was tät ich gern mal ein bissl herumschrauben. Jedenfalls lieber als an einem alten Kompressor.«

Der Verkehr hatte zugenommen. Immer mehr Fahrzeuge mit Ebersberger und Rosenheimer Kennzeichen, von unternehmungslustigen Milchgesichtern gesteuert, zockelten in die Stadt.

Baier massierte seine Nasenspitze. Wieder warf er einen lauernden Blick auf seinen Kollegen.

»Das sind Fälle, hm?«, stichelte er. »Bei der Kripo hast mit anderen Kalibern zu tun gehabt, hab ich recht?«

»Ich bin aber nicht mehr bei der Kripo, Ali.«

»Und warum?«

»Darum.«

»Wenn's nichts Grobes ist, warum machst dann so ein Geheimnis drum rum?«

»Mag bloß nicht mehr drüber reden. Kapier's endlich.«

»Mir kannst du's doch sagen.«

»Könnt ich.«

»Dann tu's halt.«

»Nein, du tust jetzt was, Ali. Nämlich mir einen Gefallen. Weißt, welchen?«

»Ja«, murrte Baier. Er gab auf.

Der Dienstgruppenleiter meldete sich.

»Blinder Alarm, sagt ihr?«

»Blinder geht's nicht, Maierhofer«, bestätigte Türk in das Funkgerät.

»Hab mir's gedacht. Seid ihr noch vor Ort?«

»Sind schon wieder unterwegs in die Inspektion.«

»Dann dreht um. Ihr fahrt zuerst noch in die Kameruner Straße. Höhe Hausnummer Zwanzig.«

»Um was geht's?«

»Irgendein blöder Hund hat dran glauben müssen. Überfahren.«

»Nimm gleich die Wasserburger«, sagte Türk zu Baier.

Der nickte und stieg aufs Gaspedal.

»Sind schon unterwegs, Maierhofer. Habt ihr den Sanker schon …«

»Wieso Sanker?«

»Hast nicht was von ›Überfahren‹ gesagt?«

»Doch.«

»Ah so.« Türk verstand. »Tot?«

»Mausetot«, bestätigte Maierhofer trocken.

»Dann wirst den Arzt schon informiert haben.«

»Was hat der bloß immer mit seinem Sanker und seinem Doktor? Ich red von einem Hund, Türk!«

»Von einem …?«

»Von einem richtigen Hund. Was denn sonst?« Der Dienstgruppenleiter lachte. »Aber vielleicht hast sogar Recht. Weil der Autofahrer und die Besitzerin von dem Kläffer dabei sein sollen, sich gegenseitig umzubringen. Also, macht's Dampf, Kollegen.«

Er beendete die Durchsage. Baier grinste boshaft.

»Na?«, lästerte er. »So ganz haben wir's immer noch nicht ausgestanden, dass wir nicht mehr bei der Kripo sind, was?«

KAPITEL 3

Georg B. Mayer genoss die Nervosität der jungen Frau, die auf der anderen Seite seines Schreibtisches mit steifem Oberkörper und aneinandergepressten Oberschenkeln Platz genommen hatte. Er notierte befriedigt ihre fliegenden Blicke, ihre vor Aufregung glänzende Stirn und die Röte, die durch das Make-up der Wangen schimmerte.

Er mochte sie nicht.

Er kannte Frauen wie sie zur Genüge. Eine schnippische Ziege, dachte er. Berechnend. Ehrgeizig. Unsicher. Immer die Nase im Wind, von den wichtigen Dingen nur so viel Ahnung, wie nötig war, um dem Gegenüber Wissen vorgaukeln zu können. Ein anspruchsvoller, verwöhnter Fratz, der die Zerbrechliche spielte, auf Männer fixiert war und sie zugleich hasste. Stur wie Granit, einfallsreich allein dann, wenn es galt, sich einen Vorteil zu sichern. Ein gekünsteltes, mädchenhaftes Lachen, humorlos. Der Rest – schon wieder! Mädel, wie oft noch? – affektiertes Streichen über Schläfe und Haar. Wie hieß die Kuh gleich noch mal? Sein Blick kippte auf die Visitenkarte, die ihm sein Geschäftsführer vorgelegt hatte. Marcella Dobler. Freie Journalistin.

»Sind wir so weit, Friedrich?«, fragte die junge Frau forsch, den Kopf zur Seite gedreht, ohne ihren Kameramann anzusehen. »Können wir dann?«

Die Augen des alten Produzenten, im altersschönen, kantigen Schädel eingesunken und von einem Netz spinnwebfeiner

Falten umgeben, funkelten unmerklich. Sie nennt ihren Kameramann beim Vornamen, dachte er. Ihn, der beinahe doppelt so alt ist wie sie, und dem anzusehen ist, dass er schon auf den Auslöser seiner Arriflex drückte, als sie noch in den Windeln lag. Eine Frechheit!

Der Kameramann nestelte seinen Belichtungsmesser in seine Brusttasche. Mit väterlicher Nachsicht bestätigte er:

»Wir können.«

»Laufen wir?«

»Noch nicht.«

»Wieso?«, fragte die junge Frau ungehalten.

»Weil ich auf die Ansage der Regisseurin warte.«

Sie schnaubte ärgerlich.

»Dann – bitte!«

»Augenblick. Wir laufen.«

Die Journalistin wandte sich zu ihrem Gesprächspartner, strich sich wieder über Schläfe und Haar und holte gespielt Atem.

»Eine persönliche Frage vorab, Herr Mayer. Sie...«

Er fiel ihr ins Wort: »Ungern.«

Sie riss den Mund auf, klappte ihn zu. Der Blick des Alten ruhte auf ihr.

»Sie... Sie sprechen nicht gern über Persönliches«, sagte sie. »So... so kennt und schätzt man Sie.«

»Legen Sie schon los«, sagte der Alte großzügig.

Sie lächelte neckisch.

»In... in der Branche spricht man nur vom ›Schorsch‹, wenn man auf Sie zu reden...«

Sie brach ab. Auf der ledrigen Stirn des Alten hatten sich Falten gebildet.

»Ja? Was?«, raunzte er. »So heiße ich schließlich. Worauf wollen Sie hinaus?«

»Sie haben...«, ihre Stimme war wankend geworden, »... Sie haben aber halt weit über München und Bayern hinaus Ihre Spuren als Produzent und Regisseur hinterlassen.«

»Das mag stimmen. Aber ich verstehe immer noch nicht, was diese Bemerkung soll«, meinte er kühl. »Wollen Sie damit andeuten, ich spiele in der Branche lediglich die Rolle des Provinz-Seppls?«

Ihre Finger krampften sich um ihr neckisches Notizbüchlein. Sie hatte es schon versemmelt! Ihren ersten größeren Auftrag! Hatte an einer empfindlichen Stelle gekratzt, ohne es zu wollen, hatte ihn verärgert! Und jetzt würde es sich rächen, dass sie sich so nachlässig vorbereitet hatte, kaum einen seiner Filme gesehen hatte. Die wenigen, die sie gesehen hatte, waren nicht nach ihrem Geschmack gewesen, hatten sie nicht berührt. Mehr als eine halbe Stunde Internet-Recherche hatte sie für dieses Interview nicht investiert. Ihre Wimpern flatterten. Sie fühlte, wie ihr der Schweiß aus den Poren brach. Sie sah ihn flehend an.

»Nein, bitte, ich…«

»Schauen Sie«, sagt er herablassend, »ich stamme aus diesem schönen Land, und es gibt keinen Anlass, sich dessen zu schämen, nicht wahr?«

»Nein, natürlich…«

»Ich habe diesbezüglich keine Komplexe, falls das jemand vermuten sollte.«

Ihr Blick flirrte panisch. »Natürlich…«

»Außerdem – was meinen Sie, wie ich genannt werde, wenn ich in Paris oder in New York Verhandlungen führe, hm? Ob mich die Franzosen ›Schorsch‹ oder die Amerikaner ›Tschordsch‹ nennen…« Er lehnte sich wieder zurück. »Das ist doch wirklich albern.«

Ihr Nicken erinnerte ihn an ein Huhn auf Futtersuche.

»Sie haben Recht.«

Wie erwartet, dachte der Alte. Nichts dahinter. Sie knickt ein, versucht verzweifelt, wieder ihren Faden zu finden. Wie kam man beim Bayerischen Fernsehen überhaupt dazu, ihm eine derartige Anfängerin zu schicken? Sollte das die Wertschätzung seiner Partner, mit denen er Jahrzehnte lang zusammengearbeitet hatte, sein? Schon das Echo der Medien auf die Feiern zu seinem Achtzigsten war zurückhaltender gewesen, als er erwartet hatte. Auf der anderen Seite: Für die Reportage über sein Leben, das des großen alten Mannes des deutschen Films, des Regisseurs und Produzenten Georg B. Mayer waren immerhin zwölf Minuten vorgesehen. Das war mehr als der kurze Spot, den die Abendnachrichten bringen würden, wenn ihm in ein paar Tagen der Ministerpräsident den Kulturpreis der Staatsregierung überreichen würde. Zwar hatte sein Bekanntheitsgrad keine Steigerung mehr nötig, doch die eine oder andere mediale Salbung seines künstlerischen Schaffens konnte nie schaden. Es gab noch immer Neider, die an der Qualität seiner Filme kein gutes Haar ließen. Und deshalb musste er sich zusammennehmen. Zum Glück lief der Poker um den Verkauf seines Gesamtwerks fast wie am Schnürchen. Auch wenn man, wie in der Branche üblich, nie vor Überraschungen gefeit war.

Georg B. Mayer stemmte sich energisch aus der Lehne, stützte seine Ellbogen auf die Tischplatte und verschränkte seine Finger.

»Dann hätten wir das geklärt, nicht wahr? Was wollten Sie noch von mir wissen, Fräulein, pardon: Frau…?«

»Dobler.«

Wachsweich und mädchenhaft war sie jetzt und schien an seinen Lippen zu hängen, dankbar für jedes anerkennende Wort.

»Ich wollte nur fragen… dann darf ich Sie ebenfalls mit ›Schorsch‹ B. Mayer ansprechen?«

»Sie dürfen nicht nur, ich bitte darum«, sagte er versöhnlich. »Tun Sie mir aber trotzdem den Gefallen, nicht zu sehr auf Persönlichem zu bestehen. Schauen Sie: Was ich bin, bin ich durch jene geworden, die mich zunächst gefördert haben, und dann vor allem durch all jene, mit denen ich auf künstlerischer Ebene zusammengearbeitet habe.«

Sie atmete auf. Das Stichwort! Endlich! Sie strich mechanisch über Schläfe und Haar.

»Und da gab es einige. Die Liste der Namen, mit denen Sie zusammengearbeitet haben, liest sich wie ein Lexikon der bedeutendsten Persönlichkeiten nicht nur des deutschen Nachkriegsfilms.«

»Danke. Aber Sie übertreiben.«

Sie verneinte energisch.

»Ihre Karriere beginnt mit der Stunde Null. Doch bereits um Ihren ersten Film ranken sich Legenden.«

Der Alte spielte den Ahnungslosen.

»Legenden?«

»Es geht das Gerücht, dass Sie aus den Studios in Geiselgasteig einige Meter Film auf nicht eben korrektem Wege, nun, sagen wir…«

Georg B. Mayer half schmunzelnd aus: »Sagen wir doch einfach: Ich habe das Material sichergestellt, um dem deutschen Film wieder auf die Beine zu helfen. Und, schauen Sie, Frau Dobler – was war in diesen Zeiten schon korrekt? Der Schwarzmarkt war verboten, und trotzdem hat damals fast ganz Deutschland davon gelebt. Einigen wir uns darauf, dass ich nie untalentiert beim Beschaffen der notwendigen Mittel war? Einverstanden?«

»Einverstanden.« Sie lächelte komplizenhaft. »Ihr erster Film ›Nacht über den Städten‹ wurde sofort ein aufsehenerregender Erfolg. Sie waren zu diesem Zeitpunkt jedoch erst, korrigieren Sie mich, sechsundzwanzig Jahre alt.«

»Richtig. Ich habe eben früh gewusst, was ich wollte, nicht wahr?«

»Es gab damals noch keine Filmhochschulen oder Vergleichbares.«

»Nein«, bestätigte der Alte und fügte spitz hinzu: »Vielleicht war gerade das mein Glück?«

Marcella Dobler dachte kurz daran, dass sie sich im vergangenen Jahr bei mehreren Filmhochschulen vergeblich beworben hatte und seit Tagen auf eine Nachricht aus Berlin wartete, lächelte aber pflichtschuldig.

»Meine Frage wäre gewesen: Woher hatten Sie Ihr Wissen, Ihr Können? Welche Vorbilder hatten Sie?«

»Nun, mit Vorbildern war es damals so eine Sache, wie wir wissen. Jemand wie Veit Harlan eignete sich jedenfalls kaum dazu, bei all seinen künstlerischen Meriten.«

Schorsch B. Mayer warf ihr einen forschenden Blick zu und richtete sich im Sessel auf, als er keine Reaktion in ihrem Gesicht feststellen konnte. Vermutlich sagte ihr der Name nichts.

»Nein. Ich war immer auch neugierig darauf, was hinter dem Zaun vor sich ging. Der amerikanische und der französische Film haben mich damals weit mehr interessiert als das, was sich Goebbels in seinem kranken Gehirn zusammenphantasierte.«

»Man konnte in dieser Zeit noch ausländische Filme sehen?«

Der alte Produzent lachte.

»Was dachten Sie? Bis weit in die Vierziger. Auch wenn die Amis gegen uns Krieg führten – Geschäft war Geschäft. Das ging soweit, dass sich noch Anfang der Vierziger ein amerikanischer Produzent um die Rechte an ›Mein Kampf‹ bemüht hat.«

Wieder genoss er ihr ungläubiges Staunen.

»Tatsächlich?«

»Was wundert Sie daran? Das Buch war schließlich ein Bestseller. Glücklicherweise ist aus der Sache wie aus seinem Helden nichts geworden. Sagen Sie, haben wir nicht noch andere Themen? Angenehmere, meine ich?«

Wieder färbte eine leichte Röte ihre Wangen. Sie sah auf ihre Notizen.

»Sie stammen aus einem kleinen Dorf in den bayerischen Alpen, kommen aus einfachen Verhältnissen…«

»Einfach, aber ehrlich.«

»…in denen Ihnen Ihre Karriere nicht in die Wiege gelegt worden ist. Wie kam es dennoch dazu? Wie kamen Sie zum Film?«

Georg B. Mayer wiederholte die Frage seufzend. »Eine kleine Anekdote gefällig?«

Die junge Journalistin nickte begeistert.

»Ich war knapp zwölf, da wurden in der Nähe meines Heimatdorfes einige Szenen von ›Der Rebell‹ gedreht...«

»Trenker?«, riet sie.

Er nickte anerkennend.

»Sie erinnern sich an die Steinschlag-Szene? Die aufständischen Tiroler hatten tonnenschwere Steinlawinen ausgelöst, die auf die Besatzungssoldaten gedonnert waren. Eine beeindruckende Szene. Was niemand weiß, ist, dass damals aufgrund eines Signalfehlers die Lawine zum falschen Zeitpunkt losging, als sich nämlich noch die meisten Komparsen in der Schlucht befanden. Trenker hat natürlich weiterdrehen lassen. Es war Glück, dass es nicht zu einer Katastrophe gekommen ist. Aber einer der Komparsen war ich, und einer der Brocken ist nur einen halben Meter neben mir eingeschlagen.«

»Furchtbar«, hauchte die Dobler.

»Nachdem ich die Szene später im Kino gesehen habe, gab's für mich nichts anderes mehr als den Film.«

»Verständlich. Aber um noch einmal kurz zum Stichwort ›Ausbildung‹ zu kommen...«

Mayer winkte ungeduldig ab.

»Da ist wenig zu erzählen. Hier einmal eine kurze Tätigkeit als zweiter Kamera-Assistent, da eine kleine Statisterie in einem Ausstattungsfilm, da einmal Laufbursche und so weiter.«

»Das müssen für jemanden wie Sie gewiss keine leichten Zeiten gewesen sein.«

Der Alte bejahte ernst.

»Aber es wäre nicht nur vermessen, sondern eine Frechheit gegenüber jenen, die diesen Titel wirklich verdienen, wenn ich behaupten würde, so etwas wie ein Widerstandskämpfer gewesen zu sein. Gewiss, ich habe mich von den Nationalsozialisten ferngehalten, so weit es ging. Aber schließlich musste man ja auch leben, nicht wahr?« Er öffnete fragend die Hände. »Nein – ich habe immer die Augen offen gehalten, das ist das ganze Geheimnis. Aber – liebe junge Frau – mir wäre es lieber, wenn wir endlich von meinen Filmen sprechen würden. Ist das möglich?«

Die junge Frau nickte brav.

»Gerne.« Sie sah auf ihren Notizblock. »Ihr erster wie auch eine Reihe weiterer Filme setzten sich kritisch mit der Vergangenheit auseinander…«

»Es war schließlich das Gebot der Stunde, nicht wahr?«

»…doch ab Mitte der Fünfziger steht der Name Georg B. Mayer für eine Serie sehr erfolgreicher… nun…«

»Sagen Sie's ruhig. Sie müssen mich nicht schonen.«

»Wie würden Sie selbst es nennen?«

»Heimatschnulzen, was sonst? Ich geniere mich durchaus nicht. Es gibt schlimmere Vorwürfe als den, einem Publikum zu dienen, das sich nach all den Jahren nach etwas Harmonie sehnt.«

Die Journalistin wiegelte hastig ab.

»Das sollte auch keiner sein, Herr Mayer. Bemerkenswert dagegen finde ich, dass Sie danach wieder neue Wege beschritten, geradezu eine Kehrtwende machten. Ab Mitte der Sechziger nämlich traten Sie als Regisseur in den Hintergrund und produzierten mehrere Filme des Jungen Deutschen Films, wie er damals genannt wurde…«

»Schauen Sie!« Mayer kam in Fahrt: »Die Jungen hatten keine Ahnung, wenn ich das einmal so offen sagen darf. Da wusste einer mit Müh und Not, wo der Auslöser der Kamera ist, und schon hielt er sich für ein Genie. Bei einigen dagegen war echtes Talent zu spüren, und das war es, was ich fördern wollte. Was mir damals, nebenbei bemerkt, nicht nur Freunde eingebracht hat.«

Sie wusste Bescheid.

»Man hat Sie deshalb als ›linken Einflüsterer‹ beschimpft…«

»Was noch harmlos war«, entgegnete Georg B. Mayer. In seinen Augen funkelte die alte Kampfeslust.

»...und sind mit dem Innenminister aneinander geraten, der Ihnen die Unterstützung des Films ›Roter Mai‹ übelgenommen hatte, einem Film vor dem Hintergrund der Münchner Studentenunruhen 1968.«

»Richtig«, lobte der Alte. »Aber aneinander geraten wäre zuviel gesagt.« Ein spitzbübischer Zug glitt über sein Gesicht. »Ich habe lediglich vorgeschlagen, dass sich jeder gefälligst um seinen eigenen Dreck scheren soll, nicht wahr?«

Sie sah ihn beeindruckt an.

»Sie haben klare Worte nie gescheut. Ihre hemdsärmelige Art ist ebenfalls etwas, das Sie unverwechselbar gemacht und zu Ihrer Popularität beigetragen hat.«

»Mag sein«, räumte Mayer ein. »Aber das ist nicht mein Verdienst. Ich bin halt einmal, wie ich bin. Und, schauen Sie, wenn wir etwas aus der Vergangenheit gelernt haben sollten, dann doch das, dass wir die Menschen nicht nach Ideologien beurteilen dürfen, nicht wahr?«

Die Journalistin nickte ehrfürchtig. Wieder schlug sie ein Blatt ihrer Kladde um.

»Was bedeutet es für Sie, mit dem Kulturpreis der Staatsregierung ausgezeichnet zu werden?«

Der alte Mann löste seinen Blick, der bis dahin fest auf sie gerichtet war, und sah sinnend zum Fenster. Dann räusperte er sich.

»Ich würde lügen, wenn ich sagen würde, dass es mir nicht schmeichelt.« Er senkte die Stimme und setzte gerührt hinzu: »Nein, es ist eine große Ehre. Und, nach allem, eine Bestätigung.«

»Sie sind kürzlich Achtzig geworden, sind aber unübersehbar so dynamisch wie eh und je...«

Georg B. Mayer winkte geschmeichelt ab.

»Doch!«

»Frau Dobler!« Er drohte ihr mit dem Finger. »Sie legen

es darauf an, einen alten Mann einzuwickeln. Geben Sie es zu.«

»Herr Mayer!« Sie spielte die Schmollende. »Ich wollte Sie lediglich nach Ihren Plänen fragen.«

»Ich weiß.« Der Alte legte die Fingerspitzen aneinander. »Nun, in meinem Alter muss es irgendwann auch darum gehen, Bilanz zu ziehen, nicht wahr? Und da es schmerzt, dass einige meiner frühen Filme nur noch in sehr fragwürdiger Qualität existieren, ist die Mayer-Film im Augenblick dabei, sowohl die eigenen wie auch die von uns produzierten Filme in Bezug auf deren technische Qualität zu bearbeiten und wieder dem Markt zur Verfügung zu stellen.«

»Wunderbar«, flötete die Journalistin. »Wann dürfen wir damit rechnen?«

»In Kürze.«

Wenn die Italiener nicht wieder einknicken, dachte er beunruhigt. Noch war die Sache nicht unter Dach und Fach. War das Zögern der FININVEST Taktik? Hatten die Berlusconi-Leute Wind davon bekommen, wie niedrig das Angebot des Deutschen Pools für den Ankauf seines Gesamtwerks ausgefallen war? Hatte Jörg Vierkant, sein Geschäftsführer, zu früh Interesse signalisiert? Aber dieser musste das Spiel doch längst kennen, schließlich hatte er es von ihm gelernt. Warum war der Junge in den letzten Tagen eigentlich so angespannt? Hatte er Angst zu versagen, der Dummkopf?

KAPITEL 4

In der Kameruner Straße hatte sich ein Drama abgespielt. Zwar handelte es sich bei dem überfahrenen Hund um eine hässliche, halb blinde Töle, die in überschaubarer Zeit auch ohne fremdes Zutun den Weg alles Irdischen gegangen wäre, doch sie war das Ein und Alles einer Frau Wanninger gewesen, der es darüber schier das Herz zerreißen wollte.

Dass dem jugendlichen Hundemörder nachgewiesen werden konnte, die vorgeschriebenen dreißig Stundenkilometer deutlich überschritten zu haben, und sich dies mit einer beeindruckenden Punktezahl in Flensburg deckte, war der alten Dame nur ein schwacher Trost gewesen. In der Nachbarschaft eigentlich als durch und durch herzensgutes Wesen bekannt, ließ sie jetzt deutlich erkennen, dass die Todesstrafe ihrer Meinung nach in gewissen Fällen durchaus ihre Berechtigung haben könnte.

Mit geübtem Griff hatte ihr Türk den Regenschirm entwendet und sie streng auf die Folgen der Lynchjustiz hingewiesen. Schließlich hatte sie sich beruhigt, und die beiden Beamten begleiteten die Gebrochene in ihre Wohnung zurück.

Auf dem Weg zum Streifenwagen läutete Türks Telefon. Es war der Dienstgruppenleiter.

»Ist privat«, sagte er. »Mach ich nicht gern, aber die Frau hat sich angestellt, als ging's um Leben oder Tod. Seit wann bist du eigentlich verheiratet, Türk? Muss ja ein ziemlich rasantes Gerät sein, deine Alte.«

»Verheiratet? Wie kommst du denn darauf?«

»Weil die Frau wie du heißt.«

»Wie ich?«

»Wie du«, bestätigte Maierhofer geduldig. »Weißt du eigentlich, dass ich mir bei dir manchmal vorkomm wie eine Schallplatte mit Sprung? Und jetzt schreib dir die Nummer auf. Du sollst auf der Stelle zurückrufen.«

Türk stöhnte leise auf. Ihm schwante Unheil. Das konnte nur Sabine sein, die Frau seines Bruders. Er kannte kein unmöglicheres Frauenzimmer als sie. Schön, üppig, berstend vor Vitalität, mit einer dröhnenden Lache, die die Wände zum Wackeln brachte und, wenn sie in der Öffentlichkeit damit herausplatzte, Türk jedesmal die Schamesröte ins Gesicht trieb. Dabei so sprunghaft wie unabhängig, alles bis zur Neige auskostend, mit Lust von einer Katastrophe in die andere taumelnd. Egozentrisch und zugleich mit einem überströmend vollen Herzen versehen, grundehrlich, aber, falls nötig, genauso abgrundtief verlogen.

»Bist sicher, Maierhofer? Türk, hat sie gesagt, heißt sie?«, versuchte er es kläglich.

»Ich verhör mich selten.« Und damit war das Gespräch beendet.

Türk gab die Nummer ein. Kaum hatte er das Telefon am Ohr, meldete sich die Schwägerin.

»Joseph!«, schrie sie. »Endlich!«

»Sabine«, ächzte er.

Er hörte ein leises Lachen. Im Hintergrund hallten Lautsprecherdurchsagen.

»Schlecht aufgelegt, Schwager?«

»Es geht. Was gibt's? Bin im Dienst.«

»Brav.«

»Sag, was los ist. Und mach's kurz, ja?«

»Na, na, na. Übertreib's nicht mit der Freundlichkeit, ja. Bin ich nicht von dir gewohnt.«

»Hör mal, Sabine, ich hab keine Zeit für irgendwelche …«

»Okay. Dann pass auf, Schwager. Der Friedl macht mir Sorgen. Ich seh mich nimmer aus mit ihm. Ich pack's allein nicht mehr. Ich möcht nicht, dass er auch noch auf die schiefe Bahn kommt. Du doch auch nicht, oder?«

»Möcht keiner.«

Es war nicht gelogen. Er sah seinen Neffen nicht oft, seit dem letzten Mal war mehr als ein Jahr vergangen, aber er mochte ihn. Viel wusste er nicht von ihm. Gottfried war erst vor kurzem sechzehn geworden, erste Pubertätskrisen hatte er bereits überstanden, doch seine Lust auf Schule hatte einen weiteren Dämpfer bekommen, nachdem man seinen Vater, einen begnadeten Pechvogel, verhaftet hatte. Genausogut konnte es aber sein, dass es ihm nur als Ausrede dafür diente, das Lernen noch mehr schleifen zu lassen, als er es bisher schon tat. Hatte er eigentlich die Mittlere Reife noch geschafft?

»Der Kerl hat nichts als Flausen im Kopf. Er braucht eine starke Hand.«

»Kommst endlich auf den Punkt, Sabine?«

Er hörte sie Luft holen.

»Joseph, ich glaub, es ist besser, wenn er mal in eine andere Umgebung kommt. Findest du nicht auch?«

»Weiss nicht.«

»Ich jedenfalls bin damit überfordert.«

»Kann sein«, meinte Türk. »Und an was denkst du?«

»Er soll eine Zeitlang bei dir wohnen, Joseph. Da ist er unter Kontrolle.«

Türk schnappte nach Luft.

»Was?! Hat's dich?«

»Pass mal auf, Schwager. Dein Verein hat seinen Vater schließlich eingekastelt. Da ist es bloß logisch, dass du dich dafür verantwortlich zeigst. Bist der Onkel oder nicht? Wo bleibt dein Familiensinn?«

»Hör mal, Sabine! Dass der Bub im Moment keinen Vater mehr hat…«

»Moment ist gut!«

»…das hat er sich selber eingebrockt! Ich hab jedenfalls getan, was ich hab tun können.«

»Ha! Getan, was du konntest! Da versteh ich aber was anderes drunter…«

Türk fiel ihr wütend ins Wort: »Das weißt du ganz genau, Sabine! Ganz genau!«

»Ich werd mich jetzt nicht mit dir deswegen streiten, Joseph! Wie auch immer, dass der Bub nicht werden soll wie sein Vater, da sind wir uns ja wohl einig. Drum wohnt er einige Zeit bei dir.«

»Da-das geht nicht! Ich hab bloß zwei Zimmer! Wo…«

»Reicht doch! Eins für dich, eins für ihn. Stell dich nicht so an. Außerdem hält er viel von dir. Und du magst ihn auch, gib's zu.«

Türk wusste, dass er längst verloren hatte. Er versuchte es trotzdem: »Nein! Sabine! Ich…«

»Er ist schon unterwegs. Wollt dir eigentlich bloß sagen, dass er so gegen halb neun am Ostbahnhof ankommt. Holst ihn ab, ja? Wenn nicht – deine Adresse hat er ja. Ich muss jetzt los. Tschau, Schwager.«

»Nein!«, rief Türk.

Sie hörte es bereits nicht mehr. Er seufzte und hob die Augen zum Himmel. Im Westen bauschten sich violette Wolken, von den Strahlen der untergehenden Sonne umkränzt.

Er sah auf die Uhr. Noch eine halbe Stunde bis Schichtende. Sollte er den Dienstgruppenleiter bitten, ihn früher gehen zu lassen, damit er für den Jungen noch etwas zum Essen kaufen konnte?

Erschöpft ließ er sich in den Sitz fallen. Baier musterte ihn neugierig.

»Was Lästiges?«

»Fahr zu, Ali.«

»Also was ziemlich Lästiges«, folgerte Baier. Er startete den Motor.

»Dreiundzwanzigdreizehn, kommen«, schnarrte das Funkgerät.

Türk antwortete.

Maierhofer klang gestresst.

»Türk? Baier? Ihr seid noch in der Kameruner? Fahrt sofort zum Zirkus zurück. Ihr seid am nächsten dran, die anderen sind noch weiß-der-Teufel-wo unterwegs.«

»Schon wieder eine Misshandlung? Langsam wird's lästig.«

»Red keinen Blödsinn! Es ist ernst. Diesmal gibt es wirklich einen Toten.«

»...Hund?« fragte Baier, obwohl der Stimme des Dienstgruppenleiters anzuhören war, dass dieser nicht zum Scherzen aufgelegt war.

»Aff!«, sagte Maierhofer. »Es soll einer erschossen worden sein. Also, fahrt los, und zwar ein bissl dalli!«

»Waffeneinsatz?«, fragte Türk.

»Vorsicht schadet nie, geht aber eher darum, dass die Vorstellung noch läuft und es keine Panik geben darf. Die von der Mordkommission lösen euch ab, sobald es geht.«

»So ist's recht«, maulte Baier und drückte kräftig auf das Gaspedal. »Zehn Minuten vor Dienstschluss, das nenn ich Timing.«

KAPITEL 5

Die Bewölkung hatte sich verdichtet. Eine tintig dunkle Wand, die sich von Westen über die Stadt zu wuchten begonnen hatte, sorgte für eine früh einsetzende Dämmerung. Der Platz vor dem Zelteingang war hell erleuchtet. Musik und gedämpfter Beifall verrieten, dass die Vorstellung noch nicht beendet war.

Frau Antoni hatte am Kassenhäuschen gewartet und stürzte mit wehendem Garderobenmantel auf die beiden Beamten zu, die soeben den Einsatzwagen verließen.

»Machen Sie doch das Blaulicht aus! Bitte! Noch weiß es keiner.«

Baier griff in das Wageninnere. Das Licht erstarb. Türk war bereits ausgestiegen.

»Was ist passiert?«

»Der Herr Rosenberg…«, begann sie, winkte dann aber ab und ging mit schnellen Schritten voran. »Kommen Sie mit.«

An einem der Wohnwägen hinter dem Zelt blieb sie stehen, schob die Tür auf und deutete wortlos ins Innere.

Ein Kranz Glühbirnen, die den Schminkspiegel umrahmten, erleuchtete den schmalen Raum. Eine Gestalt im Kostüm eines Weiß-Clowns saß in merkwürdiger Gelöstheit auf einem Stuhl vor dem Schminktisch. Die linke Gesichtsseite ruhte auf der Platte. An der rechten Schläfenseite war ein Einschussloch zu erkennen. Schminkutensilien lagen auf dem Boden verstreut.

»Na merci«, murmelte Baier.

Zögernd war die Direktorin gefolgt. Ihr Kinn bebte. Sie schlug die Hände vors Gesicht.

»Es ist nicht wahr«, flüsterte sie. »Es ist einfach nicht wahr.«

»Wer hat ihn gefunden?«

»Ich.« Die Antoni wischte sich mit dem Handrücken über die Wangen. »Er und Carl sind nicht zu ihrem zweiten Auftritt hinter den Vorhang gekommen. Hab schon geahnt, dass was passiert sein muss. Ich bin gleich zum Wagen. Das Licht ist an gewesen. Ich hab geklopft, und wie ich nichts gehört hab, bin ich hinein.«

Türk nickte verstehend.

»Was bedeutet das: Sie hätten schon so was geahnt? Was?«

»Dass was Schlimmes passiert sein muss. Sie sind nie zu spät gekommen.«

»Wer sind ›sie‹?«

Die Direktorin schniefte.

»Jascha – also der Herr Rosenberg – hat mit dem Carl eine gemeinsame Nummer. Den Auftritt vor der Pause haben sie noch gemacht, dann sind sie zum Nachschminken wieder in den Wagen zurück. Wie immer. Sie haben nach dem ersten Auftritt ungefähr zwanzig Minuten Pause.«

»Zwanzig Minuten …«, wiederholte Türk nachdenklich.

Sie nickte. In ihren Augenwinkeln schimmerte es feucht. Wieder brandete gedämpfter Beifall und Jubel im Hintergrund auf.

»Türk, das ist doch alles die Sach von der MK«, sagte Baier. »Die werden doch jeden Moment da sein. Lass uns lieber überlegen, was wir tun, wenn die Vorstellung vorbei ist.«

Türk winkte unwillig ab.

»Und der Partner, Frau Antoni? Wo ist dieser Carl jetzt?«, drängte er.

Sie zuckte ratlos mit den Schultern. »Wenn ich's bloß wüsst.«

Einer plötzlichen Eingebung folgend, machte sie einen Schritt zu einem der Kleiderschränke und öffnete ihn.

»Sein Kostüm…«, flüsterte sie entsetzt. Türk folgte ihrem Blick.

»Das heißt, dass er hier war, sich umgezogen hat und abgehauen ist«, folgerte er.

Sie sah ihn fragend an. »Aber… warum sollte er das tun?«

»Tja«, warf Baier vielsagend ein. »Warum haut einer ab? Doch bloß dann, wenn er Dreck am Stecken hat, oder?«

»Nie!«, fuhr die Direktorin auf.

»Sicher, es gibt auch so etwas wie eine Schockreaktion«, räumte Türk ein.

»Er kann's nicht gewesen sein!«, beharrte Frau Antoni. »Die zwei waren zwar oft wie Hund und Katz wegen irgendwelcher Kleinigkeiten, aber wenn's drauf ankam, ist auf sie Verlass gewesen. Und wenn zwei alte Zirkusrösser wie die beiden meinen, sie müssten sich an den Kragen gehen, dann niemals während einer Vorstellung.«

Türk sah sie nachdenklich an. Dann ließ er seinen Blick wieder durch die Kabine wandern. Die beiden Artisten hatten offenbar auf peinliche Ordnung geachtet.

»Siehst du irgendwo eine Waffe, Baier?«

»Auf die Schnelle nicht.«

Türk wandte sich um.

»Haben Sie hier irgendetwas angerührt?«

Frau Antoni schüttelte den Kopf.

»Nur… den Rosenberg… ich hab nicht gleich gesehen, dass er… ich dachte, er sei eingeschlafen. Oder ohnmächtig geworden.«

Türk deutete auf das Fenster, das auf die Baumreihe hinausging, die den Zeltplatz von der Ausfallstraße trennte.

»Auch nicht das Fenster aufgemacht?«

Wieder verneinte die Direktorin.

»Waren die beiden immer gleichzeitig im Wagen, wenn sie sich geschminkt haben?«

»Immer.«

»Und sie sind auch immer gemeinsam angekommen?«

»Im Prinzip ja.«

»Was heißt das?«

»Die Nummer ist als Streit zwischen zwei dummen Musikanten angelegt, bei dem der Jascha den Kürzeren zieht. Deswegen ist er jedesmal eine Idee früher hinter den Vorhang gekommen, während Carl, der den Siegreichen gegeben hat, draußen noch ein paar Verbeugungen gemacht hat.«

»Wie lang war diese Idee?«

»Eine halbe, höchstens eine volle Minute, würde ich schätzen.«

»Ist Ihnen bei ihrem ersten Auftritt was aufgefallen?«

»Nein. Sie sind großartig gewesen, wie immer. Die Leut haben getobt.«

»Herrgott noch mal, Türk!« Baier war wieder an die Seite seines Kollegen getreten. »Das ist doch wirklich nicht unser Bier! Wir sind nicht die Kripo! Auch du nicht, kapier's endlich! Sag mir lieber, was wir mit den Leuten im Zelt machen sollen! Wir können doch nicht alle vernehmen!«

»Moment noch. Wie viele Zuschauer sind heute da, Frau Antoni?«, fragte Türk.

»Gut Hundertfünzig.« Bitter fügte sie hinzu: »Ist heut eher ein guter Tag.«

»Siehst du's!«, beharrte Baier. »Und was tun wir mit denen?«

»Das sollen die von der MK entscheiden«, gab Türk gereizt zurück. Er drehte sich wieder zur Direktorin.

»Hin und wieder Streit hätt's zwischen den beiden gegeben, haben Sie vorhin gesagt. Worum ging's?«

»Um lächerliche Kleinigkeiten. Jascha war manchmal eine fürchterliche Mimose. Jeden Lacher, den Carl mehr eingeheimst hat, hat er ihm tagelang nachgetragen. Dass sie sich geliebt haben, kann man nicht gerade behaupten. Aber sie waren ja auch nicht miteinander verheiratet.«

»Es sind keine Deutschen, vermute ich.«

»Sie haben einen ungarischen Pass.«

»Sind sie schon lange bei Ihnen?«

»Erst seit dieser Saison«, sagte sie. »Seit guten zweieinhalb Monaten.«

Das Geheul eines Streifenwagens drang in das Wageninnere. Kurze Zeit später erschien der Polizeiarzt. Sein Blick fiel auf den Toten.

»Hier bin ich ja gleich richtig. Wie ich's nur immer gleich schmeck?«, witzelte er. »Abend, Kollegen.«

Er stellte seinen Koffer auf dem Boden ab und ließ die Schlösser aufschnappen. Wieder wankte der Waggon, als zwei Beamte der Spurensicherung eintrafen. Der erste, ein stämmiger Mann mit pfiffigem Mausgesicht, legte die Hand lässig an die Schläfe.

»Servus, Kollegen.«

Türk und Baier erwiderten den Gruß.

»Sind die MKler noch nicht da?«

»Kommen gleich«, berichtete der Arzt über die Schulter. »Haben sich erst noch die Krawatten richten müssen. Der Lallinger hat Geburtstag gehabt und im Ratskeller einen ausgegeben.«

»Dann is alles klar.« Der Stämmige drehte sich zu seinem Kollegen, einem bedächtig agierenden Schlaks. »Dann legen wir schon mal ohne sie los, Felix.«

»Yes, Sir.«

»Auf einen bestimmten Wichtigtuer – will jetzt keinen Namen nennen – können wir eh verzichten, was?«

»Bist ein boshafter Mensch, Erwin!«

In Türks Magen zog sich etwas zusammen. Unnötig, die beiden zu fragen, wen sie gemeint hatten. Es konnte sich nur um Schranz handeln. Der Kripo-Hauptkommissar, dessen rücksichtsloser Ehrgeiz und dessen Unfähigkeit in direktem Verhältnis zueinander standen, war sein Kollege gewesen. Damals war kaum ein Tag vergangen, an dem sie nicht aneinander geraten waren.

»Boshaft – ich? Pure Notwehr ist das.« Der Spurensicherer, den sein Kollege Erwin genannt hatte, wandte sich an Türk und Baier. »Ihr wart als Erste da, nehm ich an. Ist was verändert worden?«

»Alles«, gab Türk mit gespieltem Ernst zurück. »Ihr kennt uns doch, oder?«

»Ist das jetzt ironisch oder bloß blöd?«

»Wer dumm fragt…?«

Der Mann verstand.

»Klar doch«, grinste er. »Aber jetzt im Ernst. Könnt ihr uns schon mal einen Hinweis geben, auf was wir besonders Obacht geben sollen?«

»Ich würd an eurer Stelle als Erstes alles um den Wagen herum sichern, besonders in der Nähe von diesem Fenster rechts. Würd mich nicht wundern, wenn…«

»Wo der Türk, da ein Toter!«, unterbrach Hauptkommissar Schranz dröhnend. Er lachte bräsig und stapfte in die Mitte des Wagens. »Eifrig wie eh und je, mein Ex-Kollege. Aber jetzt braucht er nicht weiter den Obermax spielen. Okay?«

Niemand lachte. Schranz wirbelte seinen im Polizeisportverein trainierten Körper herum.

»Und was als Erstes gesichert wird, bestimmt ab sofort nicht mehr er, sondern ich und der Kollege Reiter.«

Der Genannte wand sich bescheiden zwischen den Beamten der Spurensicherung hindurch und grüßte mit einer fahrigen Handbewegung.

»Sind die anderen schon da, Otti?«

Reiter nickte beflissen.

»Warten vor dem Wagen.«

»Okay. Du sorgst mir dafür, dass um die Wohnwägen herum alles abgesperrt wird.«

Baier hatte sich bereits zum Eingang zurückgezogen, der eine Fuß stand bereits auf der obersten Treppenstufe. Türk sah peinlich berührt zur Seite. Die Direktorin knetete ihr Taschentuch und starrte den Hauptkommissar fassungslos an, der jetzt an den Schminktisch stampfte, ganz Feldherr beim Besichtigen der Front. Er beugte sich über den Toten.

»Wer ist der Mann?«, bellte er, ohne sich umzudrehen. »Türk? Haben wir den Namen bereits?«

»Er heißt Rosenberg. Vorname Jascha.«

»Jascha? Was ist denn das für ein Name?«

»Ungarisch.«

»Aber Rosenberg? Das ist doch deutsch? Ist er Jud oder was?«

Türk hob die Schultern.

»Möglich. Er kann aber auch deutsche Vorfahren gehabt haben.«

»Der Türk kennt sich einfach aus«, ätzte Schranz. »Und? Was sagt unser Doktor?«

»Immer langsam, sagt der«, gab der Arzt gelassen zurück. »Dass das da an der Schläfe kein aufgekratzter Pickel ist, sehens auch ohne mich. Und dass ein Einschuss an dieser Stelle nicht zu überleben ist, ebenfalls. Für alles andere ist es noch zu früh.«

»Aber wann er ungefähr gestorben ist, werden Sie doch schon abschätzen können.«

»Könnt ich, tu ich aber nicht. Ein bissl Wissenschaft möcht schon noch sein, sonst holt euch das nächste Mal besser gleich eine Wahrsagerin.«

»Die Zeit ist einzugrenzen…«, setzte Türk an.

»Ich kann mich zwar nicht erinnern, dass dich jemand gefragt hat, aber sag's trotzdem.«

Türk drehte sich zur Seite.

»Wann hat er die Manege verlassen, Frau Antoni?«

»Es muss…«

»Wer ist sie überhaupt?«, unterbrach Schranz rüde.

»Frau Antoni. Die Direktorin«, erklärte Türk, ohne den Kommissar anzusehen, und wiederholte die Frage.

»Es muss ungefähr halb acht gewesen sein«, antwortete sie.

»Und wann haben Sie ihn gefunden?«

Die Direktorin überlegte kurz. »Kurz vor acht. Zehn vor acht.«

Türk ergänzte: »Die Einsatzzentrale ist zirka fünf Minuten später angerufen worden.«

Der Hauptkommissar grunzte unwillig. Er stemmte seine Fäuste in die Hüfte.

»Gibt's Tatzeugen?«

»Noch nicht.«

»Was heißt noch nicht? Zeit, um das festzustellen, hättet ihr doch schon gehabt.«

»Wir wollten nicht riskieren, die Vorstellung abzubrechen. Wir waren bloß zu zweit, und uns ist außerdem gesagt worden, dass die MK gleich da sein wird.«

»Bloß nicht überarbeiten, gell?« Schranz baute sich vor Frau Antoni auf. »Sie also haben ihn gefunden.«

»Die Frau hat uns gegenüber bereits…«, wollte Türk erklären.

»Sie kann selber reden«, fauchte Schranz. Er maß die Direktorin von oben herab.

»Also. Dann berichten Sie einmal.«

Türk sah, dass Frau Antoni mit den Tränen kämpfte. Sie wirkte abwesend, presste die Faust vor ihren Mund, und ihr Gesicht schien ihm bleicher geworden zu sein. Beunruhigt trat er einen Schritt vor.

»Möchten Sie sich hinsetzen?«

»Nein… doch, ja. Danke.«

Sie sank auf den Hocker, nach dem Türk gegriffen hatte.

»Ist Ihnen schlecht?«

»Nein«, sagte sie tonlos. »Bloß ein bisschen… schwindlig.«

»Sie hat uns gegenüber bereits Angaben gemacht«, wiederholte Türk beherrscht.

»Dann raus damit, aber dalli«, brummte Schranz unwillig.

Türk berichtete in kurzen Worten, was er von ihr erfahren hatte. Schranz hörte mürrisch zu. Schließlich verschränkte er die Arme hinter dem Rücken und wandte sich an die Direktorin. »Der Partner, hm? In welcher Beziehung standen die beiden denn zueinander?«

Erneut wollte Türk für sie antworten. Sie wehrte ab.

»Geht schon wieder.«

»Fein«, sagte Schranz. »Also? Wie standen die beiden zueinander?«

Sie sah durch ihn hindurch.

»Wie schon gesagt, sie… haben beruflich gut miteinander harmoniert.«

»Hör ich da heraus, dass es privat eher anders war?«

Sie hob den Kopf.

»Wenn Sie drauf rauswollen, dass der Carl…«

Schranz fiel ihr ins Wort.

»Worauf ich rauswill, können Sie noch gar nicht wissen. Und interessieren muss es Sie auch nicht. Also? Hat's in letzter Zeit irgendeinen Konflikt zwischen den beiden gegeben? Ist es mal um Geld gegangen? Oder um Weibergeschichten?«

»Viel Geld hat keiner von beiden gehabt, darum kann's also kaum gegangen sein.«

»Und – was ist mit Weibern?«

Sie verneinte mit Nachdruck. »Hätt ich mitgekriegt, wenn da was gewesen wär.«

»Waren die Zwei, wie man so sagt, Hitzköpfe?«

»Temperament haben sie zwar gehabt, aber…«

»Temperament, hm?«

Schranz musterte sie nachdenklich. Dann nickte er überlegen. Er schien die Lösung des Falls bereits sonnenklar vor Augen zu haben.

»Haben Sie ein Foto von dem, der die Fliege gemacht hat? Von diesem Dings…«

»Carl Rosenberg«, half Türk.

Schranz nickte unwillig.

»Sind die beiden eigentlich Brüder?«

Die Direktorin verneinte.

»Höchstens weit entfernte Verwandte. Sie wussten's selbst nicht so genau.«

»Saubere Verhältnisse«, bemerkte Schranz. »Aber noch mal: Gibt's ein Foto von diesem Carl Dings, Rosenberg?«

Frau Antoni deutet auf ein Plakat an der Wand, auf dem die beiden Artisten zu sehen waren.

»Was ist damit?« Schranz trat einen Schritt näher und las. »Duo Tsigan… Zigeuner sind die zwei?«

»Sinti«, korrigierte die Direktorin.

»Sag ich ja. Und das Plakat sollen wir in die Fahndung geben?«, höhnte Schranz. »Meinen Sie, wir machen umsonst Reklame für Ihren Laden? Sie werden doch in den Personalunterlagen ein anständiges Foto haben.«

»Ja. …sicher. Ich muss…«

»Her damit. Hab meine Zeit nicht gestohlen.«

Frau Antoni schnellte aus ihrem Sitz, warf mit einer energischen Bewegung den Kopf zurück und stemmte die Arme in die Hüften.

»So brauch ich nicht mit mir reden zu lassen!«, rief sie schneidend. »Nicht so! Klar?!«

Ihre Augen brannten. Der Hauptkommissar hatte sich unwillkürlich geduckt. Nach kurzer Verblüffung richtete er sich wieder auf.

»Jetzt werden's nicht gleich hysterisch«, lenkte er ein. Er wandte sich schnell ab und gab Reiter ein Zeichen.

»Otti? Du gehst mit der Frau mit, okay? Wenn du das Foto hast, lässt du sofort die Fahndung raus, okay? Erhöhte Vorsicht, ja? Ist vermutlich bewaffnet.«

»Was für ein Blödsinn«, schniefte die Direktorin. »Was für ein elender Blödsinn. Ich kenn doch meine Leut. Ich stell doch keine Verbrecher ein.«

»Lassen Sie uns unsere Arbeit machen, ja?«, sagte Schranz über die Schulter. »Tanzen wir bei Ihnen auf dem Seil herum?«

»Wär zu überlegen. Die Leut mögen Komiker.«

Der Hauptkommissar fuhr herum und baute sich vor ihr auf.

»Sie! Ja?!«

Sie hielt seinem Blick stand.

»Ist schließlich Ihr Vorschlag gewesen.«

»Ich hätt noch ganz andere. Zum Beispiel den, Ihren Laden bis zum Abschluss der Ermittlungen zusperren zu lassen, kapiert?«

»Super Idee. Unseren Tierpark stellen wir dann auf den Parkplatz vom Polizeipräsidium.«

Der Hauptkommissar verdrehte die Augen.

»Was muss bloß passieren, dass die Weiber einmal nicht das letzte Wort haben?«

»Ich frag Sie nur, bitt schön, warum der Carl den Jascha erschossen haben soll! Die zwei waren ein Erfolgsgespann! Allein waren sie nichts, und das haben sie gewusst. Die waren doch nicht blöd!«

»Das Motiv wird sich bald herausstellen«, blaffte Schranz.

»Aber obwohl Sie noch keinen Beweis haben, lassen Sie nach ihm fahnden wie nach einem schwerbewaffneten Terroristen!«

»Dass ihn sein Verschwinden nicht eben unverdächtig macht, werden Sie ja wohl nicht bestreiten können. Versteh ja, dass Sie den Ruf Ihres Ladens schützen möchten, aber…«

»Was ist, wenn er nur einen Schock bekommen hat und wirr in der Stadt herumläuft?«

»Das lassen Sie mal schön unsere Sorge sein, okay?« Schranz wandte sich gereizt ab. »Genug jetzt. – Otti? Das Foto!«

»Ich halt den Kerl nicht mehr aus.«

Die Direktorin verließ kopfschüttelnd den Wagen. Reiter trottete hinterher.

Im Zelt brandete Beifall auf. Die Musik nahm an Lautstärke zu. Minuten später kam Reiter hereingestürzt. Er schnappte nach Luft.

»Die Vorstellung ist aus! Was… was…?«

Schranz straffte sich.

»Ich mach das. Otti, du sorgst dafür, dass sich ein paar von uns am Ausgang postieren und dass niemand durch die Absperrung kommt. Und hinterher will ich alle sehen, die hier arbeiten, okay?«

Reiter atmete schwer. »Okay.«

Schranz warf sich in die Brust und stiefelte aus dem Wagen. Die Zurückgebliebenen tauschten bedeutungsvolle Blicke aus.

»Passt's auf, Leute«, meinte einer der Spurensicherer. »Jetzt kommt's gleich: Tusch, Auftritt Schranz.«

»Jetzt ist er da, wo er hingehört«, ergänzte sein Kollege. »Außerdem: Ein Haufen Leute, die bloß auf ihn hören. Das muss er auskosten.«

»Nur kein Neid, Leute«, feixte Türk.

»Aber unbedingt. Sieht man nicht, wie's uns fast zerreißt?«

»Hier spricht die Kriminalpolizei«, ertönte kurze Zeit danach die Stimme des Hauptkommissars aus den Lautsprechern. »Bitte bleiben Sie noch einen Augenblick auf Ihren Plätzen.«

Gedämpftes Gemurmel wogte auf, von Überraschungsrufen unterbrochen.

»Während der Vorstellung ist ein Mitarbeiter des Zirkus Opfer eines Verbrechens geworden…«

Der Beamte, den sein Kollege Felix gerufen hatte, richtete sich auf und streckte sich.

»Die Chefin lässt nichts auf ihre Leut kommen, was?«

Sein Kollege sah nicht auf. Bedächtig verstaute er einen Spurenstreifen in einer Mappe. »Könnten sich unsere Oberen eine Scheibe davon abschneiden.«

Felix massierte seine Hüfte. Er drehte sich zu Türk und Baier.

»Was meint ihr eigentlich dazu?«

Türk zuckte die Schultern.

»Ich kann mir jedenfalls nicht vorstellen, dass man ihr viel vormachen kann.«

»Aber man weiß eben nie«, meinte Baier. »Wer abhaut, macht sich halt erst einmal ziemlich verdächtig, tät ich sagen.«

»Ist auch wieder nicht verkehrt.«

Wieder war die kräftige, vor Bedeutung schwere, vibrierende Stimme Schranzs zu hören: »Zu Details darf ich Ihnen noch nichts mitteilen. Wir bitten Sie aber, am Ausgang Ihren Namen und Ihre Adresse zu hinterlassen, damit wir Sie in den nächsten Tagen eventuell nach Ihren Beobachtungen befragen können. Bitte geben Sie unseren Beamten dabei gleich an, wenn Sie glauben, eine sachdienliche Mitteilung machen zu können. Sachdienlich heißt in diesem Fall, wenn Ihnen vor oder während der Vorstellung irgendetwas Ungewöhnliches aufgefallen ist. Ihre Daten unterliegen dem Datenschutz und werden selbstverständlich nach Abschluss der Ermittlungen wieder gelöscht. Haben Sie also bitte noch einen Moment Geduld, bis die Kollegen am Zeltausgang Aufstellung genommen haben. Ich danke Ihnen.«

»Na?« Mit noch immer geschwellter Brust, unübersehbar zufrieden mit seiner Vorstellung und seinem Bad in der Menge, kehrte der Hauptkommissar kurze Zeit später zurück. »Schon weitergekommen, Männer?«, fragte er aufgeräumt.

»Einigermaßen. Fingerabdrücke sind abgenommen. Von dem, der abgehauen ist, haben wir Haarproben gesichert. In einem seiner Anzüge haben wir seinen Pass und ein kleines Heft mit Telefonnummern gefunden. Auf den ersten Blick alles Nummern im Ausland.«

»Das lasst ihr gleich mir da, okay? Sonstige Auffälligkeiten?«

»Null, wie's erst mal ausschaut.«

Schranz knetete sein Kinn.

»Und draußen? Auch nichts?«

»Drückt sich ja nichts ab auf diesem Scheiß-Schotter.«

Vor dem Wageneingang kam Unruhe auf. Sekunden später stürzte eine junge Frau herein, gefolgt von Reiter, der offensichtlich vergeblich versucht hatte, sie aufzuhalten. Schranz fuhr zornig herum.

»Wa…?«

Die junge Frau trug das Kostüm der Seilartisten. Sie stand wie eine Statue in der Mitte des Raums. Mit weiten Augen starrte sie auf den Toten. Türk hielt den Atem an.

»Carl…«, flüsterte sie. Dann stürzte sie polternd zu Boden. Mit einem Satz war der Arzt bei ihr. Er rief nach einem Mitarbeiter.

Schranz holte tief Luft: »Otti!! Hab ich dir nicht gesagt, du sollst mir die Leut vom Hals…«

»Ruhe!!«

Mit leiser Stimme beriet sich der Arzt mit einem der Sanker. Zwei Männer erschienen mit der Trage, betteten die Bewegungslose darauf und brachten sie hinaus. Der Arzt richtete sich auf.

»Eine Angehörige?«, fragte er Türk.

Türk wusste es nicht.

»Ist bloß ohnmächtig geworden«, beruhigte der Arzt. »Wird sich bald wieder gefangen haben.« Er kehrte wieder an den Schminktisch zurück.

»Die… die ist einfach durch«, erklärte Reiter betreten. »Hat gekratzt und gebissen wie eine Katze. Ist nicht aufzuhalten gewesen.«

»Hab ich gemerkt«, gab Schranz ärgerlich zurück. Er wies befehlend zur Tür. »Pass gefälligst auf, dass es nicht wieder vorkommt. Auf solche Auftritte kann ich verzichten. Ist eigentlich schon wer von der Presse da?«

Reiter drehte sich auf der Treppe um.

»Zwei. Einer von der ›Bild‹.«

»Die Erklärungen geb ich ab, okay? Sollen noch einen Moment warten.«

Er wandte sich wieder an den Beamten der Spurensicherung.

»Wo waren wir gerade?«

»Beim Fenster«, half der Angesprochene.

»Ah ja. Direkt darunter war auch nichts?«

»Null. Hätt auch gern den Zigarettenstummel von einer Marke, die in ganz Deutschland außer dem Täter keiner raucht. Aber den Gefallen hat er uns leider nicht getan.«

»Überhaupt nichts?«, bohrte Schranz eigensinnig nach.

»Wenn wir null sagen, heißt das auch null«, stellte Felix gereizt fest. »Einen eindeutigen Beweis, dass der Schütze draußen gestanden hat, gibt's jedenfalls nicht, wenn Sie darauf hinausmöchten. Es gibt zwar schwache Schmauchspuren im Fensterbereich, aber eine genaue Standortbestimmung lassen sie genau so wenig zu.«

»Ihr könnt also nicht ausschließen, dass der Täter im Wagen war?«

»Hm. Was meinst du, Erwin?«

»Ich mein, dass ich grundsätzlich nie irgendwas ausschließ, bevor ich nicht im Labor gewesen bin.«

»Geschenkt«, knurrte Schranz. »Wie wär's mal mit ein bissl Intuition?«

»Die sagt mir im Moment, dass man sein Maul nie zu weit und vor allem nicht zu früh aufreißen soll«, versetzte Erwin trocken. »Dass die Mordkommission hin und wieder gewaltig auf dem Holzweg ist, ist nicht zu vermeiden und eigentlich auch keine Schande. Mir tät's bloß nicht gefallen, wenn es wieder uns angehängt wird. Ich weiß, von was ich red.«

»Holzweg«, brummte Schranz. »Blödsinn.«

»Sie denken eher an eine Tat im Affekt, seh ich das richtig?«, meldete sich der Doktor. »Ich meine, es ist ja nicht meine Sache, aber…«

»Es ist tatsächlich nicht Ihre Sache, aber ich antworte Ihnen trotzdem. Ja, daran denk ich durchaus.«

»Und die Begründung wäre?«

»Erstmal: Gefühl. Ist ja nicht so, dass man gar keine Erfahrung hätte, oder?«

»Gefühl? Ich bin gerührt. Und was sagt es Ihnen?«

»Dass irgendeine Beziehungskiste am Laufen war, das sagt es.«

Der Polizeiarzt winkte einem Mitarbeiter, der in der Nähe des Eingangs stand. »Ich wär dann soweit. Holt schon mal die Wanne.« Er drehte sich wieder zu Schranz.

»Nichts gegen Ihr Gefühl oder gegen Gefühle überhaupt. Aber…«

»Eine Affekttat ist jedenfalls nicht von vornherein auszuschließen«, beharrte Schranz.

»Das nicht. Aber für meinen Geschmack ist bei der Sache ein Quäntchen zu viel Planung oder wenn Sie wollen, ein bisschen zuviel Hinterlist im Spiel.«

»Dann steht eben meine Erfahrung gegen Ihren Geschmack.«

»Ich erwarte gar nicht, dass mein Geschmack ausgerechnet Sie überzeugt. Aber was ist, wenn ich Ihnen sage, dass der Schuss vermutlich aus einer Entfernung von keinesfalls weniger als eineinhalb bis zwei Metern abgegeben worden ist?«

»Ach? Dass ich das auch schon erfahr? – Und?«

»Überlegen Sie mal.«

»Tu ich schon die ganze Zeit. Nämlich, ob ich nicht ganz gewaltig Zeit mit Ihnen verplempere.«

»Das möcht ich Ihnen natürlich nicht antun. Bloß noch: Von woher kam der Schuss?«

»Sie nerven, Doktor. Von rechts.«

»Richtig. Aber sehen Sie von seinem Stuhl bis zur Wand rechts von ihm eineinhalb bis zwei Meter? Legen Sie mich nicht auf Zehntelmillimeter fest, aber ich schätze den Abstand auf bestenfalls fünfzig, sechzig Zentimeter.«

Der Hauptkommissar brummte etwas, was als Zustimmung gelten sollte.

Der Arzt fuhr fort: »Und wenn der Tote, was zu vermuten ist, auf diesem Stuhl hier gesessen hat, als man auf ihn schoss, dann ergeben Sitzposition und Einschussstelle eine direkte

Linie zu diesem Fenster. Der Schütze stand also mit großer Wahrscheinlichkeit draußen, also exakt dort, wo es auch der Kollege hier...« Der Doktor machte eine Kopfbewegung zu Türk.»...schon gleich zu Anfang vermutet hat.«

Türk schwieg. Das sonnengebräunte Gesicht des Hauptkommissars hatte sich verdunkelt.

»Glotz nicht so blöd, Türk!«, platzte er heraus. »Immer noch die gleiche eingebildete Visage, wie früher!«

»Bist auch noch ganz der Alte«, versetzte Türk gelassen.

»Herr Polizeiobermeister Joseph-mit-Peha-Türk! Ich könnt dir jetzt einen Tipp geben, wohin du dir deine Bemerkungen stecken kannst, aber ich kann mich beherrschen. Was sucht ihr zwei eigentlich noch da hier? Müsst ihr uns auch noch im Weg herumstehen?!«

»Müssen nicht«, sagte Türk. »Unsere Schicht wär eigentlich schon seit über einer Stunde vorbei.«

»Dann verzieht euch endlich. Morgen früh liegt der Bericht auf meinem Tisch, verstanden?«

Türk nickte und wandte sich zum Ausgang.

»Ob du verstanden hast, will ich wissen!«, brüllte Schranz. »Falls nicht: Ein Tauber hat nichts bei der Polizei verloren!«

Türk drehte sich langsam um. Alle Blicke waren auf ihn gerichtet.

»Der Föhn, gell?«, sagte er mitfühlend.

»Raus!«

KAPITEL 6

Alter, du solltest wieder einmal etwas Sport treiben. An Tagen wie diesen, mit einer noch weit nach Sonnenuntergang stehenden, von keinem Windhauch bewegten Luft, da spürte Türk wieder einmal, dass er keine sechzehn mehr war. Schnaufend hangelte er sich am Treppengeländer empor. Sein Blut kreiste wie erhitztes Blei in den Adern, jeder Muskel schmerzte, und die Haut fühlte sich wie gefettetes Wachspapier an. Jetzt nur noch Ruhe, Bett, Schlaf. Und kein Traum, keine Gedanken mehr an seinen unsäglichen Ex-Kollegen und vor allem keine Bilder mehr wie jenes, das er an diesem Abend gesehen hatte.

Er tappte auf die Wohnungstür zu, nestelte in der Hosentasche nach dem Wohnungsschlüssel, als es ihm wieder siedend heiß einfiel: sein Neffe! Er stöhnte geschlagen. Wenn Friedl nicht vor der Haustür gestanden hatte – und da war nichts von ihm zu sehen gewesen –, dann wartete er noch immer am Ostbahnhof auf ihn!

Türk fluchte leise und machte auf dem Absatz kehrt. Eine Diele knarzte.

»Herr Türk?!«

Er ächzte auf. Lag Frau Grohm eigentlich hinter ihrer Wohnungstür auf der Lauer? Ihr Gesicht erschien auf dem Treppenabsatz unter ihm. Sie maß ihn mit vorwurfsvollem Blick. Er ging ihr entgegen.

»Herr Türk! Der arme Bub. So lang lassens ihn warten.«

»Grad wollt ich ihn abholen. Ist er…«

»Und den ganzen Tag hat er nichts zu essen gekriegt!«

Frau Grohm entsprach bis auf wenige Details genau dem Klischee, das sich um Münchner Hausmeisterinnen gebildet hatte. Energisch, praktisch, mit beiden Beinen unerschütterlich auf dem Boden der Wirklichkeit stehend, einen entscheidungsschwachen und dem Alkohol nicht abgeneigten Ehemann durch das gemeinsame Leben dirigierend, alles andere als auf den Mund gefallen und jedes Wortgefecht genussvoll bestreitend, dabei humorvoll, verlässlich und grundgut. Ihre Besorgtheit verbarg sie jedoch am liebsten hinter einer Flut von Vorwürfen, mit denen die sensibler Besaiteten unter den Hausbewohnern und jene, die aus Gründen ihrer nichtbayerischen Herkunft mit dieser Form der Liebenswürdigkeit nichts anfangen konnten, zuweilen nicht gut umgehen konnten. Nicht dem Klischee entsprach dagegen, dass sie noch keine Vierzig war, verboten gut aussah und sich, auch hier konsequent in ihrem Verantwortungsgefühl für die Harmonie in dem von ihr verwalteten Haus, durchaus angesprochen fühlte, wenn sie irgendwo einen erotischen Notstand witterte.

»Ist er bei Ihnen?«

»Na, sollt ich ihn vielleicht vor der Tür stehen lassen wie bestellt und nicht abgeholt? Sie gefallen mir.«

Mit mütterlichem Blick streifte sie den Jungen, der mit verlegen gesenkten Schultern, noch an einem Bissen kauend, hinter ihr auftauchte und sie mit einem herzerwärmenden Lächeln bedachte, wie es einem kleinen Jungen aus dem zentralafrikanischen Busch, dem eine Schwester Innocentia soeben die erste Tafel Schokolade seines Lebens überreicht hatte, nicht überzeugender gelungen wäre. Es bestand kein Zweifel daran, dass der Junge einiges von seinem Vater geerbt hatte. Das Herz der Frau Grohm jedenfalls hatte er bereits erobert.

»Grüß dich, Onkel Joseph«, sagte er betreten. »Ich… ich kann nichts dafür. Die Mama hat gesagt, dass du einverstanden bist, wenn…«

Frau Grohm, die intuitiv die Anspannung begriff, die in der Luft lag, schnitt ihm beherzt das Wort ab.

»Ich hab ihm schon was zu essen gemacht. Braucht doch was in den Magen, so ein Bub in dem Alter.«

Wieder ruhte ihr Blick wohlwollend auf dem Jungen, wobei sie mit gefletschten Zähnen lächelte, als würde sie gerade die Lust überkommen, ein Stück von ihm abzubeißen, und wieder antwortete Friedl mit einem umwerfend treuherzigen Augenaufschlag.

Türk bedankte sich artig und winkte dem Jungen, ihm zu folgen.

»Nichts zu danken«, sagte Frau Grohm und ging in ihre Wohnung zurück.

»Die Mama hat gesagt, dass es dir nichts ausmacht, wenn…«

Türk schloss die Tür auf und drückte auf den Lichtschalter.

»Schon recht. Jetzt bist du schon einmal da.«

Der Junge stand verloren im Flur.

»Dir ist es nicht recht, gell?«

»Doch.« Türk seufzte. Freundlicher fügte er hinzu. »Und jetzt halt den Schnabel. Stell erst einmal dein Zeug ab und hock dich hin. Nachher schauen wir, wo du dich hinlegen kannst. Dass ich nicht viel Platz hab, siehst du ja.«

Der Junge nahm zögernd am Küchentisch Platz.

»Es ist nur, weil du so…«

»Hab einen harten Tag gehabt. Das ist alles.«

Gottfried nickte mitfühlend.

»Und dann komm auch noch ich, hm?«

Türk legte seine Hand auf den Griff der Kühlschranktür.

»Cola?«

»Wenn du eine hast?«

»Sonst tät ich dir keine anbieten, oder?«

Er öffnete den Kühlschrank. Bis auf ein angeranztes Stück Butter und zwei Flaschen Bier war er leer. Richtig, er hatte ja nach dem Drama in der Kameruner Straße eigentlich noch einen kurzen Abstecher zum Einkaufszentrum vorgehabt.

»Nicht schlimm«, beruhigte ihn Friedl. »Bier geht auch.«

Türk schenkte ihnen ein und setzte sich. Er war müde. Seine Wohnung kam ihm plötzlich öde und ungastlich vor. Keiner von beiden wusste, was er sagen sollte. Türk stellte fest, dass er nicht mehr gewohnt war, sich mit jemandem aus Gottfrieds Generation zu unterhalten.

»Hast lange am Ostbahnhof gewartet?«, beendete er das Schweigen.

»Eine Stunde ungefähr.«

»Was hast in der Zwischenzeit gemacht?«

»Nichts«, antwortete der Junge schnell. »Ist ganz gechillt gewesen.«

»Gechillt, so.« Türk warf ihm einen prüfenden Blick zu, ließ es aber dabei bewenden. Wieder dehnte sich die Zeit.

Türk deutete in die Ecke.

»Kannst dir das Sofa ausziehen, hm?«

»Tut's schon, Onkel«, meinte der Junge.

»Werd schauen, ob ich noch ein Bettzeug für dich hab. Ein gewaschenes, mein ich.«

»Tut's schon.«

Wieder kroch ein Schweigen durch den Raum.

Türk räusperte sich.

»Und jetzt sag, was du wieder angestellt hast.«

»Angestellt?« Der Junge tat erschrocken. »Was …?«

»Ganz umsonst wird deine Mama dich ja nicht zu mir geschickt haben, oder?«

»Nichts hab ich angestellt!«, sagte Friedl entrüstet. »Sie spinnt mal wieder.«

»Du. So redet man nicht über die eigene Mutter, klar?«, warnte Türk, obwohl er insgeheim davon überzeugt war, dass der Junge in diesem Fall nicht Unrecht hatte.«

»Mein's ja auch nicht bös«, sagte Friedl. »Sie ist ja nicht uncool.«

»Jedenfalls macht sie sich Sorgen deinetwegen. Deswegen bist du ja jetzt bei mir.«

Die Augenbrauen des Jungen hoben sich überrascht.

»Deswegen, hat sie dir gesagt?«

»Wegen was sonst?«

»Deswegen doch nicht. Sie ist heut Nachmittag weggefahren.«

Türk stellte das Glas ab. »Was?«

»Ja. In die Türkei oder so. Braucht auch einmal Urlaub, hat sie gesagt.«

Daher also wehte der Wind.

»Allein?«

»Glaub schon.«

»Geht's ein bissl genauer?«

»Ich soll's dir ja gar nicht sagen. Außerdem weiß ich's wirklich nicht genau. Sie sagt ja nichts, tut so geheimnisvoll. Kann schon sein, dass da einer dahintersteckt. In letzter Zeit ist sie öfters nach Salzburg gefahren.«

Türk musterte den Jungen. Falls Friedl ahnte, dass seine Mutter beschlossen hatte, die Haftzeit ihres Gatten nicht als Nonne zu verbringen, so schien es ihn nicht sonderlich zu berühren.

»Was vom Franky gehört?« Er verbesserte sich: »Ich mein, von deinem Papa? Wie geht's ihm?«

»Mittel. Ein Idiot sei er gewesen, sagt er.«

Stimmt allerdings, dachte Türk. Franky wird doch nicht anfangen, etwas zu kapieren?

»... und dass es ihm nicht mehr passieren wird und er das nächste Mal besser aufpassen tät.«

Nein, natürlich kapierte sein jüngerer Bruder nichts. Das war Franky, wie er leibte und lebte. Unbelehrbar und von unerschütterlichem Optimismus.

Türk hatte erfahren, dass die Revision abgelehnt worden war. Was keinen außer seinen Bruder erstaunte, denn die Kumpane, die ihn in diese Geschichte hineingezogen hatten, waren keine Anfänger. Sie hatten dafür gesorgt, dass ihnen ganz im Gegensatz zu ihm nichts nachgewiesen werden konnte.

Litt der Junge eigentlich darunter, dass sein Vater wieder einmal im Gefängnis saß? Brauchte er, dass man mit ihm darüber sprach?

»Hast du eigentlich keinen Fernseher, Onkel Joseph?«, holte ihn Friedl aus seinen Gedanken.

»Einen Fernseher? Doch.«

Der Junge strahlte. »Ends-cool, Onkel!«

»Aber der steht im Schlafzimmer drüben.«

Das Gesicht des Jungen sprach Bände.

»Sag bloß, du möchst heut noch glotzen! Schau mal auf die Uhr! Außerdem werd ich heut Nacht keine Umsteckereien mehr veranstalten.«

»Hab nur gemeint«, beschwichtigte Friedl ihn betreten.

»Was… was käm denn jetzt noch?«

»Die Zusammenfassung von ›Superstars‹.«

»Der Käs interessiert dich?«

Der Junge zuckte die Schultern.

»Nichts da«, beschied Türk. »Sag mir bloß noch: Wie lange hat die Mama eigentlich gedacht, dass du bei mir bleiben sollst? Eine Woche, einen Monat? Muss ich doch wissen!«

»Hat sie's dir nicht gesagt?«

»Nein!«

»Dann weiß ich auch nicht«, sagte Friedl kläglich. »Mir hat sie bloß gesagt, sie ruft dich an, wenn sie weiß, wann sie wieder kommt oder…«

»Oder was?«

»Oder ob sie ein bissl länger bleibt.«

Türk kippte die Augen zur Zimmerdecke und stöhnte geschlagen.

»Gell, dir passt es doch nicht«, sagte Gottfried unglücklich.

»Nein«, wehrte Türk ab. »Es ist nicht, dass ich was gegen dich hätt. Das weißt doch, oder? Es ist bloß – wie sag ich? –

ein bissl plötzlich gekommen. Und, siehst ja selber – meine Wohnung ist nicht die größte.«

»Ja, da hast du Recht«, stimmte der Junge aufseufzend zu. Türk unterdrückte einen ärgerlichen Impuls. Was hatte der Bengel erwartet? Ein Penthouse in Schwabing? Er wechselte das Thema.

»Und, was willst in nächster Zeit machen? Den ganzen Tag herumsitzen gibt's bei mir nicht, das ist dir ja klar, oder?«

Das Arbeitsamt habe ihm ein paar Adressen gegeben, bei denen er sich für eine Lehrstelle bewerben könnte, berichtete der Junge. Einige Firmen hätten geantwortet.

»Dann verdien ich ein Geld und zieh in eine Wohnung, ich versprech's dir.«

»Unbedingt!«

Türk lachte auf. Das Träumen schien in der Familie zu liegen. Aber vielleicht konnte er ihm behilflich sein, einen Platz in einem Wohnheim zu finden?

»Was willst denn eigentlich werden? Was hast denn so vor?«

»Karriere machen«, sagte der Junge ernsthaft.

Türk musste schmunzeln.

»Und mit was?«

»Weiß noch nicht genau.«

Türk legte seine Hände auf die Tischplatte und stemmte sich hoch.

»Dafür muss man aber früh aufstehen. Los jetzt, es ist halb zwölf.«

»Eine… eine Frag bloß noch, Onkel Joseph.«

Türk stand bereits auf der Schwelle zum Schlafzimmer.

Der Junge sah sich suchend um.

»Computer hast du keinen?«

KAPITEL 7

Der sportlich gekleidete junge Mann strich sich mit der Rechten durch sein gegeltes Haar.

»Tach, die Herrschaften!«

Er stützte sich lässig auf den Tresen der Inspektion. Polizeiobermeister Öttl, der Älteste der A-Schicht, warf einen Blick zu Türk, der auf seinen Monitor starrte.

»Geh du hin, Fritz. Sonst krieg ich den Bericht nie fertig.«

»Von mir aus.«

Öttl hob seine neunzig Kilo aus dem Sessel und trat behäbig an die Theke des Wachraums.

»Grüß Gott? Um was…?«

»Goebel mein Name, mit o-e. Mutti hat mir gesagt, dass jemand von Ihnen angerufen hat.«

»Immer langsam«, sagte Öttl gemütlich. »Um was geht's erst einmal, Herr…«

»Goebel, mit o-e. Um meine Geldbörse.«

»Um ihren Geldbeutel. So.«

»Jawohl.«

»Und was soll damit sein?«

»Mutti hat mir gesagt, dass bei Ihnen meine Geldbörse hinterlegt worden ist.«

Öttl erinnerte sich.

»Die ist nicht hinterlegt worden«, korrigierte er, »die ist gefunden und von uns sichergestellt worden.«

»Wie dem auch sei, die…«

»Dem *ist* so«, stellte Öttl richtig.

»Gut, gut. Die möcht ich gern wiederhaben, ja?«

Öttl musterte den jungen Mann, der den Blick forsch zurück gab.

»Haben's einen Ausweis dabei, Herr... Dings?«

»Aber sicher doch.«

Der Student griff in den Aufnäher seiner Hose und legte die Karte auf den Tisch.

Öttl warf einen Blick darauf. Nachdenklich massierte er seine klobige Nasenspitze.

»Da sehens aber anders aus.«

»Hab jetzt 'ne andere Frisur, richtig.«

Der Polizeiobermeister sah forschend in das Gesicht des jungen Mannes. Der junge Mann zog sein Handy und las die Uhrzeit ab.

»Muss gleich zur Uni. Könnte ich jetzt meine Geldbörse wiederhaben?«

»Immer mit der Ruhe.«

Öttl ging mit wiegenden Schritten in den Nebenraum und kehrte nach einigen Minuten mit einer Geldbörse und einem Formular wieder zurück.

»Ist sie das?«

Der Student griff danach.

»Natürlich.«

»Moment«, sagte Öttl gedehnt. »Wo wollen Sie sie denn verloren haben?«

»Das kann nur im ›Kreiller-Garten‹ gewesen sein. Oder auf dem Parkplatz davor.«

Es stimmte. Es war die Kellnerin Fanny gewesen, die einem der Beamten der 29er, der sich privat im Biergarten aufhielt, die Börse gegeben hatte.

»Und was war drin?«

»Hören Sie! Es ist meine Geldbörse! Ich hab's eilig, ja?«

»Und ich hab gefragt, was drin gewesen ist«, konterte Öttl ungerührt.

»Wieso?«

»Weil es hin und wieder vorkommt, dass uns einer austricksen will.«

»Unerhört! Wollen Sie mich verdächtigen…«

Öttl fiel ihm scharf ins Wort.

»Wenn Sie mir das nicht sagen können, haben wir keine Sicherheit, dass es sich nicht um eine Verwechslung handelt. Ist das so schwer zu kapieren?«

»Ich werde mich beschweren!«

»Tun Sie das«, versetzte Öttl gelassen. »Dann dauert's aber noch ein bissl länger. Also?«

Die Wangen des Jungen hatten sich verfärbt…

»Ungefähr zweihundertfuchzig Euro, eine EC- und zwei Kreditkarten.«

»Hm.« Öttl sah nach. »Könnt hinkommen. Und was noch?«

»Wie, was noch. Es war doch meine Visitenkarte darin! Sonst hätten Sie doch Mutti gar nicht…«

Öttl unterbrach ihn. »Das sagt nichts. Die könnt der, dem der Geldbeutel gehört, auch von Ihnen gekriegt haben.«

»Quatsch!«

Öttl verzog keine Miene.

»Finden Sie?«

»Jawohl, das finde ich in der Tat!«

»Tja, dann tut's mir Leid.«

»Wie? Was tut Ihnen Leid?«

»Ich kann Ihnen den Geldbeutel bedauerlicherweise nicht aushändigen.«

»Diese Bürokratie!«, platzte der junge Mann wütend heraus. Er wand sich. »Was wird es denn noch gewesen sein! Himmel! Ein paar Münzen, eine Telefonkarte!«

Öttl öffnete die Geldbörse und sah prüfend hinein. Dann nickte er.

»Korrekt.«

»Na endlich!«

Hastig griff der Student nach der Börse, die ihm der Beamte über die Tischplatte schob, kritzelte seine Unterschrift unter die Empfangsbestätigung und begann damit, die Scheine nachzuzählen.

»Was wird das jetzt?«, wollte Öttl wissen.

Der junge Mann grinste blasiert.

»Nur mal gucken, ob noch alles drin is, nich wa?«

Zwischen den dichten Brauen des Polizeiobermeisters bildete sich eine Furche.

»Alles in Ordnung.«

»Möcht ich wohl meinen.«

In Öttls Stimme hatte sich ein drohender Ton geschlichen.

»Tschüss denn.«

Der Student wandte sich zur Tür.

»Momenterl noch, Herr… Dings.«

»Goebel, mit o-e. Was ist denn noch?«

»Können Sie eigentlich Deutsch?«

»Was soll der Quatsch?«

»Weil es in dieser Sprache das Wort ›Danke‹ gibt, erstens.«

»Ja, danke«, sagte der junge Mann gedehnt.

»…und zweitens: Sie sind zwar nicht dazu verpflichtet, aber wie wär's eigentlich mit einer kleinen Anerkennung? Für den ehrlichen Finder?«

»Weiß ja nicht mal, wer es gewesen ist.«

Öttl erklärte es ihm.

»Nun ja, es ist ja auch Ihre Pflicht gewesen. Gehört schließlich zum Service, nich wa? Ich hab's jetzt wirklich eilig.«

Die Furche zwischen den Augen Öttls hatte sich vertieft.

»Halt!«, rief er scharf.

Der Student fuhr herum.

»Kommens noch einmal her!«, befahl Öttl. »Herkommen, sag ich!«

Verdutzt gehorchte der Student.

»Näher!«

Öttl wippte auf den Fersen. Ohne den jungen Mann aus den Augen zu lassen, drehte er sich in die Richtung Türks.

»Du, sag einmal, Kollege…«

»Was ist denn?«

»Sag einmal, Kollege, ist das nicht der Geldbeutel gewesen, in dem wir das Packerl mit diesem Dings, diesem Ecstasy drin gefunden haben?«

Er wandte sich kurz um und zwinkerte Türk zu.

»Ecstasy…?«, flüsterte der junge Mann. »In meinem…?« Seine Stimme erstarb.

»In diesem Geldbeutel, jawohl«, bestätigte Öttl streng. »Kollege? Das war der doch, oder täusch ich mich?«

Türk zögerte.

»Da-das muss ein Irrtum sein!«, stotterte der junge Mann. »Das muss mir… jemand untergeschoben ha-haben.«

Untergeschoben!«, ätzte Öttl. »Kompliment! So eine Ausrede hören wir ganz, ganz selten. Was, Kollege?«

»Ziemlich selten«, bestätigte Türk.

»Nein, wirklich… ich…«

Auf der Stirn des Studenten glitzerten Schweißtropfen.

»Ich glaub, das war eine andere«, warf Türk ein. Der Junge begann ihm Leid zu tun.

»Glauben heißt nicht wissen«, dozierte Öttl genüsslich. »Bist du sicher?«

»Es war eine andere, Fritz. Kannst es mir glauben.« Leiser setzte er hinzu: »Jetzt lass ihn halt gehen.«

»Na gut!«

Öttl tat, als habe er sich überzeugen lassen. Er verwandelte sich wieder in einen umgänglichen Münchner Polizisten. Er lachte versöhnlich und schmetterte seine Hand auf die Schulter des jungen Mannes, der unter diesem Schlag endgültig in die Knie zu gehen drohte.

»Kleiner Irrtum meinerseits, haha. Nichts für ungut, gell?«

»Kann ich…«, flehte der Junge.

»Freilich!«, rief Öttl väterlich.

Der Student wankte hinaus.

»Sadist«, sagte Türk. »Kenn ich gar nicht an dir, so was.«

»Dann wird's Zeit.« Öttl ging zufrieden zu seinem Schreibtisch zurück. »Das Leben ist hart. Da wird uns doch auch einmal ein Scherz erlaubt sein.«

»Scherz! Hätt nicht viel gefehlt, und er wär uns umgefallen.«

»Na, dann weiß er jetzt, dass man länger lebt, wenn man die Leut nicht dumm anredet. In meinem Alter lass ich mir das nicht mehr bieten. Und auch noch die grundgute Fanny vom ›Kreiller-Garten‹ zu verdächtigen...« Er schüttelte den Kopf. »Das geht ja wirklich zu weit. Außerdem: Du wirst mir doch nicht weismachen wollen, dass der Schnösel dir Leid getan hat?«

»Nicht direkt«, gestand Türk.

Er konnte den alten Haudegen gut leiden. Öttl, der gerne den knorrigen Giesinger Quadratschädel gab und im Verdacht stand, ein eingeschriebener Sozi zu sein, war der Einzige gewesen, der ihn nie mit Fragen gelöchert hatte. Als sie zum ersten Mal miteinander Streife fuhren, hatte er nur gesagt: »Wenn du mir erzählen willst, warum sie dir eine auf den Deckel gegeben haben, dann tu's. Wenn nicht, dann lässt du's bleiben. Ich hab selber Augen im Kopf und kann mir die Leut danach anschauen, ob sie was taugen oder nicht.« Und hatte hinzugefügt: »Und du gehörst eher zu denen, die was taugen.«

Der verdächtig gerötete Kopf von Inspektionsleiter Schwab tauchte in der Türöffnung auf.

»Türk?! Komm rein! Dalli.«

Während Türk die Bürotür hinter sich ins Schloss zog, hatte Schwab wieder nach dem Hörer gegriffen.

»Ja, er ist da. Jetzt kannst du's ihm selber... Nein! Jetzt sagst du es ihm selber! Ich pfeif drauf, dass ich mir immer die Penzereien anhören muss! Natürlich bin ich der Verantwortliche! Aber ich hab da so einen Verdacht, nämlich den, dass die ganze Geschichte damit zu tun hat, dass ihr zwei früher im selben Dezernat... nix Schmarren!«

Der Inspektionsleiter winkte Türk näher und drückte ihm den Hörer in die Hand.

»Wer?«, fragte Türk halblaut.

»Wirst gleich sehen«, giftete Schwab. »Hab langsam die Schnauze voll, bloß dass du's weißt.« Er drückte auf die Mithörtaste.

Türk meldete sich. Es war Schranz.

»Türk, dein Bericht ist wieder einmal, wie ich ihn von dir gewohnt bin.«

»Freut mich, Horst.«

»Mich weniger. Erstens mal wieder ein Deutsch, dass es der Sau graust, und zweitens...«

»Dichten kannst du besser, stimmt.«

»Schnabel! Ich red! Und zweitens fehlt die Hälfte.«

»Und was zum Beispiel?«

»Türk, ich werd jetzt nicht mit dir deinen Verhau durchgehen, da ist mir meine Zeit zu schad. Jedenfalls strotzt er vor Ungenauigkeiten. Und damit eins klar ist: Hypothesen oder irgendwelche Vermutungen haben in deinem Bericht nichts, aber auch gar nichts verloren! Ganz abgesehen davon, dass sie der reinste Schwachsinn sind! Verstanden?!«

»Schreist ja laut genug. Und – was willst du von mir?«

»Frag nicht so deppert. Einen neuen Bericht, was sonst? Der jetzige liegt nämlich schon im Papierkorb, weil mir mein Arsch zu schad war, ihn mir damit abzuwischen. Und dass du dich ja unterstehst und probierst, uns erzählen zu wollen, in welche Richtung wir ermitteln sollen!«

»Ich soll den Bericht noch mal...?«

»Seit wann bist du schwerhörig? Wenn du allerdings meinst, es dir leisten zu können, mich auflaufen zu lassen, dann kann ich dir eins verraten, nämlich, dass man ganz genau – ganz genau! – schaut, wie du dich aufführst, ja? Noch ein paar Fehlleistungen, und du bist ganz draußen. Klar?!«

»Durchaus.«

Türk kochte innerlich. Er sah, dass Schwab mit den Fingern auf die Tischplatte trommelte.

»Dann ist's ja gut!«, schepperte Schranz' Stimme aus dem

Lautsprecher. »Ich muss dir ja wohl keinen Vortrag über die Zuständigkeiten bei der Polizei halten. Ihr habt uns zuzuarbeiten. Und deswegen hebt ihr euren Arsch und fahrt noch einmal rüber. Ich hab grad keinen frei und brauch eine von den Artistinnen. Die, die uns umgefallen ist.«

»Wieso?«

»Kann dir wurscht sein. Jedenfalls haben wir sie gestern nicht mehr genauer unter die Lupe nehmen können. Und diese Direktorin, die du ja gemeint hast, besonders beschützen zu müssen, ist auch nicht besonders kooperativ. Also klar? Ich brauch sie sofort. Noch Fragen?« Er wartete die Antwort nicht ab. »Okay, dann ab. Es pressiert.«

Grußlos legte der Hauptkommissar auf. Schwab schien sich mittlerweile beruhigt zu haben.

»Weißt jetzt Bescheid?«

»War ja nichts Neues.«

Das Grinsen wollte Türk nicht so recht gelingen.

»Er schwimmt wieder mal gewaltig, hm?«

»Wann tut er das nicht?«

»Kannst Recht haben«, stimmte Schwab zu. »Der Baier hat mir seinen Auftritt gestern schon brühwarm serviert. Es schaut so aus, als ob er sich schon wieder voreilig auf was einschießt. Obwohl er, wie ich mir hab sagen lassen, noch herumtappt wie ein Maulwurf bei Stromausfall. Aber wenigstens ist er fix. Die Fahndung ist gleich gestern noch rausgegangen.«

»Die ist ein Fehler«, sagte Türk hitzig. »Wenigstens so, wie er sie angelegt hat.«

»Reg dich ab«, besänftigte der Inspektionsleiter. »Das ist nicht unser Bier, und…«

»Man kann doch nicht einen wie einen Schwerverbrecher jagen lassen, wenn man noch überhaupt keine gesicherten…«

Schwab fiel ihm mit unvermittelter Schärfe ins Wort: »…und vor allem nicht das deine! Ja?«

»Okay«, lenkte Türk ein. »Okay-okay.«

Der Inspektionsleiter geriet trotzdem in Fahrt: »Also laber

mir gefälligst nicht ein Ohr ab! Fakt ist in diesem Fall, dass weder er noch du einen Beleg für seine Einschätzung habt. Und bevor du mir auch noch mit dem Stiefel kommst – wenn ich von einem Polizisten das Wort ›Gefühl‹ oder, noch schlimmer, ›Intuition‹ höre, dann geht mir eine ganze Messerfabrik in der Hose auf. Also. Du nimmst den Baier wieder mit, okay?«

Türk nickte und stand auf.

»Stop«, befahl Schwab. »Dageblieben. Bin noch nicht ganz fertig.«

Türk hielt in der Bewegung inne. Der Inspektionsleiter sah ihn bekümmert an.

»Jetzt hör mir einmal zu, Türk, und zwar gut. Das kann nicht so weiter gehen. Das Ding, das ihr zwei da abliefert, der Schranz und du, das ist euer privater Mist. Einer, der mir gewaltig stinkt, weil er mit allem zu tun hat, bloß nicht damit, was unser Job…«

»Von mir geht's nicht aus.«

»Lass mich gefälligst ausreden!« Schwab war gereizt. »Und erzähl mir keine Märchen! Ich hab erfahren, dass es der Schranz gewesen ist, der es – sagen wir es mal schonend – nicht übers Herz gebracht hat, beim Disziplinarverfahren für dich einzutreten.«

»Sehr schonend gesagt«, bemerkte Türk bissig. Schranz' Aussage war die entscheidende gewesen. Und sie war nicht zu seinen Gunsten ausgefallen.

»Trotzdem, Türk. Die Fakten, die man dir damals vorgehalten hat, waren mehr oder weniger eindeutig. Du warst es, der's verbockt hat, und du bist es, der es auszulöffeln hat. Kein anderer. Sind wir da wenigstens schon mal d'accord?«

»Ja.«

»Gut. Dann siehst du vielleicht auch ein, dass der Schranz nichts anderes getan hat als das, was vorgeschrieben ist. Ich wüsst vieles, was mir an ihm nicht passt, aber daraus, Türk, ist ihm kein Vorwurf zu machen. Kapier das gefälligst.

Ist eine verdammt zweischneidige Geschichte, diese Kollegensolidarität, die du da einforderst. Ich versteh's ja, im Prinzip jedenfalls. Und ich will gar nicht wissen, wie oft ich selber an ein paar heiklen Geschichten grad noch so vorbeigeschrammt bin. Aber, Herrgott noch mal, wo kommen wir da hin?«

»Dass einer gegen einen Kollegen aussagt, werf ich keinem vor«, widersprach Türk. »Und dass er für mich lügt, erwart ich schon gleich gar nicht.«

Schwab lehnte sich zurück.

»Okay. Bin ich ja schon mal beruhigt. Aber dann kapier ich nicht recht, was…«

»Ich wär schon zufrieden, wenn er überhaupt nicht lügen würde.«

Ein Zucken huschte über das Gesicht des Inspektionsleiters. Seine Lippen wurden schmal.

»Das hab ich jetzt nicht gehört, klar?«

»Klar. War auch nur ganz allgemein gesagt.«

Schwab federte aus der Stuhllehne.

»Türk, du elender Sturschädel!«, sagte er eindringlich. »Stell dich nicht dümmer, als du bist! Denk endlich einmal ein bissl logisch: Wenn du diese Behauptung beweisen hättest können, hättest du's getan. Da du's aber nicht getan hast, folgt daraus, dass du…«

»Ich…«

»Lässt mich endlich einmal ausreden? Nett von dir. Also: Du hast keinen Beweis *gehabt*! Also halt gefälligst jetzt den Schnabel! Herrgott noch mal! Du bist doch nicht blöder als andere! Lenk du halt auch einmal ein und lass ihn nicht jedesmal auflaufen, wie jetzt wieder. Doch klar, dass er sich das in seiner Position nicht bieten lassen kann.«

»Tu ich das denn?«

Schwab nickte mit Nachdruck.

»Du kannst ein verdammt arroganter Hund sein, glaub mir. Und jetzt tu ja nicht so, als tätst du das nicht wissen.«

Türk grinste schief. Der Inspektionsleiter warf ihm einen verärgerten Blick zu.

»Ob das jeder so witzig findet, wie du's selber tust, wag ich zu bezweifeln.«

Türk seufzte. Er betrachtete seine Fingerspitzen.

»Ich tät langsam gern von was anderem reden.«

»Ich auch, Türk! Ich auch! Lass dir bloß noch eines gesagt sein: Ich hab nichts gegen dich, und auch gegenüber dem Kommissariat bin ich nicht als übertrieben harmoniesüchtig bekannt.« Wie zum Beweis wetterte er unvermittelt los: »Aber ich kann keine permanente Keiferei mit der Kripo brauchen!« Er knallte die flache Hand auf die Tischplatte. »Kapiert?! Ich erwarte von dir, dass du deinerseits dafür sorgst, dass die Geschichte zwischen dem Schranz und dir endlich ein Ende hat! Hast du mich verstanden? Wenn nicht, werden wir einmal gewaltig aneinander geraten! Ich kann auch andere Saiten aufziehen. Klar?«

»Geht ja jedesmal von ihm aus.«

»Na, probier zum Beispiel einfach einmal, nicht nachzumaulen, wenn der Schranz was zu dir sagt. Und misch dich vor allem nicht in seine Arbeit. Ich weiß, es fällt dir schwer, aber ich hab dich gewarnt. Wenn das nicht anders wird, fliegst du aus der Neunundzwanziger. Wo du dann landest, kannst du dir selber ausrechnen. Verbessern wirst du dich dabei aber eher nicht, das garantier ich dir.« Schwab ließ sich in die Lehne zurückfallen. »Du hältst dich ab jetzt genau an das, was dein Job ist. Und du verzwickst es dir, der Kripo gute Ratschläge zu geben. Das ist eine Anordnung, Türk, beim Barras sagt man ›Befehl‹ dazu. Haben wir uns verstanden?«

Türk stand auf.

»Haben wir.«

Er versuchte, sich seine Aufgewühltheit nicht anmerken zu lassen, hörte aber, dass seine Stimme belegt klang: »Ich fahr dann, okay?«

»Hau schon ab.«

Türk ließ die Tür hinter sich ins Schloss fallen. Er fühlte den Blick Öttls auf sich, verspürte aber wenig Lust, ihn zu erwidern.

»Hat er sich aufgeregt?«, fragte der Alte.

Türk griff nach seiner Jacke.

»Frag lieber, ob er mich aufgeregt hat«, gab er unwirsch zurück.

»Tu ich aber nicht.«

Etwas im Klang seiner Stimme ließ Türk aufhorchen.

»Wieso?«

»Hast du keine Augen im Kopf?«

»Red Deutsch mit mir, Öttl.«

»Der Schwab ist nicht gesund.«

»Was…« Türk fühlte, wie ihm heiß wurde. »…fehlt ihm denn?«

»Fehlen nichts«, sagte Öttl. »Er hat was.«

Er deutete auf seine Magengegend.

Türk starrte ihn ungläubig an.

»Ist es ernst?«

Der Alte nickte betrübt.

»Er ist auch einer von denen, die erst dann zum Doktor gehen, wenn sie schon tot sind. Weil Sie erst dann kapieren, dass es ernst ist.«

KAPITEL 8

Das Gatter des Empfangsportals war abgesperrt. Ein Schild, auf dem der Beginn der täglichen Vorstellungen vermerkt war, bewegte sich leicht im Wind, der am frühen Morgen eingesetzt hatte. Das von jedermann ersehnte Gewitter jedoch war ausgeblieben. Von den Wolken im Westen, die sich am Abend zuvor so vielversprechend aufgebaut hatten, waren nur noch einige blässliche Dunststreifen, die sich wie feine Adern durch den diesig verhangenen Himmel zogen, übrig geblieben. Längst lastete wieder sommerliche Hitze über der Stadt.

Ein mobiler Lattenzaun, dessen knallige Bemalung eine Auffrischung nötig gehabt hätte, endete bereits einige Meter neben dem Kassenwagen und ließ einen Durchgang frei. Unter einem Vorhang duftender, vor Feuchtigkeit noch schwerer Wäsche gelangten die beiden Polizisten auf den Platz.

Aus dem Hauptzelt drang das gedämpfte Getrappel der Ponys, in das sich undeutliche Rufe, der Knall einer Peitsche und das gelegentliche Wiehern der Tiere mengte. In einem der Wägen klingelte das Telefon. Jemand hob ab.

Baier hatte ausgemacht, woher das Geräusch gekommen war. Sie gingen auf den größten Wagen zu. Türen und Fenster waren geöffnet.

Die Direktorin beendete gerade das Gespräch, als sie Türk und Baier kommen sah. Eine matte Wiedersehensfreude glitt über ihre Züge. Sie legte sich, nachdem die Beamten gesagt hatten, weshalb sie gekommen waren.

»Die Marica weiß nichts. Sie hat mir gesagt, dass sie nichts mitgekriegt hat, und ihr Alibi – wenn jemand auf die Wahnsinnsidee kommen sollte, sie zu verdächtigen – kann jeder von uns bestätigen.«

»Die Kripo besteht aber auf einer Vernehmung«, sagte Türk.

»Tun Sie mir den Gefallen und lassen Sie das Mädel noch ein bisschen rasten. Sie ist erst vor zwei Stunden aus dem Krankenhaus gekommen und schläft«, erklärte die Direktorin. »Ich brauch sie für die Vorstellung. Für das Kinderprogramm kann ich mir zwar noch was anderes einfallen lassen, aber heute Abend muss sie wieder auf dem Damm sein. Sie hat zwei Solonummern und assistiert bei drei anderen. Noch einen Ausfall verkraftet das Programm nicht.«

Sie schob einen Ordner zur Seite, trug Kaffeekanne und Tasse zur Küchenzeile und deutete auf die Eckbank. Die beiden Männer nahmen Platz.

»Spielen Sie denn weiter?«, fragte Türk.

Sie sah ihn verständnislos an.

»Haben Sie einen besseren Vorschlag? Ich kann's mir nicht leisten, die Vorstellung ausfallen zu lassen. Was zu trinken? Kaffee? Wasser?«

Türk lehnte ab.

»Ich gern«, sagte Baier. »Einen Schluck Kaffee, wenn's möglich wär?«

»Gerade noch.«

Sie lächelte sparsam, schenkte ihm ein.

»Ich würd auch am liebsten alles hinschmeißen.« Frau Antoni setzte sich und legte die Hände in den Schoß. »Aber ich kann mich jetzt nicht hängen lassen. Verstehen Sie?«

»Machen Sie das eigentlich ganz allein?«, wollte Türk wissen.

»Ist da was Besonderes dabei?«

»Nichts, nichts«, beeilte er sich zu antworten. »Ich mein bloß… es ist bestimmt nicht einfach.«

Sie zuckte mit den Achseln.

»Jedem das Seine. Wenn sich eine einen Mann aussucht, der bei erstbester Gelegenheit mit einer Jüngeren abhaut, dann gehört ihr wohl nichts anderes.« Sie lachte kurz und bitter. »Dass er aber auch das Konto abgeräumt hat, das ich angelegt hab, damit wir endlich ein paar Reparaturen machen und uns vielleicht ein paar neue Tiere besorgen können, hätt's allerdings nicht gebraucht.« Sie wischte mit der Hand über den Tisch. »Na ja. Manchmal kommt's eben wie bestellt.«

Das Telefon läutete.

»Wahrscheinlich wieder jemand von der Zeitung. Klauen mir schon den ganzen Vormittag die Zeit.«

Der Anrufbeantworter sprang an. Eine etwas zu muntere Frauenstimme meldete sich und berichtete, dass man fündig geworden sei. Die Agentur könne zwei Künstler aus der Ukraine empfehlen, an der Kiewer Artistenschule rundum ausgebildet, noch sehr jung, doch unter anderem mit einer ganz reizenden Musikal-Clown-Performance, sowie einen klassischen Weißclown, einen gebürtigen Italiener, der unter anderem Engagements bei Roncalli gehabt habe.

»Er würde den von Ihnen genannten finanziellen Rahmen natürlich etwas überschreiten, ist aber äußerst erfahren und hat, wie gesagt, eine hervorragende Reputation. Bitte überlegen Sie es sich. Wir sind jederzeit gerne bereit…«

»Bin kein Varieté.«

Die Direktorin schob den Lautstärkeregler zurück. Sie sah die Beamten an.

»Ist hart, hm? Aber was nützt's?«

Die Beamten nickten verständnisvoll. Sie nahm ihr Gesicht in die Hände und wirkte plötzlich erschöpft.

»Aber ich hab's immer noch nicht ganz begriffen, das alles. Manchmal kommt's mir vor, als würd ich das alles bloß träumen.«

Türk rutschte unruhig auf seinem Stuhl hin und her.

»Noch einmal zu dieser Artistin, der…«

Frau Antoni richtete sich wieder auf.

»Marica«, sagte sie. »Marica Baron. Mit c wie Caesar.«

»Wir haben, wie gesagt, den Auftrag, sie zur Vernehmung in das Büro der Mordkommission zu bringen.«

»Ich hab Ihnen doch gesagt…«

»Trotzdem«, beharrte Türk.

»Sagen Sie mir bitte erst einmal, ob der Herr Rosenberg schon gefunden worden ist. Gibt's was Neues?«

Türk verneinte. Er warf einen Seitenblick auf seinen Kollegen.

»Haben Sie noch einmal über alles nachgedacht, Frau Antoni?«

»Ich tu doch nichts anderes, Herr… Türk, stimmt's? Dauernd dreh ich's im Kopf hin und her und find einfach keine Erklärung. Ich kann mir einfach keinen Grund vorstellen, warum er es gewesen sein sollte. Die Marica sieht das übrigens genauso.«

»Sie hat gestern ziemlich auffallend reagiert.«

»Auffallend? Ich weiß nicht. Es hat keinen von uns kalt gelassen. Jeder reagiert anders.«

»In welcher Beziehung stand sie eigentlich zu dem Toten?«

»Was verstehen Sie darunter? Ob die zwei was miteinander gehabt haben?« Die Direktorin schüttelte entschieden den Kopf. »Der Herr Rosenberg – der Jascha – hätte ihr Vater sein können, ja? Marica ist Mitte Zwanzig. Und er über Fünfzig.«

»Aber noch lange kein Greis.«

Sie begriff, worauf er hinauswollte.

»Da sind Sie auf dem Holzweg. Da war nichts mit Eifersucht oder so was. Marica und die zwei Rosenbergs sind sogar weitläufig miteinander verwandt, wenn ich mich nicht irre.«

»Ist sie auch aus Ungarn?«

»Nein. In ihrem Pass steht, dass sie irgendwo im Burgenland geboren ist. Von ihrem Vater weiß man nichts. Ihre Mutter, die auch Seilartistin war, scheint jedenfalls früh gestorben zu sein. Außerdem ist die Marica eher am Carl gehangen. Den Jascha hat sie respektiert, aber mit dem war sie nie so ein Herz und eine Seel wie mit dem Carl. Den hat sie richtig verehrt.«

»Und er?«

»Ebenso. Für ihn war sie so etwas wie eine Tochter. Er hat sich für sie verantwortlich gefühlt. Das ist alles.«

Baier hatte ausgetrunken. Er stieß Türk mit dem Ellbogen an.

»Ich glaub, wir müssen jetzt doch langsam…«

Türk brachte ihn mit einer Handbewegung zum Schweigen.

»Gleich, Ali! Würde das auch erklären, dass sie ›Carl‹ gesagt hat, bevor sie ohnmächtig geworden ist? Also nicht den Namen des Toten?«

»Vielleicht.« Die Antoni hob die Schultern. »Vielleicht hat sie ihn aber auch nur verwechselt. Sein Gesicht war ja von dort, wo sie stand, nicht genau zu erkennen. Und beide waren Weiß-Clowns. Die Kostüme unterscheiden sich kaum.«

»Vielleicht haben Sie Recht«, meinte Türk. »Aber es kann genausogut anders gewesen sein. Sie sieht den Toten, folgert sofort, was geschehen ist, und ist nicht so sehr über den Toten entsetzt, der ihr – wie ich Sie verstanden hab – nicht viel bedeutet hat. Sondern darüber, dass der von ihr Verehrte einen Mord begangen hat und…«

»Ist nicht Ihr Ernst!«

»…schon taucht die Frage auf, welchen Grund Carl Rosenberg gehabt haben könnte.«

»Er hat keinen Grund gehabt, und er war's nicht, basta!«

»Kriegen Sie wirklich alles mit?«

»Alles!« Sie zögerte. »Na gut. Fast alles.«

»Eben. Wenn sich Carl Rosenberg also als eine Art väterlicher Beschützer verstanden hat, und solche Gefühle können bekanntlich oft ziemlich zweischneidig sein, dann hätte er etwas dagegen haben müssen, dass ausgerechnet sein Partner…«

»Ach was!«, platzte sie heraus. »Hören Sie endlich auf. Blödsinn! Sie reden schon genauso kariert daher wie diese Witzfigur von Kommissar!«

»Ich behaupte nicht, dass es so gewesen ist«, sagte Türk. »Aber ich möcht alles durchspielen. Wer kann schließlich in die Leut reinschauen?«

Sie zögerte mit einer Antwort. »Keiner.« Leiser fügte sie hinzu: »Aber es ist eine ziemlich unappetitliche Soße, die Sie da anrühren, Herr Türk.«

»Mir schmeckt sie auch nicht. Sagen Sie mir bloß eines: Was macht Sie so sicher, dass der Mord nicht diesen Hintergrund gehabt haben kann?«

»Weil ich ein gutes Gespür für Menschen habe. Ein Gespür übrigens, das mich dazu bringt, dass ich mit Ihnen viel ausführlicher rede als mit diesem aufgeblasenen Meisterpolizisten von gestern!«

»Sag ich nichts dazu.«

»Müssen Sie auch nicht.« Sie lachte leise. »Mir reicht, was Sie für ein Gesicht gezogen haben, wie er bei der Tür hereingekommen ist. Lieg ich arg verkehrt?«

»Eher nicht.« Türk grinste. »Aber ich hab Sie was gefragt.«

»Warum ich nicht glaub, dass das Ganze eine Eifersuchts-Chose ist? Es wär zwar nichts Neues, dass sich zwei alte Hirsche um eine Fünfundzwanzigjährige raufen, noch dazu, wenn sie so gut aussieht wie die Marica…«

»Eben.«

»…aber neben dem, dass ich nicht auf den Kopf gefallen bin und es mein täglich Brot ist zu schauen, ob nicht im Ensemble irgendwo der Rauch aufsteigt – der Jascha war ein Weiberfeind. Er hat die Frauen nicht gemocht und umgekehrt. Vielleicht hat er sie auch gefürchtet. Oder beides.«

»War er…?«

»Schwul? Nein! Eher so was wie ein Opfer im Geschlechterkrieg. Ich vermute einmal, dass er irgendwann bei einer Frau schwer auf die Nase gefallen ist und ihm das für den Rest seiner Tage gereicht hat. Ich hab ihn mal gefragt, und er hat nicht ›nein‹ gesagt. So was gibt's, Herr Türk.« Sie sah ihn herausfordernd an. »Und, meine Herren, Sie werden's nicht glauben: Es geht durchaus auch ohne.«

»Glaub's schon«, räumte Türk ein.

»Hm.« Baier schien nicht überzeugt, doch die Direktorin zeigte mit einem unmissverständlichen Seitenblick, dass sie darüber jetzt nicht diskutieren wollte, und am allerwenigsten mit ihm.

»Aber jetzt das, was das Wichtigste ist. Jeder von den beiden wär ohne den anderen aufgeschmissen. Die Nummer funktioniert nur zu zweit, und die beiden waren in einer Weise aufeinander eingespielt, dass einem manchmal die Luft weggeblieben ist. Das haben sie gewusst, und deswegen haben sie bei aller Hakelei zusammengehalten wie Pech und Schwefel, auf eine ganz altmodische Art. Keiner hätte den anderen je im Stich gelassen, sie sind mir vorgekommen wie ein altes Ehepaar, das sich ankeift und sich trotzdem niemals trennen wird. Was glauben Sie, wie oft ich bei denen auf Granit gebissen hab! War nie wirklich was Gravierendes, weil sie grundanständige Menschen waren. Aber immer hab ich zwei gegen mich gehabt, immer.« Sie nickte mit Nachdruck. »So!«

Baier rutschte unruhig auf der Bank hin und her

»Mensch, Türk, wir müssen jetzt wirklich…«

»Gleich, Ali. Muss mich bloß noch kurz sortieren!«

»Dann sortier dich!«, drängte Baier. »Aber mach's kurz, wenn's geht!«

Türk nickte abwesend in seine Richtung.

»Leuchtet mir ja alles ein, Frau Antoni. Aber dann bleibt immer noch die Frage, warum unser Unschuldslamm meint, sich verstecken zu müssen. Kein Wunder, dass sich die Kripo auf ihn als Hauptverdächtigen einschießt.«

Sie sah zur Decke.

»Ich hab einfach keinen Schimmer«, sagte sie kraftlos. »Dass ihn jemand entführt haben könnte, kommt mir jedenfalls noch absurder vor.«

»War einer von den beiden vielleicht schwer krank?«

Sie sah ihn nachdenklich an.

»Sie denken an – wie nennt man so was? Selbstmord auf Verlangen?«

Türk hob die Schultern.

Sie verneinte nachdrücklich.

»Wär mir aufgefallen, wenn einer von den beiden angeschlagen gewesen wäre. Ihre Nummer ist ziemlich artistisch. Die beiden waren absolut fit. Diese Möglichkeit können Sie auch deswegen ausschließen, weil sie so etwas niemals während einer laufenden Vorstellung gemacht hätten. Die Rosenbergs stammen aus einer alten Artistenfamilie. Da stirbt man vielleicht in der Manege, aber niemals gefährdet man eine Vorstellung.«

»Türk! Jetzt …«, versuchte es Baier erneut.

»Gleich! Eine vorletzte Frage, Frau Antoni. Gibt es jemand, der etwas gegen Ihren Zirkus hat? Ein Konkurrent zum Beispiel?«

»Davon gibt's genug. Aber darunter ist keiner, der meine Artisten über den Haufen schießen würde, bloß damit er ein paar von unseren Spielplätzen übernehmen kann.«

»Dann die letzte: Hat Carl Rosenberg Verwandte oder Bekannte in München oder in der Umgebung?«

»Bei denen er sich verstecken könnte?« Sie überlegte. »Von Verwandten weiß ich nichts. Die beiden sind erst seit diesem Frühjahr bei mir. Zuvor waren sie bei einem Zirkus in Ungarn, der letztes Jahr pleite gegangen ist. Und Bekannte? Zirkusleute bleiben eher unter sich.«

»Türk!« Baier wurde ungehalten. »Entweder tun wir jetzt, was unser Job ist, oder ich mach's allein!« Er war aufgestanden. »Das kannst aber dann du dem Schwab erklären!«

»Die Marica bleibt da!«, protestierte die Direktorin. »Sie muss sich noch ausruhen!«

Türk wurde ärgerlich. »Da wird sie wohl auch noch ein Wort mitzureden haben!« Er stemmte sich aus dem Sitz. »Entscheiden Sie eigentlich immer für andere Leute?«

»Wenn es gut für sie ist – ja!«, erwiderte die Direktorin heftig. »Was wollt ihr denn von ihr? Ich hab sie doch schon gefragt! Sie hat nichts mitgekriegt! Sie hat außerdem am allerwenigsten Grund, irgendetwas zu verschweigen. Das Mädchen ist völlig am Boden.«

»Wo ist ihr Wagen?«, fragte Türk mit gezwungener Ruhe.

Der Ton seiner Stimme schien die Direktorin zu ernüchtern. Ihre Schultern sanken herab.

»Entschuldigung«, sagte sie schließlich. »Ich... bin doch ziemlich geschafft.«

Sie beschrieb ihm die Stelle. Baier gab einen demonstrativen Seufzer von sich und ging einige Schritte voraus.

»Noch was, Herr Türk.«

Er drehte sich um. »Ja?«

Sie sah ihn bittend an und sagte leise: »Gehen Sie vorsichtig mit ihr um.«

»Hab an und für sich nichts anderes vorgehabt.«

»Weiß ich.« Sie lächelte schwach. »Trotzdem.«

»Gibt's einen Grund, mir das eigens zu sagen?«

Die Direktorin bejahte ernst. »Schon seit einiger Zeit ist sie nicht mehr auf der Höhe. Ich mach mir Sorgen. Marica macht Seilakrobatik, verstehen Sie? Da ist es doppelt riskant. Keine Ahnung, was sie hat. Wenn es einen Befund gibt, dann zeigt sie ihn mir nicht. Deswegen vermute ich nichts Gutes. Vielleicht täusch ich mich ja – aber versprechen Sie mir trotzdem, dass Sie ein bisschen behutsamer als vielleicht üblich behandelt wird?«

»Mach ich. Aber sagen Sie das auch den Kollegen von der Kripo, die die Ermittlungen durchführen.«

»Ich sag's aber Ihnen, Herr Türk!«

Als sie über den Platz gingen, platzte Baier verärgert heraus:

»Das *dauert* ja jedesmal bei dir, Türk. So einer wie du ist mir ja mein Lebtag noch nicht untergekommen.«

»Hör schon auf«, sagte Türk versöhnlich. »Darf man nicht so eng sehen. Die Frau hat jemanden zum Reden gebraucht. Hast das nicht gemerkt?«

»Ich hab vor allem gemerkt, dass du wieder den astreinen Kriminaler hast raushängen lassen. Hast du vergessen, was unser Auftrag ist?« Baier gab die Antwort gleich selbst: »Die Frau abholen – zack! – in den Wagen rein – zack! – und rüber in die MK bringen! Finito!«

»Tun wir jetzt ja auch«, wiegelte Türk ab. »Vorausgesetzt, sie ist transportfähig.«

»Jedenfalls kann ich mir langsam zusammenreimen, warum sie dich geschasst haben. Wegen Körperverletzung. Weil jeder über kurz oder lang eine Nervenkrise kriegt, wenn er mit dir unterwegs sein muss!«

Türk sagte nichts. So weit er ihn bisher kennen gelernt hatte, war Baier einer jener Menschen, die ihren Ärger schnell wieder vergaßen, nachdem sie ihn sich mit ein paar Bosheiten von der Leber reden hatten können.

»Da!«, sagte Baier leise. Die Tür des Wohnwagens war verschlossen, die Vorhänge zugezogen. Sie klopften.

Niemand antwortete.

»Die pennt wirklich.« Baier war ratlos. »Wecken wir sie, hm?«

Türk griff an die Klinke. Das Türblatt schwang zurück. Die beiden Männer sahen sich verdutzt an. Sie stiegen über die Leiter in den Wagen und versuchten, sich im Halbdunkel zu orientieren.

»Frau Baron?«, rief Türk.

In dem kleinen, peinlich sauberen Wohnraum hatte nichts als ein winziger Tisch, zwei Stühle und eine schmale Teeküche Platz. Bis auf die flüchtig zusammengefaltete Wochenendausgabe einer Tageszeitung und einem Notizblock, in dessen Spiralbinder noch die Reste eines hastig herausgerissenen Zettels zu erkennen waren, wirkte das Innere des Wagens beinahe so unpersönlich wie ein Hotelzimmer. Eine Tür führte in den Schlafraum.

Türk rief noch einmal ihren Namen. Baier drückte entschlossen den Türgriff.

»Mist«, sagte er, als sie in der winzigen Schlafkoje standen.

KAPITEL 9

Der Geschäftsführer der Georg B. Mayer Film war untröstlich.

»Ich bitte vielmals um Entschuldigung, meine Herren, dass ich Sie einen Moment habe warten lassen«, sagte Vierkant, während er schwungvoll hinter seinem Schreibtisch Platz nahm. »Aber Sie haben ja sicher schon davon gehört, dass der Ministerpräsident unserem Seniorchef in Kürze den Kulturpreis der Staatsregierung überreichen wird. Da ist noch eine Menge zu erledigen. Die Presse steht Schlange.« Er lachte. »Aber man darf nicht klagen, wenn's gut läuft, nicht wahr? Also, nochmals Entschuldigung.«

»Keine Ursache«, winkte Hauptkommissar Schranz ab und suchte den zustimmenden Blick seines Kollegen. Reiter hatte keine Einwände.

Jörg Vierkant korrigierte den Sitz seiner flotten Brille und lächelte verbindlich.

»Aber jetzt bin ich voll und ganz für Sie da. Ich muss mich schließlich revanchieren, nachdem wir vom Präsidium immer auf Unterstützung zählen dürfen, wie mir von unseren Aufnahmeleitern jedesmal bestätigt wird. Sie glauben gar nicht, wie wichtig es für die Authentizität eines Films ist, wenn darin Beamte mitwirken, die direkt aus der Praxis kommen.«

»Richtig«, bestätigte Schranz geschmeichelt.

Vierkant wies mit der geöffneten Hand auf die beiden Kommissare. »Allein, wie Sie beide hier erscheinen, wie selbstverständlich Erfahrung und natürliche Autorität ausstrahlend – auch ein noch so guter Schauspieler kann sich vorbereiten, so lange er will. Das kriegt er nie so hin.« Er lehnte sich zurück und legte seine Stirn in Falten. »Das Publikum riecht es sofort, wenn etwas nicht stimmt.«

Schranz wetzte unruhig auf seinem Stuhl hin und her. Der Geschäftsführer bemerkte es.

»Aber das sind unsere Sorgen. Sie haben andere. Worum geht es, meine Herren?«

Schranz erklärte, dass die Spurensicherung die Telefonnummer der Mayer-Film am Tatort eines Mordes gefunden habe.

»Augenblick«, warf Vierkant ein. »Geht es um diese Geschichte in dem Zirkus? Bei dem – korrigieren Sie mich – ein Zigeuner von seinem Partner erschossen wurde?«

»Richtig«, bestätigte Schranz. »Sie kennen einen der beiden?«

»Nein. Ich habe im Vorbeigehen davon gelesen. Die Bildzeitung hat, wie ich meine, damit aufgemacht. Und, ich habe Sie richtig verstanden, am Tatort ist die Nummer unserer Firma gefunden worden? Der Georg B. Mayer Filmproduktion?«

»Richtig.«

»Ja, bitte, und?« Vierkant schien nicht zu verstehen. »Die Mayer-Film ist schließlich keine Geheimgesellschaft.« Er versuchte ein Grinsen. »Ich hoffe im Gegenteil doch sehr, dass unsere Telefonnummer in vielen Notizbüchern steht.«

»Natürlich«, gab Hauptkommissar Schranz hastig zu. »Nur … es ist ein offensichtlich neuerer Eintrag und der einzige, der sich auf München bezieht.«

»Sie werden doch nicht annehmen, dass wir mit dieser Sache etwas zu tun haben?«

»Haben Sie eine Erklärung dafür, weshalb der Tote oder sein Partner ausgerechnet Ihre Nummer notiert haben könnten?«

»Mal langsam, meine Herren. Ist kein Zweifel möglich?«

»Auch wenn. Wir müssen allen Spuren nachgehen.« Schranz griff in seine Manteltasche und zog zwei Vergrößerungen hervor.

»Das sind das Opfer und der mutmaßliche Täter«, erklärte er. »Haben Sie einen der beiden Männer schon einmal gesehen?«

Vierkant warf einen Blick darauf.

»Wissen Sie, wir erhalten viele Anrufe von Künstlern, die mit uns arbeiten wollen. Gerade in diesen Tagen. Erst neulich hatten wir fast eine ganze Seite in der ›Abendzeitung‹. Da ging's hier rund. Schauspieler, Kameraleute, alte Weggefährten – jeder hat versichert, den Chef verehrt zu haben und es immer noch zu tun.« Er sah wieder auf die Fotos: »Aber für, na ja, Fellini-Typen wie die Zwei hätten wir bestimmt keine Verwendung gehabt, wenigstens nicht in absehbarer Zukunft. Sie entschuldigen, wenn ich so direkt bin, aber die scheinen ja direkt den Dreißigern entsprungen zu sein. Diese Menjou-Bärtchen! Köstlich! Hat irgendwie etwas Öliges an sich, etwas Balkanmäßiges, finden Sie nicht?«

»Sind Sie sicher?«

»Hundertprozentig! Gut, es ist durchaus möglich, dass meine Mitarbeiterin den Anruf angenommen hat. Ich könnte unsere Silvia fragen, ob Sie sich an den Namen erinnert – falls einer von beiden mal angerufen haben sollte. Wenn ja, hätte sie ihn übrigens sofort an unsere Castingfirma weiterverbunden.«

Er griff nach dem Telefon. Der Sekretärin schien der Name ebenfalls nichts zu sagen. Derzeit laufe außerdem keine Casting-Aktion.

»Tja, meine Herren. Tut mir ausgesprochen Leid, dass ich Ihnen da nicht weiterhelfen kann. Schließlich ist auch gar nicht gesagt, dass dieser Anruf überhaupt stattgefunden hat. Haben Sie das überprüfen können? Was frag ich. Gewiss doch.«

Reiter äugte zu Schranz, der in diesem Moment etwas angestrengt geradeaus sah und schließlich, mit dem vielsagenden und dezent überheblichen Lächeln eines Geheimnisträgers, erwiderte, dass er über Details der Ermittlungsarbeit leider keine Auskunft geben könne.

KAPITEL 10

Kann man nichts machen«, meinte der Dienstgruppenleiter. »Wenn sie nicht da ist, ist sie nicht da. Wo steckt ihr grad, Türk?«

»Noch auf dem Parkplatz vor dem Zirkus.«

»Okay. Dann kommt am besten erst mal wieder zurück. Ich geb's in der Zwischenzeit weiter.«

»In Ordnung. Wir fahren sofort los. Ende.« Türk ließ das Funkgerät sinken und warf sich auf den Beifahrersitz.

»Stop! Moment noch!«, krächzte Maierhofers Stimme.

»Ja?«

»Bevor ich die Kripo informiere und der Schranz wieder einen Anfall kriegt – haben die im Zirkus keine Ahnung, wo sie sein kann?«

»Null. Sie ist durch einen seitlichen Zugang abgehauen, ungefähr zu der Zeit, als der Ali und ich gekommen sind. Keiner hat sie gesehen.«

»Könnt es sein, dass die Direktorin uns was verschweigt? Wie hat sie eigentlich reagiert?«

»Ziemlich geschockt, würd ich sagen.«

»Warum stellt sie sich eigentlich so an? Die Frau ist doch nicht ihr Eigentum?«

»Sie muss ihre Vorstellungen absagen, wenn diese Marica nicht zurückkommt. Der Zirkus pfeift offenbar auf dem letzten Loch. Außerdem macht sie sich Sorgen um sie.«

»Wieso das?«

»Diese Marica soll gesundheitlich nicht auf der Höhe sein.«

»Na, vielleicht hat sie bloß einen Arzttermin«, meinte Maierhofer. »Ich geb's jedenfalls gleich weiter. Schätze, die werden erst mal warten, ob sie nicht in ein paar Stunden wieder von selbst auftaucht. Ende.«

»Sollen wir nicht nach ihr suchen?«, fragte Türk. Er fing den unwilligen Blick Baiers auf.

»Augenblick«, sagte Maierhofer. »Ich frag den Schwab. Steht grad neben mir.«

»Er sagt's dir selber«, schnarrte es kurze Zeit später aus dem Funkgerät.

»Bloß eine kleine Frage, Türk«, war die verdächtig liebenswürdige Stimme des Inspektionsleiters zu vernehmen. »Eine, bei der ich wette, dass dir die Antwort ganz leicht fallen wird.«

»Frag schon.«

»Wer leitet eigentlich die Ermittlungen?!«, krachte es aus dem Gerät. »In diesem Fall und überhaupt?!«

»Verstanden, Ende«, sagte Türk. Er vermied es, Baier anzusehen, der verstohlen vor sich hin grinste.

Türk sah auf die Uhr. In einer halben Stunde war Dienstschluss. Danach wäre das Erste, seinen Kühlschrank zu Hause wieder einmal ordentlich aufzufüllen. Schon beim Frühstück hatte Friedl wie ein halb verhungerter Wolf zugegriffen und ihm, verpackt in treuherzige Fragen, seine Wünsche serviert. Seiner Mutter konnte man vorwerfen, was man wollte. Beim Essen schien sie ihrem Jungen jeden Wunsch von den Augen abgelesen zu haben.

Dann dachte er daran, was ihm im Wohnwagen Maricas ins Auge gesprungen war. Sie hatte zuletzt im Anzeigenteil der Zeitung gelesen, einen anderen Schluss ließ die Faltung kaum zu. Und eine der Anzeigen war mit einem fast unauffälligen Bleistiftstrich markiert: Ein Trödler in der Nähe des Gärtnerplatz-Theaters.

Ihr Verschwinden konnte keine banale Ursache haben, wie Maierhofer vermutete. Dann hätte sie die Direktorin nicht belügen müssen, hätte sich nicht vom Gelände zu schleichen brauchen. Versuchte sie, mit dem Verschwundenen Kontakt aufzunehmen? Marica und Carl Rosenberg hatten eine enge Beziehung zueinander – versuchte sie, ihm zu helfen? Oder suchte sie nur Gewissheit, dass ihr väterlicher Freund unschuldig war? Was band die beiden eigentlich so aneinander?

»So ruhig, Türk?«, bemerkte Baier. »Sauer auf den Schwab?«

Türk schüttelte den Kopf.

»Aber irgendwas geht dir im Hirn herum, gib's zu.«

»Nichts Bestimmtes, Ali.«

»Wer's glaubt, wird selig«, brummte Baier.

Türk sah wie abwesend aus dem Fenster. Er dachte daran, dass ein Polizisten-Übermensch – also der berühmte Beamte, der private Emotionen und dienstliche Angelegenheiten in jeder Lage problemlos auseinander halten kann – nicht gezögert hätte, diese Information sofort den zuständigen Ermittlern weiterzugeben. Diese wiederum, Lehrbuch-Kollegen wie er, offen und von keiner Hochnäsigkeit gegenüber unteren Rängen angekränkelt, hätten sich anerkennend gezeigt und ihn im abschließenden Bericht lobend erwähnt.

So sollte es sein, und vielleicht gab es irgendwelche Abteilungen bei der Münchner Polizei, in denen es so ablief. Aber in diesen exotischen Nischen gab es mit Sicherheit keinen Kripo-Hauptkommissar Horst Schranz, bei dem man darauf wetten konnte, dass er wieder ein Gezeter veranstalten würde, weil man sich angeblich in seine Zuständigkeiten mischte.

Und schließlich hatte ihn auch Schwab angewiesen, seine Kompetenzen bloß nicht zu überschreiten. Bedeutete nicht bereits zu intensives Mitdenken, dass man Aufgaben erledigte, die eigentlich der Kripo zufielen?

Nein – er würde Größe zeigen. Niemand sollte ihm, Türk, nachsagen können, er würde die Anweisung des Ermittlungsleiters nicht penibel befolgen und den guten Rat seines

Inspektionsleiters nicht beherzigen wollen. Also: Er hatte keine unauffälligen Bleistiftstriche in einem Anzeigenblatt gesehen. Und darum war es ihm leider nicht möglich, einen Tipp, wo man bei der Suche nach Marica Baron beginnen könnte, zu geben.

»Was grinst du eigentlich so, Türk?«

Türk fühlte sich ertappt.

»...privat, Ali. Privat.«

»Ach so.« Baier verzog anzüglich den Mund. »Wann stellst du uns dein Gerät denn einmal vor?«

Schwungvoll, die Freuden der Freizeit schon vor dem geistigen Auge – bei ihm ein Besuch im Biergarten der Schrebergartenanlage ›Land in Sonne‹, in der sein Schwager eine Hütte gepachtet hatte –, bog er auf den Parkplatz der Inspektion.

KAPITEL 11

Die Tür des Trödelladens, der sich in einer der engen, sternförmig auf den Gärtnerplatz zulaufenden Straßen befand, klemmte. Auch hätten ihren Scharnieren einige Tropfen Schmierfett wieder einmal gut getan. Von der scheppernden Türklingel aufgeweckt, tauchte ein altersbuckliger Mann in einer abgetragenen Strickjacke hinter einem Tisch auf, der über Sichthöhe mit Gekrusche und zweifelhaftem Krempel beladen war. Ein ausdrucksloses Augenpaar hinter dickem Brillenglas musterte Türk.

»Womit kann man dienen, mein Herr?«

Das ältlich Servile dieser Worte stimmte nicht mit der ernsten, beinahe argwöhnischen Miene des alten Trödlers überein. Sein Akzent war unüberhörbar. Türk war kein Fachmann. Harte Konsonanten, die Endsilben mit fast ironischer Sorgfalt betont – war es Böhmisch? Ungarisch? Auf der Plakette an der Tür war der Name des Ladeninhabers mit »J. Dobrosch« angegeben, was wiederum eher Polnisch klang.

Türk setzte ein harmloses Lächeln auf.

»Erstmal bloß umschauen, wenn's erlaubt ist.«

»Gerne, mein Herr. Sehen Sie sich um«.

Der Alte schlurfte wieder zu seinem Platz zurück.

Türk ließ seinen Blick durch den winzigen Raum schweifen. Er nahm ein paar angestaubte Kristallbecher in die Hand, ließ seinen Finger an einer Reihe Folianten entlangwandern und versuchte, den Wert einer nachlässig drapierten mattsilbernen Halskette zu taxieren. Er wurde das Gefühl nicht los, dass Dobrosch ihn beobachtete, obwohl dieser nicht zu sehen war.

»Das ist sehr schön, nicht wahr, mein Herr?«, tönte es plötzlich aus dem Verborgenen. Türk stimmte höflich zu und steuerte einen Kasten mit Postkarten und Autogrammkarten an. Er blätterte unentschlossen darin herum.

»Hm«, machte er schließlich.

»Kann man vielleicht doch helfen, mein Herr?«

Bevor der Trödler hinter seinem Paravent aus Büchern, einer hohen Kaminuhr und einer zierlichen Vitrine hervorkam, entdeckte Türk den Spiegel, der unauffällig zwischen einer chaotisch angeordneten Galerie von Gemälden mit Landschafts- und Aktmotiven hing und durch den der Alte seine Kunden überwachte. Der Alte sah auf das abgegriffene Foto, das Türk noch in der Hand hielt.

»Das ist Comico Giani«,, erklärte er mit leichter Herablassung. »Einer der berühmtesten Varietékünstler seiner Zeit. Leider hat er sich geweigert, eine Filmaufnahme von sich machen lassen. Auch deshalb ist er vergessen.«

»Interessant«, bemerkte Türk.

»Was suchen Sie genau?«

Türk versuchte das Gefühl abzuschütteln, dass ihn die kühlen, wachen Augen des Alten durchschauten.

»Ich interessiere mich für vieles. Das ist es ja«, seufzte Türk. »Besonders aber für den Zirkus. Plakate, Bilder, Bücher, Kostüme und so.«

Das Gesicht Dobroschs ließ keine Regung erkennen.

»Das ist ein interessantes Gebiet, Sie haben Recht. Aber da gibt es wenig. Es ist eine seltsam missachtete Kunst, für die Sie sich interessieren, mein Herr.«

»Meinen Sie?«

»Das meine ich. Besonders hier in Deutschland. Es hat vielleicht damit zu tun, dass diese Kunst zu körperlich ist. Man riecht den Schweiß der Menschen und der Tiere. Und auch das Nomadische – die Deutschen haben Angst vor diesen Dingen.«

»Sie… sind kein Deutscher?«

Der Alte zögerte mit einer Antwort. Hatte er sein Gegenüber zuvor unverwandt fixiert, so sah er nun an ihm vorbei, und ein unmerklicher, eigenartig weltmüder Sarkasmus spielte um seine Lippen, als er schließlich antwortete: »Doch, mein Herr. Aber ich bin in Galizien geboren.« Er wechselte rasch das Thema. »Nun, der Zirkus – das ist leider nicht meine Spezialität. Obwohl beide Künste viel gemeinsam haben, nicht wahr?«

»Was wäre denn Ihre Spezialität?«

»Meine Spezialität ist – neben den Dingen, die Sie hier sehen – das Kino.«

»Aha?«, sagte Türk mit gespieltem Interesse. »Was… was hätten Sie denn da zum Beispiel?« Er fügte schnell hinzu. »Ein Verwandter von mir ist ganz närrisch nach so was.«

»Was Sie wollen«, leierte der Trödler geschäftsmäßig herunter, »Geräte, Plakate, Schaukastenfotos, Drehbücher…« Er senkte die Stimme und fügte kryptisch hinzu: »…und so weiter.« Er bemerkte, dass Türk sich fragend im Laden umsah. »Ich habe diese Sachen hinten.« Er wies mit dem Daumen zu einer verschlossenen Tür, die in einen zweiten Raum führen musste. »Aber leider bin ich im Augenblick dabei, mein Lager zu ordnen. Das Durcheinander kann ich niemandem zumuten.«

»Schade.«

Wieder beschlich Türk das schale Gefühl, der Alte habe ihn längst entlarvt. Gleichzeitig fragte er sich, wie ihm wenigstens ein Hinweis zu entlocken wäre, warum Marica Baron sich seine Adresse notiert hatte.

»Nächste Woche ist alles wieder zugänglich, mein Herr.«

»Ich werd's meinem Verwandten sagen. Für mich ist es leider nichts.«

»Es tut mir sehr Leid, mein Herr.«

»Und … Sie bekommen auch nie irgendwelche Sachen vom Zirkus herein? Sie haben doch bestimmt Verbindungen zu …«

Der alte Trödler unterbrach ihn schroff.

»Ich sagte es bereits: Nein! Und jetzt bitte ich Sie, mich zu entschuldigen. Wenn Sie etwas kaufen wollen, wohlan. Wenn nicht – es gibt noch andere Geschäfte.« Er machte eine Kopfbewegung zur Ladentür. »Vielleicht werden Sie dort fündig.«

Türk tat, als hätte er die Aufforderung nicht kapiert.

»Bestimmt«, sagte er. »Ich hab bloß gehofft, dass ich unter Ihren Fotos vielleicht auch eines von Marica Baron finde.«

Dobrosch zuckte mit keiner Wimper.

»Manche Hoffnungen gehen nicht in Erfüllung, mein Herr.«

»Sie hat mit Ihnen Kontakt aufgenommen. Wo ist sie?«

»Ich verstehe Sie nicht.«

Gut, Freundchen, sagte sich Türk. Dann eben anders. Angriff.

»Wo Marica Baron ist, frage ich Sie!«, blaffte er. »Ist sie bei Carl Rosenberg?«

Dobrosch stieß einen leisen Seufzer aus.

»Ich fürchte, Sie sind etwas verwirrt, junger Mann. Ich möchte Ihnen einen dringenden Rat geben. Vergeuden Sie nicht Ihre und meine Zeit.«

»Herr Dobrosch! Hat sie mit Ihnen Kontakt aufgenommen? Warum?«

»Ach, Jungchen, Dummkopf …«

Der Alte wandte sich kopfschüttelnd ab, ging an seinen Tisch und setzte seine Schreibarbeit fort, ohne Türk noch eines Blickes zu würdigen.

Türk gab auf.

»Bloß noch eine Bitte, Herr Dobrosch«, sagte er, die Türklinke bereits in der Hand. »Sollte die Polizei in nächster Zeit bei Ihnen vorbeischauen – sagen Sie ihr bitte nicht, dass ich hier gewesen bin, ja?«

Für den Bruchteil einer Sekunde zeigte der Alte deutliche

Zeichen der Verblüffung. Er kam hinter seiner Barrikade hervor.

»Sie sind nicht…?«

»Sie brauchen es nicht zu verstehen. Ich bin bloß jemand, der die fixe Idee hat, dass Carl Rosenberg kein Mörder ist. Fragen Sie mich nicht, warum. Wenn Sie mir schon nicht helfen, ihn und Marica zu finden, dann tun Sie mir wenigstens den Gefallen und sagen niemandem etwas von meinem Besuch hier.«

In die Augen Dobroschs hatte sich kurz ein warmes Glimmen gestohlen, dann verschloss sich sein Gesicht wieder maskenhaft.

»Sie scheinen wirklich etwas verwirrt zu sein«, sagte er, und seine Stimme klang ein wenig, als wolle er einen Verrückten besänftigen. »Aber haben Sie keine Angst. Dobrosch redet nicht.«

KAPITEL 12

Mach leiser, Herrgott noch mal!«

Türk drückte die Wohnungstüre mit dem Absatz zu und stellte die Einkaufstüten auf den Küchentisch.

»Friedl! Bist du taub oder was?!«

Der Junge tauchte im Türrahmen des Wohnzimmers auf.

»Grüß dich, Onkel Joseph. Hab dich gar nicht kommen hören«, sagte er munter.

»Eben. Mach gefälligst leiser, hab ich gesagt. Bist nicht in der Disco!«

Der Junge verschwand. Sekunden später, die Musik war kaum noch zu hören, tauchte er mit reuevollem Gesicht im Türrahmen auf.

»Überall wohnen Leut. Ist nicht so wie daheim«, grantelte Türk versöhnlich.

»Ist der Hansi Söllner gewesen. Kennst doch, oder?«

Türk öffnete die Kühlschranktür und begann, seine Einkäufe darin zu verstauen.

»Nicht persönlich. Kann mir auch nicht vorstellen, dass er scharf drauf ist, mich kennen zu lernen.«

Der Junge lachte pflichtschuldig.

»Die Mama mag ihn nicht so.«

Türk füllte einen Kochtopf mit Wasser und stellte ihn auf die Herdplatte.

»So?«, fragte er, nicht sonderlich interessiert. »Wen mag die denn?«

»Die steht auf den Elvis. Der ist der King, sagt sie immer.«

»Na ja«, meinte Türk »Ist ja auch nicht schlecht.«

»Sie sagt: Wer auf die Rolling Stones steht, ist ein armer Irrer. Und wer auf die Beatles, der ist schwul.«

»Wenn sie's sagt!«

Türk warf die Nudeln in das Wasser und öffnete eine Dose mit Tomatensoße.

»Deck schon mal auf.«

»Auf was stehst du eigentlich so, Onkel Joseph?«

»Rat mal«, sagte Türk gönnerhaft.

»Hm… schwierig.«

»Tu dir keinen Zwang an, Friedl. Rat einfach.«

Friedl beugte sich neugierig über den Herd.

»Was gibt's denn heut?«

»Siehst doch. Was Einfaches. Muss nachher wieder in den Dienst. Also, rat?«

Der Junge dachte angestrengt nach.

»Kastelruther Spatzen und so? Oder moderner? Flippers?«

»Unbedingt!«, knurrte Türk.

Das war hart. Und das, nachdem er eben noch mit dem Gedanken gespielt hatte, die Anwesenheit seines Neffen könnte vielleicht nicht nur eine Belastung, sondern gelegentlich auch eine Bereicherung sein.

Er hörte ein vergnügtes Glucksen hinter seinem Rücken. Er drehte sich um.

»Was ist so komisch?«

Der Junge sah ihn mit gespielter Entrüstung an.

»Aber Onkel! Du verstehst ja überhaupt keinen Spaß!«

Schnell wandte sich Türk wieder dem Herd zu.

»Dir geb ich gleich einen Spaß!«, brummte er.

Während sie aßen, erfuhr Türk, dass Friedl sich deshalb nicht für Hiphop erwärmen konnte, weil das alle in seiner Klasse getan hätten, dass er Reggae, wenn überhaupt, bestenfalls von Bob Marley schätzte, er die Beatles nicht übel, aber doch etwas zombie-mäßig fand, mit Grunge wenig anfangen konnte, »tocotronic« ziemlich verstiegen fand, Heavy metal verlogen (weil das in Wirklichkeit alles Spießer seien), auf Soul nur noch notgeiles Mittelalter stände, Madonna wie alle diese abgespackten Ami-Tanten sowie der ganze Boygroupshit für ihn nichts als ein einziger Kotzfaktor seien, die Charts nach seiner Überzeugung sowieso manipuliert, die momentane Pop-Szene nur endslangweiligen Scheiß produziere und er ansonsten offen für alles sei, was abgehe, irgendwie. Immerhin schien er Elvis zu respektieren, aber das schien eher aus familiärer Rücksichtnahme zu geschehen, ähnlich jener, mit der eine jüngere und aufgeklärte Generation die Gebräuche ihrer dem Grab zuwankenden Ahnen tolerierte.

Nach diesen Erklärungen, die Türk mit mäßiger Konzentration und eher pädagogisch motiviertem Interesse über sich hatte ergehen lassen und nur mit der wiederholten Aufforderung unterbrochen hatte, der Junge solle endlich essen, da das Zeug sonst kalt werde, wechselte Friedl das Thema.

»Onkel Joseph?«

»Mhm?«, mampfte Türk.

»Hast du eigentlich keine Freundin oder so?«

Türk runzelte die Stirn. Der Junge war ein bisschen forscher, als ihm zustand.

»Geht dich eigentlich eher nichts an, oder?«

»Mein bloß. Wegen Platz und so«, erklärte der Junge. »Auf mich brauchst auf jeden Fall keine Rücksicht nehmen.«

»Schönen Dank auch«, sagte Türk bissig. »Fällt dir und deiner Mama aber spät ein, sich darüber ein paar Gedanken zu machen.«

»Stimmt gar nicht.«

»Nicht?«

»Sie hat gesagt, dass bei dir bestimmt keine wohnt, weil…«

Friedl brach ab. Seine Wangen färbten sich.

»Weil was?«, hakte Türk nach. »*Was* hat sie gesagt?«

Der Junge schwieg. Türk nickte sarkastisch.

»Weil ich ein bissl langweilig bin, sag's nur.«

Friedls Blick flatterte hilflos.

»Nein, nicht so«, widersprach er zaghaft.

»Was dann?«

»Na ja.« Der Junge wand sich. »Ein bissl fad bist, hat sie gemeint.«

»So.« Türk rammte die Gabel in den Nudelhaufen. »Fad.«

Friedl beendete das minutenlange Schweigen.

»Weißt ja, wie sie ist, die Mama«, sagte er betreten.

»Allerdings!«, platzte Türk heraus. Natürlich, mit täglich neuen Katastrophen, wie sie ihr ihr Mann servierte, konnte er nicht dienen.

»Ich find's ganz gut, dass du ein bissl ruhiger bist, Onkel Joseph«, sagte Friedl tröstend.

»Dann bin ich ja zufrieden.« Türk stand auf und stellte seinen Teller in die Spüle. »Du räumst dann ab, okay? Ich muss in die Arbeit.«

»Okay, Onkel.«

Während Türk sich seine Jacke überzog, fragte er: »Was ist eigentlich morgen bei dir angesagt? Hast du nicht einen Termin wegen einer Lehrstelle?«

»Zwei«, nickte Friedl. »Gleich am Vormittag.«

»Dann geh früh ins Bett.«

»Ja, ja.«

Er werde ihn um acht wecken, versprach Türk und griff zur Türklinke.

»Du, Onkel?«

»Was noch?«

»Einen Pizza-Dienst oder so gibt's nicht bei dir in der Nähe?«

Ein harmloses Grinsen, als habe seine Frage überhaupt nichts damit zu tun, dass die Nudeln verkocht und pappig waren, die Billig-Soße nach nichts geschmeckt hatte, begleitete seine Worte. Türk erinnerte sich, dass Sabine, auch in diesem Bereich eine leidenschaftliche Genießerin, eine gute Köchin war. Er würde sich anstrengen müssen.

»Und, gell, Onkel…«
»Was denn noch? Ich muss!«
»Wenn ich dir zuviel red, sagst du's auch. Gell?«

KAPITEL 13

Der Inspektionsleiter hatte sich gedankenverloren im Spiegel des Umkleideraums betrachtet. Sein Gesicht war ihm fahler, die Furchen um Mund und Nase tiefer als sonst erschienen. War es das Alter? Herrgott, er war doch noch keine Fünfzig! Oder zehrte seine Arbeit doch mehr an ihm, als er sich eingestehen wollte? Er überzeugte sich schließlich, dass der Eindruck nur auf die unvorteilhafte Beleuchtung zurückzuführen war. Trotzdem zuckte er unwillkürlich zusammen, als Türk eintrat.

»Die Nerven, hm?«, stichelte Türk gutgelaunt.

»Kein Wunder.« Schwab lächelte grimmig. »Wenn ich dich seh, krieg ich jedesmal die Krise. Wie wär's außerdem mit ein bissl Respekt vor deinem Vorgesetzten?«

»Nicht ärgern. Nur wundern«, parierte Türk.

Trotz der Zurechtweisung, die er heute Morgen von ihm erhalten hatte, wusste er, dass der Inspektionsleiter ihm gewogen war.

»Leicht gesagt, das mit dem Nicht-Ärgern«, versetzte Schwab. Er zog seine Manschetten mit einem Ruck zurecht. »Auf wen wird denn immer losgedroschen, wenn was nicht hinhaut?«

Den Kleiderbügel in der einen, sein Jackett in der anderen Hand, starrte Türk den Inspektionsleiter an.

»Jetzt sag bloß, dass er …?«

Der Inspektionsleiter nickte gallig.

»Kannst du dir doch denken, dass der Schranz das von heute früh nicht auslässt. Bin immer noch stocksauer. Langsam geht er mir gewaltig auf die Eier.«

Jetzt erinnerte sich Türk: Als Baier und er zur Inspektion zurückgekehrt waren und den Umkleideraum angesteuert hatten, hatten sie die Tür zu Schwabs Büro passiert. Fetzen eines erregten Telefonats waren durch die verschlosseneTür gedrungen.

»Eine geschlagene halbe Stunde hat er mir Vorträge gehalten, wie wir zu arbeiten haben. Und wie ich mit euch umspringen soll.«

»Wirst ihm doch kontra gegeben haben?«

Schwab hatte bereits den Türgriff in der Hand.

»Soll ich's vielleicht auf mir sitzen lassen? Ihr könnt schließlich nichts dafür, wenn diese Dings…«

»Marica Baron.«

»Egal… wenn der Vogel ausgeflogen ist.«

Sie gingen den Flur entlang. Schwab blieb an der Tür zu seinem Büro stehen.

»Nebenbei, sie ist übrigens wieder aufgetaucht. Also alles wieder im Lot. Der Schranz selber hat sie dann vernommen. Soll aber nichts gebracht haben.«

»Woher weißt du das?«

»Vom Maierhofer. Der macht heute Überstunden, weil der Geiger für zwei Wochen ausfällt. Unfall.«

»Schwer?«, fragte Türk teilnahmsvoll. Die Frau des jungen Kollegen lag nach einer Frühgeburt in immer noch bedenklichem Zustand im Krankenhaus.

»Hat sich mit der Hilti in den Zeh gemeißelt«, beruhigte ihn Schwab. »Er baut doch grad seine Wohnung um. Für meinen Geschmack übertreibt er's ein bissl mit seinem Nestbautrieb.«

Noch war es ruhig im Abschnitt der Neunundzwanziger Inspektion. Dienstgruppenleiter Maierhofer beschloss, sich eine kurze Pause zu gönnen. Er stand auf und streckte sich.

Türk lehnte sich an den Türrahmen.

»Noch wach?«

»Wie der junge Morgen.« Maierhofers Munterkeit wirkte etwas bemüht. »Man leidet ja gern für Volk und Vaterland.«

Der Dienstgruppenleiter war ein hoch aufgeschossener, dürrer Endzwanziger mit vollem, bubenhaft in die Stirn gekämmtem, braunem Haar und einem buschigen Schnauzer. Seine verblüffend kräftige Stimme verlieh ihm ein wenig die Attitüde eines Großmauls, was sich jedoch bald als falsche Einschätzung herausgestellt hatte. In der Neunundzwanziger tat er erst seit zwei Monaten Dienst. Der Liebreiz einer Kollegin hatte ihn von Ingolstadt nach München gelockt. Er schien ausgeglichen, eckte selten an und parierte gelegentliche Gereiztheiten seiner Kollegen mit erfrischender Unkompliziertheit. Obwohl es in der Neunundzwanziger gewiss hellere Köpfe als ihn gab, hatten sich die meisten Kollegen bald dem Urteil des alten Öttl angeschlossen. Der Neue, hatte dieser gemeint, sei gar nicht so verkehrt. Überschwang war nie die Sache Öttls gewesen, und deshalb galt dieses Urteil viel.

Maierhofer wiederum respektierte den um ein halbes Jahrzehnt älteren Türk. Beide liefen sich seit kurzem öfters über den Weg, da Maierhofer in eine Wohnung unweit des Maria-Hilf-Platzes gezogen war. Jedesmal ergab sich ein kleiner, unangestrengter Schwatz, bei dem Türk ein paar durchaus brauchbare Ratschläge für das Einleben in der neuen Umgebung hatte geben können.

»Gibt's was Neues?«

»Eine Frau…«, der Dienstgruppenleiter beugte sich über seinen Tisch und fuhr mit dem Zeigefinger über seine Eintragungen, »…Antoni vom Zirkus Caloni hat gegen halb drei angerufen und wollte mir dir reden. Die Frau, die ihr heut Vormittag gesucht habt, sei wieder da.«

»Hab's schon gehört.«

»Sie wollte unbedingt mit dir reden, mit keinem anderen. Aber du warst ja nicht da.«

»Was noch?«

Maierhofer zuckte mit den Achseln.

»Normales Business, würde ich sagen. Einer scheint wohl zur Zeit Fahrräder einzusammeln, im ›Kreillergarten‹ hat ein Frührentner einem anderen das nagelneue Gebiss herausgedroschen, und an der Berg-am-Laim-Straße hat's wieder bös gescheppert.« Er wies zur Küche. »Trinkst einen Kaffee mit? Ich jedenfalls brauch jetzt einen.«

Er klopfte an das Fenster zum Wachraum. »Ali? Gehst du für fünf Minuten ans Telefon? Brauch einen Kaffee, sonst schlaf ich ein!«

»Okay!«

Sie gingen den Flur entlang. Türk tat gleichgültig. »Sonst war nichts?«

»Da waren noch drei, vier Anrufe im Zusammenhang mit der Fahndung nach diesem Rosenberg.«

»Ah ja?«

Während er sich einen Kaffee einschenkte, berichtete der Dienstgruppenleiter, dass sich die Hinweise – zumindest die, von denen er etwas mitbekommen habe – reichlich vage angehört hatten. Die Kripo sei einigen nachgegangen, Carl Rosenberg war aber noch immer nicht dingfest gemacht worden.

»Was nichts daran ändert, dass der Schranz jedem, der's hören will oder auch nicht, auf die Nase bindet, dass die Geschichte ein Klacks für ihn wär.« Er grinste gutmütig. »Dann schaun wir mal, was? Wenn du mich fragst, ist der Rosenberg schon längst nicht mehr in München.«

Maierhofer war die Idealbesetzung für seinen Job als Verantwortlicher für den Telefon- und Funkverkehr der Neunundzwanziger Inspektion. Zwar war ihm ein natürliches Kommunikationstalent gegeben, aber dass er darüber hinaus stets auf dem Laufenden war, was in Inspektion, Direktion und Präsidium vor sich ging, hatte mit seiner Frau zu tun, welche in der Kripozentrale Dienst tat und wie er mit Neugier und Mitteilungsbedürfnis gesegnet war.

»Hast du zufällig was drüber gehört...«, Türk gähnte demonstrativ, »...ob die von der MK schon so was wie eine Hypothese in diesem Zirkusfall haben?«

»Keine neue. Wie's ausschaut, schwanken sie noch zwischen einem privaten Hintergrund und...«

»Blödsinn.«

Maierhofer zuckte die Schultern.

»Was sie anscheinend auch noch verfolgen, sind diverse Motive aus dem Bereich Rauschmitteldelikte. Klassische Ausländerkriminalität eben.«

»Raffiniert«, lobte Türk. »Und wie kommen sie drauf?«

»Keine Ahnung.«

»Aber irgendeinen Fakt, irgendein Indiz muss es doch geben, wenn man so eine Kiste aufmacht?«

»Schon klar. Aber ob sie da was gefunden haben...« Er grüßte Schwab, der in diesem Moment zur Türe hereinkam und sich eine Tasse aus dem Schrank holte. »...da fragst du mich zuviel. Na ja, vielleicht, weil die zwei – also der Tote und der, der ihn erschossen hat – aus dem Ostblock kommen.«

Schwab hatte sich eingeschenkt und an der Tasse genippt.

»Den Ostblock gibt's nicht mehr«, korrigierte er nachsichtig. Er verzog das Gesicht. »Grausiges Gebräu. Schmeckt wie durch ungewaschene Socken gefiltert.«

Er sah Türk an.

»Wieder am Kombinieren? Es lässt dich nicht aus, hm?«

»Wir reden bloß so. Was, Maierhofer?«

Dieser nickte mit gespieltem Ernst.

»Der gute Mitarbeiter hat schließlich immer das Ganze im Auge.«

Schwab schmunzelte.

»Er soll sich unterstehen. Wir sind bei der Polizei. Ihr zieht wieder über die Kripo her, stimmt's?«

»Nie!« Maierhofer lächelte unschuldig. »Über was sollten wir denn da herziehen?«

»Genau«, warf Türk ein. »Hypothesen ohne Hand und Fuß aufzustellen, bloß weil's so schön ins Klischee passt, das ist doch heute quasi Standard.«

»Seid ihr boshaft, ihr zwei!«, tadelte Schwab mit gespielter Empörung. »Und du Türk, bist wieder der Überflieger, oder was? Wie lang wird's eigentlich dauern, bis du aufhörst, dir den Kopf von anderen zu zerbrechen? Lass dir verraten, dass die Tatsache, dass man keine Hinweise findet, nicht heißen muss, dass nicht doch über kurz oder lang welche auftauchen. Alles schon vorgekommen.«

»Ist auch wieder richtig«, sagte Maierhofer. »Und…«, er zögerte ein wenig, »…Zigeuner sind's schließlich auch noch. Darf man nicht vergessen…«

Türk verdrehte die Augen und seufzte leise.

»Es heißt übrigens Sinti und Roma«, bemerkte Schwab. »Korrekt jedenfalls.«

Maierhofers Instinkt sagte ihm, dass es nicht verkehrt sein könnte, an dieser Stelle schnell ein Scherzchen einzustreuen.

»Weiß ich doch. Aber immer, wenn ich bei der Fanny ein Sinti-und-Roma-Schnitzel bestelle, kennt sie sich nicht mehr aus.«

Er setzte sein bewährtes Grinsen auf, konnte aber schlecht verbergen, dass er sich etwas unbehaglich fühlte. Er war froh, dass in diesem Moment Baier über den Flur nach ihm rief und ihn aufforderte, an seinen Platz zurückzukehren.

»Gleich!« Er setzte zu einem kräftigen Schluck an.

»Nicht gleich! Es brennt der Hut! Ich kann nicht fünf Sachen gleichzeitig machen.«

»Stell dich nicht so an, Ali. Was ist denn?«

»Frag nicht. Schick dich!«

Maierhofer stellte die Tasse ab und verschwand. Türk und Schwab sahen sich fragend an.

»Wir werden's gleich erfahren«, meinte Schwab. Er sah Türk ins Gesicht. »Und du denkst daran, was du mir versprochen hast?«

Türk nickte.

»Man ist halt interessiert.«

»Man soll's aber nicht übertreiben. Wie alles im Leben. Klar?«

Der Inspektionsleiter verschränkte die Arme vor der Brust und lehnte sich mit dem Hintern an die Küchenplatte.

»Dem Schranz kannst du viel nachsagen, nicht aber, dass er nicht fleißig wär. Was ihm an Hirn fehlt, gleicht er damit aus, dass er Tag und Nacht auf Achse ist.«

»Wenn was dabei rauskommt, okay.«

»Zum Teil durchaus, soweit ich es mitgekriegt hab. Der Täter soll einen Schalldämpfer benutzt haben, man hätte eine entsprechende Riffelung an der Kugel gefunden. Telefonate und sonstiges sind angeblich auch schon ausgewertet.«

»Ah ja?« Türk mimte höfliches Interesse. »Und?«

»Das Opfer hat angeblich nur ein einziges Telefonat geführt, seit der Zirkus in München ist. Mit einer Filmfirma. War aber nichts damit.«

Eine Filmfirma? Damit konnte doch nicht Dobroschs Laden gemeint sein?

»Du meinst, eine Produktionsfirma?«

»Eine Filmproduktion, genau. Dieser Rosenberg hat sich wohl einmal als Schauspieler angeboten.«

»Obwohl er Artist und kein Schauspieler gewesen ist?«, gab Türk zu bedenken

Schwab zuckte die Achseln.

»Vielleicht hat er den Beruf wechseln wollen?« Er lachte. »Ich wollt's oft.«

»Was für eine Filmfirma das gewesen ist, haben sie dir nicht gesagt?«

»Hab ich nimmer im Kopf. Eine bekannte auf jeden Fall. Ich weiß bloß noch, dass es irgendwie geheißen hat, dass der Eigentümer in ein paar Tagen eine Medaille kriegt. Einen Filmpreis oder so was. Der Schranz jedenfalls muss ganz hin und weg vor Ehrfurcht gewesen sein.«

Schwab schüttete mit angewidertem Gesicht den Rest des Tasseninhalts in das Spülbecken.

»Ekelhaft«, brummte er. »Und jetzt los. Wir werden ja nicht fürs Kaffeetrinken bez…«

Der Alarmruf Maierhofers ließ ihn aufhorchen. Er marschierte los.

Wenig später rief er Türk und Baier zu sich.

»Schluss mit der Herumsitzerei, Kollegen. Die Leute sind daheim und haben die ersten Flaschen Bier eingepfiffen. Ihr schwingt euch ins Auto und schaut in der Trotha-Straße nach, was da los ist. Auf der Nummer Sechsunddreißig soll eine Fensterscheibe eingeschlagen worden sein, und im Haus meldet sich niemand. Der Anrufer behauptet aber, er hätte mit dem Hausbesitzer eine Verabredung gehabt.«

KAPITEL 14

Erst mal langsam«, sagte Türk.

»Eins nach dem anderen«, sekundierte Baier.

Der Mann mit dem Aussehen eines früh verrenteten Gymnasiallehrers war auf sie zugestürzt, kaum dass sie den Wagen abgestellt hatten. Aufgeregt hatte er auf sie eingeredet. Die Beamten stiegen aus. Baier schob sich seine Mütze in den Nacken.

»So. Jetzt. Was ist los? Ihren Namen erst einmal.«

Der Mann hieß Böhm, wohnte in Schwabing und war tatsächlich pensionierter Lehrer.

»Ich hab mit dem Herrn Ulmer ein Verabredung für Acht Uhr Dreißig gehabt«, berichtete er, noch immer außer Atem. Er deutete mit dem Daumen auf das Haus hinter seinem Rücken. »Das Gartentor war offen, so dass ich zuerst sicher war, ich würde erwartet. Aber niemand macht auf. Ich habe mehrmals geklingelt. Dafür...«, er winkte den beiden Beamten, »...bitte kommen Sie mit.« Er führte sie auf die Rückseite des Hauses. »Sehen Sie!«

Im letzten Licht der Abenddämmerung war das eingeschlagene Fenster eines Souterrain-Raumes zu erkennen. Türk versuchte, einen Blick in das Innere zu werfen. Ein schwerer, schwarzer Vorhang behinderte die Sicht.

»Der Herr Ulmer ist außerdem ein Muster an Pünktlichkeit. Deshalb mache ich mir Sorgen.«

»Waren Sie schon einmal hier?«

»Öfter, warum?«

»Was ist in diesem Keller? Ist das eine Wohnung?«

»Nein, das ist das Kino vom Herrn Ulmer.«

»Bitte?«, fragte Baier. Auch Türk war nicht sicher, ob er sich verhört hatte.

»Der Herr Ulmer hat ein Privatkino. Er ist Sammler, wissen Sie? Ich ebenfalls, und deshalb wollten wir uns heute treffen. Er meinte, er hätte unter anderem eine Kopie des Films ›Paititi‹ erhalten und – der Titel sagt Ihnen nichts? Friedrich Urschall? Nein?« Böhm sah ungläubig vom einen zum anderen. »Nun, ich war sehr interessiert und wollte mir ansehen, was er ausgegraben hat. Urschall-Filme sind sehr selten.«

»Verstehe«, nickte Türk. Er rieb sich den Nacken. Die beiden Beamten berieten sich kurz. Schließlich forderte Baier einen Schlüsseldienst an, der kurze Zeit später eintraf und das Türschloss inspizierte.

»Wohnt hier ein Diamantenhändler oder so was?«

»Quatsch«, sagte Böhm.

»Das Schloss ist aber danach.«

Der Handwerker öffnete seinen Koffer, entnahm ihm einen Akku-Bohrer.

»Muss ich eigentlich aufpassen? Ich mein, steht da einer hinter der Tür und ballert los?«

»Glaub ich nicht«, sagte Türk. »Werden wir dann schon sehen.«

»Na ja, ich bin ja versichert.«

Im Nebenhaus ging das Licht über der Garageneinfahrt an. Nach wenigen Minuten schwang die Tür zurück. Der Mechaniker richtete sich auf.

»War gar nicht abgesperrt. Wer zahlt?«

»Rechnung an die Inspektion Neunundzwanzig, wie immer.«

Türk ging an ihm vorbei. Baier folgte ihm, nachdem er dem bereits vor Aufregung fiepernden Böhm befohlen hatte zurückzubleiben.

Türk rief den Namen des Hausbesitzers.

»Jemand da?«

Es blieb still.

Die beiden Beamten sahen sich an. Sie nahmen ihre Waffen aus dem Holster und entsicherten sie. Langsam gingen sie den schmalen Flur entlang. Baier gab ihm Deckung, als Türk die Tür des Wohnzimmers aufstieß. Es war leer, wie alle anderen Räume des Erdgeschosses. Kein anderes Bild im ersten Stock.

Die Tür zum Kellerabgang stand offen. An den mit einer purpurfarbenen Samttapete ausgeschlagenen Wänden des Treppenschachts hingen Filmplakate aus den Fünfzigern. Ein kleiner Vorraum, von dem aus Türen in die Kellerräume führten, war – mit Kassentheke, Kartenabroller und einem Aushang, an dem die nach Rängen gestaffelten Eintrittspreise angegeben waren – wie die Liliput-Ausgabe des Foyers eines Vorstadtkinos ausgestattet. Über einer mit mattem Velours beklebten Tür hing ein Schild mit der Aufschrift »Alhambra Filmpalast«. Mit einem Blick verständigten sich die Polizisten. Baier nahm wieder die Sicherungshaltung ein.

Das Türblatt war angelehnt. Türk stieß es mit den Fingern auf, ließ es zurückschwingen, wartete einen Moment und ging vorsichtig zwei Stufen hinab. Ein schwerer Vorhang wehte ihm entgegen. Er schob ihn zur Seite. Dann hatte er den Lichtschalter entdeckt. Vom feinen Summen eines Dimmers begleitet, glühte an den Wänden indirektes Licht auf.

Der Sammler lag in der Gasse zwischen den Kinosesseln. Seine Lider waren halb geöffnet. Obwohl er wusste, dass es unnötig und nichts als ein mechanischer Impuls war, kniete sich Türk neben ihn und versuchte seinen Puls zu fühlen.

»Und …?«

Baiers Stimme klang belegt.

»Siehst doch.«

Auf Herzhöhe hatte sich ein handtellergroßer, dunkelroter

Fleck in den beigefarbenen Rollkragenpullover des Filmsammlers getränkt. Ulmer war von hinten erschossen worden

Türk richtete sich auf.

»Geh in den Wagen und ruf die Einsatzzentrale an, Ali.«

Baier starrte noch immer auf den Toten.

»Schon wieder einer.« Er räusperte sich einen Kloß aus der Kehle. »Ich glaub langsam, du ziehst es an.« Er steckte seine Pistole in den Holster und ging nach oben. Kurz waren Fetzen eines lautstarken Gesprächs mit Böhm zu hören.

Türk rieb sich den Nacken, tat einen Schritt in die Raummitte und ließ seinen Blick kreisen.

Wäre der Keller größer gewesen, hätte in ihm mehr als das Dutzend mit rotem Samt bezogene Sessel Platz gefunden – der Raum wäre eine nahezu perfekte Kopie eines Kinos der Fünfziger Jahre gewesen.

Eine Bewegung lenkte Türk ab. Zu seiner Rechten war die mit schwerem, schwarzem Molton bespannte Wand von einem Vorhang unterbrochen. Er bauschte sich leicht und legte zwischen Saum und Fußboden Glassplitter frei. Türk lüftete den Vorhang eine Handbreit und warf einen Blick auf das Fenster, dessen Scheibe zu Bruch gegangen war. Der Einbrecher hatte vermutlich die Scheibe eingeschlagen, mit der Hand durchgegriffen und das Fenster geöffnet.

Baier kam zurück. Die Mordkommission sei verständigt und bereits unterwegs.

Er hatte sein kurzfristig gestörtes Gleichgewicht wiedergefunden und feixte.

»Rate mal, wer kommen wird?«

»Den werd ich auch noch überstehen«, meinte Türk abwesend. Noch immer wanderte sein Blick von der kaputten Glasscheibe über das Fensterbrett zum Boden und wieder zurück.

Baier wies mit dem Daumen auf das zersprungene Glas.

»Alles klar, was? Er hat die Scheibe eingeschlagen, den Griff gedreht und ist rein.«

»Hab ich auch erst gedacht, Ali. Aber irgendwas schmeckt da nach Schmuh.«

Baier verdrehte die Augen.

»Willst du's schon wieder kompliziert machen?«

»Nein, Ali, einfacher. Schau mal, wo die Scherben liegen.«

»Ich bin nicht blind, Türk.«

»Die Scherben am Boden liegen zwischen Vorhangsaum und Wand.«

»Ich bin immer noch nicht blind.«

Türk kniete sich nieder und strich mit der Hand über den Boden.

»Aua!«

»Selber schuld!«, kommentierte Baier ungerührt. »Die Spurensicherung wird ihre Freud an deinem Blut haben.«

Türk war aufgestanden und sog einen winzigen Splitter aus seiner Fingerkuppe.

»Der Splitter war *vor* dem Vorhang!«, sagte er dann befriedigt. »Hab's mir doch gedacht.«

»Hast du eigentlich Halluzinationen?«, maulte Baier. Er zeigte auf den Saum. »Das ist dahinter!«

»Der Saum ist jetzt ein paar Zentimeter vom Fenster entfernt, weil ihn die Außenluft nach innen verweht, Ali.«

»Kann sein. Und?«

»Mensch, jetzt stell dich nicht so an: Wenn der Einbrecher die Scheibe eingeschlagen hat, dann doch bloß, weil sie zuvor geschlossen gewesen sein muss! Wär sie nämlich offen gewesen, hätt's das ja nicht gebraucht, oder? Die Splitter dürften also nicht so weit in den Raum gefallen sein, weil der geschlossene Vorhang sie abgefangen hätte.«

»Vielleicht war der Vorhang auf?«

»Denk doch einmal ein bissl nach, Ali! Entweder oder! Entweder war er zu, dann dürfen keine Splitter vor ihm, also im Raum, sein. Oder er war offen, dann müssten die Splitter noch viel weiter hineingeflogen sein.«

Baier sagte einen Moment gar nichts.

»Kann sein«, meinte er schließlich kleinlaut. »Schaut so aus, als wollt da einer besonders schlau sein.«

»Womit er sich gebrannt hat. Das Zweite, was mir komisch vorkommt, hat damit zu tun, dass der Mann noch nicht lange tot ist. Ich bin zwar kein Experte, aber länger als zwei Stunden liegt er noch nicht da. Er ist noch nicht einmal starr.«

»*Du* hast ihn angelangt!«

»Eben.«

»Und?«

»Du stehst heut aber wieder auf der Leitung! Wann sind wir vor dem Haus angekommen, Ali? Oder anders gefragt: War es da schon dunkel?«

Baier verneinte.

»Dann sag mir, ob du dir einen halbwegs intelligenten Einbrecher vorstellen kannst, der bei Tageslicht und an einer Stelle, die von den Nachbarhäusern einzusehen ist, in ein Haus einsteigt? Ich jedenfalls eher nicht.«

Baier brummte eine unverständliche Zustimmung. Türk hörte schon nicht mehr hin. Er hatte eine zweite Tür entdeckt. Sie schien hinter die von den Projektoröffnungen durchbrochene Rückwand des Zuschauerraums zu führen. Er hatte sich nicht getäuscht.

An den beiden massigen »Ernemann«-Projektoren war kein Körnchen Staub zu sehen. Die obere Feuerschutztrommel war geöffnet. In einem Regal neben dem Umrolltisch lag ein Stapel flacher, grauschwarzer Kartons.

»Paititi«, las Türk.

Der Raum verlängerte sich zu einem langen, unbeleuchteten Schlauch, in dem zu beiden Seiten hohe Regale standen. Bis an die Decke stapelten sich Kartons und Filmbüchsen in unterschiedlichen Größen.

Baier sah auf seine Armbanduhr.

»Die von der MK müssten langsam da sein. Sollen wir nicht oben auf sie warten? Nicht, dass uns dieser Böhm abhaut. Sollen wir uns nicht um ihn kümmern?«

Türk ignorierte die Frage.

»Sag, Ali – im Haus oben war doch nichts zu sehen, das auf einen Einbruch hingedeutet hätte, oder? Nichts war durchwühlt. Hier herunten anscheinend auch nicht. Warum ist der Mann dann erschossen worden?«

»Vielleicht hat er den Einbrecher überrascht?«

»Einbrecher haben normalerweise keine Schusswaffen dabei«, dozierte Türk ungeduldig. Er betrachtete nachdenklich eine Liste, die an einem Anschlagbrett neben dem Umrolltisch hing.

»Paititi 4/4«, las er, und darunter: »Andal. Nacht. 1/-«.

Türk wirbelte herum, nahm die Stufen der Kellertreppe mit weiten Sätzen und rief nach Böhm.

»Entsetzlich… entsetzlich… der arme Herr Ulmer…«, wiederholte dieser auch noch, als er mit den beiden Beamten im Vorführraum stand. Dann aber hellte sich sein Gesicht auf.

»Das ist er! In den Original-Kartons von Schongerfilm!«

»Flossen weg!«, fuhr ihn Baier an und fügte erklärend hinzu: »Fingerabdrücke, verstehen Sie?«

»Tschuldigung…« Er betrachtete wieder schwärmerisch die Rollen. Der Tote war in diesem Moment vergessen. »›Paititi‹! In bestem Zustand! Das seh ich schon von außen!«

Türk winkte ab und wies mit einer Kopfbewegung zum Anschlagbrett. Konnte ihm Böhm erklären, was die Bezeichnungen auf diesem Zettel bedeuteten? Böhm nestelte seine Lesebrille hervor.

»Das ist eine Liste der Filme, die für eine Vorführung vorbereitet werden müssen«, erklärte er. »Die Kopien müssen zuvor auf Risse geprüft werden, die Einlegebänder müssen angebracht werden.«

»Und was bedeuten die Angaben?«

»Dass Ulmer für heute zwei Vorführungen geplant hat. Die für mich von ›Paititi‹ sowie eine andere von…« Er las die Eintragung leise vor. Dann sah er Türk an. »Tut mir Leid. Ich weiß nicht, welchen Film Ulmer damit gemeint haben könnte.«

»Denken Sie nach.«

»Einen Augenblick habe ich an so etwas wie ›Andalusische Nachtigall‹ gedacht, aber das ist … nein, das ist nicht möglich.«

»Warum?«

»Kennen Sie die Geschichte des Ungeheuers von Loch Ness? So etwas ist die ›Andalusische Nachtigall‹ für die Sammlerszene. Den Film gibt es aber genauso wenig wie diesen schottischen Godzilla. Ich habe alle Archive durchforstet.« Er schüttelte nachdrücklich den Kopf. »Das Kürzel muss etwas anderes bedeuten.«

»Okay«, meinte Türk. »Dann nur noch diese Zahlen. Was bedeuten sie?«

»Wiederum ganz einfach. Vier-Schrägstrich-Vier heißt, dass der Film aus vier Akten besteht und der Film vollständig ist. Eins-Schrägstrich-Gedankenstrich verstehe ich so, dass nur eine Rolle eines Films existiert, dessen vollständige Aktzahl nicht bekannt ist.«

»Leuchtet ein«, sagte Türk. »Bedeutet die Anordnung auf der Liste, dass Ulmer vorhatte, nach Ihnen noch einen Film vorzuführen?«

»Im Prinzip ja. Aber die vorzuführenden Filme werden normalerweise entsprechend ihrer zeitlichen Aufeinanderfolge angeordnet. Ich weiß das, weil ich mir in meiner Studienzeit im ›Peterhof‹ als Filmvorführer Geld verdient habe. Der Herr Ulmer war dort Chef-Vorführer. Er hat seine Filme immer so angeordnet.« Er deutete auf das Regal. »›Paititi‹, also mein Film, liegt rechts. Der Platz links ist für den Film vorgesehen, der vorher gezeigt wird. Ich wäre also der letzte Zuschauer gewesen. Wahrscheinlich ist diese Eintragung so zu erklären, dass der Kunde, den Herr Ulmer am Spätnachmittag erwartete, erst nach unserer Verabredung angerufen hat. Ich selbst habe unseren Termin nämlich schon vor mehreren Tagen mit ihm vereinbart. Heute Nachmittag, es muss so gegen halb zwei, zwei gewesen sein, hat Herr Ulmer angefragt, ob ich nicht ein bisschen später kommen könnte, er erwarte noch einen wichtigen Kunden, der sich – wie gesagt – kurzfristig angemeldet hätte. Ich habe natürlich eingewilligt.«

Türk schürzte nachdenklich die Lippen und sah auf das Regal.

»Aber links liegt kein Film?«

»Natürlich! Er hat ihn vorgeführt und danach wieder ins Lager zurückgebracht.«

»... und hätte Ihren Film nach rechts schieben müssen.«

»Eigentlich schon. Aber vielleicht hat er es vergessen?«, meinte Böhm und fügte nachdenklich hinzu: »Obwohl er eigentlich ein äußerst penibler Zeitgenosse war.«

»Wenn er es nicht vergessen hat, könnte das heißen, dass ...«

»...der Film verschwunden ist? Aber das ist doch albern! Ganz abgesehen davon, dass es den angeblich verschwundenen Film definitiv nicht gibt! Außerdem kann ein normaler Einbrecher damit kaum etwas anfangen. Es handelt sich um ideelle Werte, mit denen kaum Geld zu machen ist. Uns geht es, nebenbei bemerkt, auch gar nicht darum, sondern um den Erhalt eines bedeutenden Kulturguts, für den Staat und Filmindustrie bei allem gegenteiligen Getöne erbärmlich wenig übrig haben. Aber das ist ...«

»Ein weites Feld«, schloss Türk ungeduldig ab.

Baier war schon seit einigen Minuten von einem Bein auf das andere getreten.

»Ich geh schon mal rauf«, warf er dazwischen. »Die MK müsste jeden Moment kommen.«

»Okay, Ali.« Türk drehte sich wieder zu Böhm.

»Hat Ulmer Ihnen noch irgendwelche Hinweise auf diesen Kunden, der sich so kurzfristig angemeldet hat, gegeben?«

»Nein. Es wäre ein wichtiger Kunde, meinte er. Das war alles.«

»Sonst noch etwas, was Ihnen an ihm ungewöhnlich vorgekommen ist?«

»Eigentlich ...« Er überlegte. »Höchstens das: Er hat mir

für heute Abend ein zusätzliches Schmankerl – wie er es ausdrückte – versprochen. Er meinte damit einen Film, der mich nach seiner Einschätzung interessieren würde. Ich wollte natürlich gleich Näheres wissen, aber er hat sehr geheimnisvoll getan. Am Telefon wollte er jedenfalls nicht darüber reden.«

»Klingt irgendwie nach heißer Ware«, bemerkte Türk.

»Quatsch!«, sagte Böhm aufgebracht. »Herr Ulmer hatte mit Pornos nichts zu tun. Ich genausowenig.« Er beruhigte sich wieder. »Nein, ich denke, es ging eher um einen Film, den er von Rechts wegen nicht hätte haben dürfen. Wissen Sie, wir Sammler befinden uns da immer ein wenig in einer Grauzone. Zwar kräht kein Hahn mehr danach, wenn wir eine Kopie besitzen, die längst nicht mehr im Kino läuft. Aber trotzdem sind Handel und Tausch damit eigentlich verboten.«

»Hat Ulmer Filme gehabt, bei denen das Rechtliche irgendwie strittig war?«

»Ach was! Er war auf die Dreißiger und Vierziger konzentriert. Die Firmen, die diese Filme hergestellt haben, gibt es größtenteils nicht mehr. Was bei Herrn Ulmer immer ein klein bisschen heikel war – bitte verstehen Sie mich nicht falsch, er war absolut integer! –, war, dass er viele Streifen aus dem Dritten Reich besaß. Und da hat es so manch undelikate Berührung gegeben, mit Kunden, denen nicht nur der Film, sondern auch der Inhalt sehr am Herzen lag.«

»Alte Nazis?«

»Ewiggestrige, gewiss, ja«, bestätigte Böhm. »Aber Herrn Ulmer ging es nur um die Kunst.«

Ein Martinshorn näherte sich rasch, ein zweites folgte.

Wenig später polterte Schranz die Stufen herunter. Er sah auf den Toten.

»Da legt einer anscheinend ein Arbeitsbeschaffungsprogramm für unterbeschäftigte Beamte auf! Ah, und der Meister selbst. Ich sag's ja. Wo der Türk, da ein Toter!«

KAPITEL 15

Es war ihm schwergefallen, aber er hatte es geschafft.

Er hatte den Mund gehalten, als Schranz in üblicher Manier auf den Plan getreten war, in seinem bescheidenen Repertoire nach einer Erklärung gekramt und sich an die erstbeste geklammert hatte. Für ihn deutete alles sofort auf Einbruch hin. Das Opfer habe den Täter überrascht, der es daraufhin tötete und, was nicht selten vorkam, in Panik die Flucht ergriff. Es hatte Schranz nicht irritiert, dass keiner der Nachbarn etwas bemerkt hatte, obwohl dieser Teil des Gartens zum größten Teil einsehbar war. Der Lage der Glassplitter, auf die ihn einer der Spurensicherer aufmerksam machte, maß er keine Bedeutung bei.

Es war ganz einfach gewesen. Er war nicht zuständig, basta. Es gab keinen Kripohauptmeister Türk mehr. Nur noch einen Polizeiobermeister gleichen Namens, der im Münchner Osten für Schutz und Ordnung zu sorgen hatte.

Die Reifen quietschten verhalten, als Baier den Wagen auf den Parkplatz der Inspektion lenkte.

Die weiteren Stunden verliefen ohne größere Vorkommnisse. Ein Autofahrer hatte einen Wildhasen abgeliefert, der ihm vor die Reifen gelaufen war und nun deutlich hinkte. Türk und Baier hatten das schockstarre Tier in einen Käfig gepackt und es in die Tierklinik gebracht, wo eine bildhübsche Ärztin nach kurzer Untersuchung mit milder Grausamkeit die Todesspritze aufgezogen hatte.

Kurze Zeit darauf ging der Notruf eines Gastwirts in der Dresselstraße ein. Eine Handvoll junger Männer, die Gesichter geschwollen, einschlägig kahl rasiert und angefeuert von einem geifernden Alten, hatte gegen eine im Nebenzimmer tagende Bürgerinitiative randaliert, die den Namen einer nach einem wilhelminischen Afrika-Schlächter benannten Straße ändern wollte, um sie einem in Dachau ermordeten Berg-am-Laimer Gewerkschafter zu widmen. Notarzt und Sanitäter umstanden eine zierliche, weißhaarige Dame, die mit einem Kollaps zusammengebrochen war, nach einigen Minuten aber wieder die Augen aufschlug und nach einem Taschentuch sowie einem Obstler verlangte. Die Krawallbrüder hatten bald maulend den Schwanz eingezogen, auf ihr Recht auf freie Meinungsäußerung gepocht und es kleinlaut über sich ergehen lassen, dass man ihre Personalien aufgenommen und sie ermahnt hatte, sich gefälligst anständig zu benehmen. Der alte Einpeitscher hatte sich anbiedern wollen. Ob Türk und Baier als Männer der Ordnung nicht auch der Meinung seien, die linke Bagage gehöre in Schach gehalten?

»Irgendwie schon«, hatte Baier ausweichend geantwortet, und Türk war beim Anblick des verwitterten Wehrmachtshelden ins Grübeln gekommen, ob er den Vorfall – wie in der internen Sprachregelung empfohlen – als die Tat jugendlicher Rowdies darstellen konnte.

Auf der Rückfahrt wurden sie von Maierhofer zur Lettowstraße dirigiert. Sie kamen gerade noch rechtzeitig. Dort hatte ein Tobsüchtiger bereits die beweglichen Teile seiner Wohnungseinrichtung vom Balkon des dritten Stockwerks auf den Gehsteig geworfen und schickte sich an, auf die Brüstung zu klettern. Als die Beamten in die Wohnung stürmten und ihn zurückrissen, war er schluchzend zusammengebrochen. Bis zum Eintreffen des Notarztes hatte er, stammelnd und von Weinanfällen unterbrochen, eine lange Geschichte erzählt, in der es um Verluste im Aktiengeschäft und Schulden ging, um fiese Vorgesetzte, um frigide, geldgeile

Frauen und vor allem darum, dass er viel zu anständig für diese Welt sei. Die Beamten hatten ihm versichert, völlig seiner Meinung zu sein. Ein Blick in die verwahrloste Küche des Vierzigjährigen hatte ihnen alles gesagt. Das über den Boden kollernde Alkoholangebot hätte einer Stehkneipe zur Ehre gereicht.

Mit einem erschöpften »Uff« plumpste Baier in den Fahrersitz.

»Hast gesehen, was für Zeug der aus dem Fenster geschmissen hat, Türk? So was kann sich unsereins in zehn Jahren nicht leisten. Und das ganze Computergeraffel! Boxen vom Feinsten.« Er zündete den Motor. »Dann die Espressomaschine. Unter zweitausend kriegst du so was gar nicht.«

Der Streifenwagen zockelte die Wasserburger Landstraße entlang. Türk kommentierte die Klagen Baiers über seinen mageren Verdienst und über die unfähige Gewerkschaft mit einem sparsamen »Kann schon sein, Ali«, bis Baier endlich das Thema wechselte.

»Übrigens – soll ich dir mal was sagen?«

Türk hatte gedankenverloren nach draußen gesehen. Aus dem Seitenfenster eines verschrammten Escort grimassierte ein knopfaugiger Teenager zu ihnen herüber.

»Was denn, Ali?«

»Der Schranz ist ein Arsch. Ich kenn zwar kaum einen von den K-lern, der es nicht manchmal raushängen lässt, was Besseres zu sein, aber der bringt's knüppelmäßig. Und der war ein Kollege von dir?«

Türk sah ihn von der Seite an. Aha, daher wehte der Wind. Baier war hartnäckig.

»Ali?«

»Hm?« Baier sah angestrengt auf die Fahrbahn. »Was?«

»Das! Okay?«

»Hä? Was meinst denn?«

»Was hab ich dir gestern gesagt? Dass du mich damit in Ruhe lassen sollst.«

Ertappt wiegelte Baier ab.
»Entschuldige, Kollege. Ich find's nur komplett daneben, wie der sich aufführt.«
Türk gab ihm Recht.
Es war längst Zeit für eine Pause. Die kam jedoch erst zwei Verkehrsunfälle später, einer davon harmlos, der andere etwas heftiger – als der Notarzt kam, hatte der Achtzehnjährige, mit zerbrochener Kniescheibe und klaffender Stirnwunde schon auf der Trage festgeschnallt, immer noch so etwas wie »höchstens zwei halbe Bier« gelallt.
Türk hatte danach noch einige launige Bemerkungen mit anderen, wie er vor Müdigkeit rotäugigen Schichtkollegen gewechselt und gerade das erste Mal an seinem Kaffee genippt, als Maierhofer die Schwabinger Inspektion durchstellte.
»Ist der Kollege Türk am Apparat?«
»Bloß wenn's nichts Lästiges ist.«
»Na, ich weiß nicht, Kollege. Wir haben da ein Früchterl aufgegabelt, das wie Sie heißt und auch noch behauptet, mit Ihnen verwandt zu sein.«
Jede Nachfrage erübrigte sich. Friedl! Der Bengel hatte ihn angelogen, war nicht zu Hause geblieben. Türk hatte das Gefühl, als würden sich seine Nackenhaare aufstellen.
»...er möchte unbedingt, dass ich Ihnen Bescheid sag.«
»Dann sagens mir Bescheid«, sagte Türk ergeben.
»Wir haben ihn mit ein paar von seinen Spezln hier bei uns auf der Wache. Die haben ein Fotostudio an der Leopoldstraße auseinandergenommen, wie's genau dazu gekommen ist, wissen wir nicht. Ist aber nicht lustig, die Sache, kann ich gleich sagen.«
»Ich komm rüber«, ächzte Türk.
Nachdem er einen Blick in den fast vollbesetzten Mannschaftsraum geworfen hatte, gab Schwab sein Einverständnis.
»Aber dass du ja erreichbar bist, okay?«, fügte er hinzu und zwinkerte: »Schadet gar nichts, wenn ihr Ledigen auch mal mitkriegt, wie das mit der Flohhüterei in diesem Alter ist.«

KAPITEL 16

Vor Zorn sprühend und die neugierigen Blicke der Kollegen im Nacken, kam Türk in die Schwabinger Inspektion gestiefelt. Friedl war bei seinem Anblick zusammengezuckt. Betreten hatte er sich von einem weltverloren dreinblickenden, rothaarigen Igelkopf verabschiedet. Das Mädchen gab den stummen Gruß mit scheuer Geste zurück.

Zurück im Auto drückte Türk aufs Gaspedal.

»Geht die Lügerei jetzt schon los?!«, fauchte er. »Du hast versprochen, dass du früh ins Bett gehst!«

Das Siegestor flog vorbei.

»Wollt ich ja«, murmelte Friedl geknickt. »Um elf wär's ausgewesen. Dann wär ich gleich heim.«

»Um elf! Und das soll ›früh‹ sein?!«

Friedl wich Türks Blick bedrückt aus.

»Kaum ein paar Stunden da, und schon darf ich dich bei der Polizei abholen! Weißt du was?!«

Friedl verneinte eingeschüchtert.

»Du packst dein Zeug und fährst wieder dahin, wo du hergekommen bist!«

»Ist doch nicht meine Schuld gewesen«, gab der Junge weinerlich zurück.

»Der Typ hat dich angegriffen, oder was?! Pure Notwehr, was?! Warum erzählen mir die Kollegen dann was komplett anderes?!«

Der Junge schniefte. In Türk wallte Mitleid auf.

»Sag, was passiert ist!«, knurrte er.

Und Friedl erzählte: Während er gestern darauf gewartet hatte, dass sein Onkel ihn abholen käme, war er mit einem Zettelverteiler ins Gespräch gekommen. Der Junge, kaum älter als Friedl, hatte Einladungen zu einer Casting-Veranstaltung verteilt.

»›Superstar‹ oder so ’nen Käs?«

Das auch. Auch Rollen bei Film und Fernsehen wären in greifbarer Nähe, wenn man unter die glücklichen Auserwählten kommen würde. Schließlich hatte Friedl mit seinem Schulfreund, dem Seidl Heini in Freilassing, einmal einen Gangsterfilm auf Video gedreht und dabei einen Drogenhändler gespielt. Es war überhaupt nicht schwer gewesen, und auch das Publikum bei der ersten und einzigen Aufführung war ganz aus dem Häuschen gewesen.

Friedl hatte kurz überlegt und war zu dem Schluss gekommen, dass nichts dagegen spräche, neben seiner Lehre auch noch eine Karriere beim Film zu machen. Sollte er dabei berühmt werden, könnte er seine Lehre ja an den Nagel hängen.

»Du bist vielleicht naiv!«, schimpfte Türk.

Am überzeugendsten war gewesen, dass für das Casting keine Gebühr verlangt wurde und das Büro des Betreibers, eines – Friedl gab es zu – etwas pomadigen Wichtigtuers mit dynamisch geschorenem Haar, mit Originalautogrammen bekannter Stars tapeziert gewesen war. Alle, so hatte der Mann versichert, zählten zu seinen engsten Freunden und Geschäftspartnern.

»Und so was glaubst du!«

Warum auch nicht? Jedenfalls wäre Friedl aber schon sauer aufgestoßen, dass das Studio einen eher abgewetzten Eindruck machte. Der Veranstalter habe sich wie ein aufgeblasener Geck benommen, habe abfällige Bemerkungen von sich gegeben und einige der Mädchen, von denen die meisten ziemlich eingeschüchtert waren, reichlich anzüglich angemacht. Nur bei der Patty…

»Das war die Rote von vorhin, oder?«

Richtig. Abgesehen davon, dass er sie sehr hübsch fand, war Friedl noch aufgefallen, dass ihr das Ganze ebenfalls nicht passte. Na ja, schließlich habe der Typ von jedem drei Fotos gemacht, ziemlich schnell sei das alles gegangen, und als das vorbei war, wollte er die Adressen von jedem haben, mit Einverständniserklärung, dass sie von seiner Agentur weitervermittelt werden wollten. Die sollte man doch bitte auf ein vorbereitetes Formular schreiben, das erleichtere ihm schließlich die Dateneingabe, und time sei schließlich money in diesem business.

Die ersten hätten bereits brav unterschrieben gehabt, bis die Reihe an Friedl gekommen sei, der sich schüchtern zu Wort gemeldet hatte und wissen wollte, was es mit diesem, äh, Rechnungsbetrag auf sich habe. Das sei für eine Setcard, habe der Typ geblafft. Ob jemand so unprofessionell sei und glaube, dass man ihn ohne Setcard jemals engagieren würde? Und ob jemand ernsthaft glaube, im Leben bekäme man etwas geschenkt?

»Und wie hoch ist die Rechnung gewesen?«

Um die zweihundert Euro hatte der Förderer der jugendlichen Kreativität gefordert. Für drei Fotos, geschossen in Sessions, von denen keine länger als zwei Minuten gedauert hatte. Friedl hatte das nicht so einfach hinnehmen wollen. Er sei es doch schließlich, der bei einer Vermittlung einen Haufen Provision verdienen würde. Da sei der Mann patzig geworden. Wenn er es nicht habe, dann – und »mal herhören, das gilt für alle!« – sollten doch gefälligst die Eltern die Kohle rausrücken. Die meisten seien eh geil drauf, dass ihre Kinder ins Fernsehen kommen, stimmt's? Die ersten kramten schon nach ihren Handys, doch Friedl gab immer noch keine Ruhe, meinte, dass das mit dem Geld von den Eltern und so bei ihm nicht laufen würde, und überhaupt sei das zu Anfang nicht gesagt worden. Die Patty war auch schon ziemlich angefressen gewesen, das habe er gesehen.

Tja, wenn dem so sei, habe der Typ mit rot geschwollenem

Gesicht zurückgegiftet, dann könne er sich verziehen. Was erlaube er sich eigentlich? Ihn erst arbeiten zu lassen und dann rumzustänkern! Und die Werbekampagne, glaube vielleicht einer, dass das nichts koste? Unverschämtheit! Aber er habe eh keine Lust, sich mit Proleten abzugeben. Die schafften es eh nie, die seien viel zu blöd dazu. Also: zack-zack! Er habe seine Zeit nicht zu verplempern.

Friedl hatte schon gehen wollen, da wollte einer wissen – er musste aus dem früheren Jugoslawien oder so gewesen sein, jedenfalls der Sprache nach –, wen er denn mit Prolet meine? Und zwar in einem ganz komischen Ton, höflich irgendwie, aber auch, als käm da noch was.

Einer, der ausschaut wie du, meinte da der Typ. Darauf hatte sich die Patty hingestellt, ganz cool – also echt, total cool! – und gefragt, ob's sein könnte, dass er ein ziemliches Arschloch sei?

»Berechtigte Frage.«

»Gell?«

Friedl fand das auch. Der Typ von der Agentur aber, der sei jetzt durchgedreht, habe Patty gepackt, ihr eine runtergehauen, dass sie an die Wand geflogen sei, und wollte sie aus dem Studio zerren. Ungefähr ab da sei es dann losgegangen.

»Was ist losgegangen?«

»Der Aufstand halt.«

»Aha. Und wie genau ist der dann abgelaufen?«

»Na ja, der Jugoslawe und ich und noch ein paar andere, wir haben ihm halt… also, er hat ein paar Pousser gefangen. Sonst nichts.«

Türk musste innerlich grinsen. Für einen Moment fühlte er sich in seine Kindheit versetzt. »Pousser« war das Wort gewesen, das für den, der sie empfing, die Verzierung mit tagelang sichtbaren blauen Flecken bedeutete.

»›Pousser‹ sagst du?« Türk warf ihm einen strengen Blick zu. »Ihr habt dem wahrscheinlich die Nase gebrochen, so wie das geblutet haben soll!«

»Das bin nicht ich gewesen, echt!«

»Du hast zugeschaut, oder was?«

»Ich hab ihn bloß in den Arsch getreten, weil er dem Jugoslawen an die Gurgel gegangen ist. War Notwehr, Onkel Joseph. Echt!«

»Wird sich rausstellen. Wie ging's dann weiter? Ihr habt das Studio auch noch zerlegt, hab ich gehört.«

»Das waren nur ein oder zwei Stühle. Hab's nicht so gemerkt. Irgend so eine Kuh von ihm hat voll auf Stress gemacht und die Polizei angerufen.«

Türk seufzte leise. Über dem Bett der Isar, das sie soeben überquerten, waberte dünner Nebel.

War aus Friedls Stimme bisher noch so etwas wie Befriedigung über den Sieg herauszuhören gewesen, so klang sie jetzt wieder ängstlich. Türk sah aus den Augenwinkeln, dass der Junge jetzt mit großen Augen an ihm hing.

»Was… was wird denn jetzt passieren, Onkel?«

»Tja.«

Du hast in die Scheiße gelangt, mein Kleiner. Du wirst angezeigt, es wird eine Verhandlung geben, dazu noch eine Schadensersatzklage, über die sich deine Mutter freuen wird. Und wenn du bis dahin eine Lehrstelle hast und dein Chef das mitkriegt, dann fliegst du raus, bevor du überhaupt richtig drin bist.

»Was meinst du mit ›tja‹, Onkel?«

»Das heißt vor allem, dass du, wenn das noch einmal vorkommt, schon im Zug nach Freilassing sitzt, bevor du noch ›babb‹ sagen kannst! Haben wir uns verstanden?!«

Türk hatte angehalten.

»So, und jetzt raus, aber dalli! Und dann auf der Stelle ins Bett, klar?«

Hastig löste Friedl den Gurt, tastete nach dem Griff und öffnete die Tür.

»Stop!«, sagte Türk. Ihm war ein Gedanke gekommen.

Der Junge hielt neugierig inne.

»Tust mir nachher noch einen Gefallen? Ob du jetzt gleich ins Bett gehst oder erst in einer halben Stunde, das macht das Kraut auch nicht mehr fett.«

Friedl nickte eifrig.

»Und das wäre?«

KAPITEL 17

Türk saß noch keine fünf Minuten an seinem Schreibtisch in der Inspektion, als sich Friedl wieder meldete .

»Entschuldige, dass es so lange gedauert hat, Onkel.«

»Und? Was hast du rausgekriegt?«

»Negativ«, sagte Friedl. »Ich hab's mit allen Suchmaschinen probiert. Ein Film, der so heißt wie du gemeint hast, ist nirgendwo verzeichnet. Der Computer, den du da hast, ist übrigens viel zu langs...«

»Nirgendwo? Bist du sicher?«

»Auf der ganzen Welt nicht. Das Einzige, was ich unter ›Andalusische Nachtigall‹ gefunden habe, ist eine Operette von einem Spanier gewesen. Der heißt... wart einmal... Manuel...«

»Schon gut. Von wann ist die Operette?«

»Weiß nicht. Hab bloß eine Besprechung in einer Zeitung gefunden.«

»Eine deutsche?«

»Auf Deutsch, ja. Vom November 1938. Soll ich sie dir ausdrucken?«

»Braucht's nicht. Du gehst jetzt auf der Stelle ins Bett, okay? Und noch was: Dank dir schön.«

»Gern geschehen, Onkel. Schad, dass nichts dabei rausgekommen ist. Ist das jetzt schlimm?«

»Nein. Eine Gewissheit ist immer was Gutes. Gute Nacht, Friedl.«

Türk legte auf. Er verschränkte seine Hände im Nacken und sah zur Decke. Es gab zwei Möglichkeiten. Die eine: Ein Film mit diesem Titel existierte tatsächlich nicht. Dann bliebe die Frage, was Ulmers Eintragung zu bedeuten hatte. Eine Deckbezeichnung für einen anderen Film? Einen mit brisantem Inhalt, der illegal gehandelt wurde? Die zweite Möglichkeit war: Es gab diesen Film doch, und irgendjemand unternahm alles, um ihn an sich zu bringen.

Der Inspektionsleiter steckte seinen Kopf durch die Tür. Zu Baier gewandt und mit dem Daumen zu Türk weisend, sagte er mit freundlichem Spott: »Der Türk hat wieder seinen Philosophischen, was?«

Baier gähnte. »Was heißt ›wieder‹. Ist sein Normalzustand.«

»Und, Türk? Wo gründelst du hin?«, fragte Schwab. Er setzte sich auf die Schreibtischkante. »Komm ich drauf, wenn ich rat?«

Türk verneinte schmunzelnd.

»Die Zirkusgeschichte, hm? Oder der Einbruch heute Nacht?«

»Wie er dem Schranz am besten eine reinwürgen kann, daran denkt er«, meinte Baier zu wissen.

»Daneben, Kollegen. Ich denk über die modernen Zeiten nach.«

»Oho!«, machte Schwab.

»Da herinnen scheint's einen zu geben, der sich unterfordert fühlt«, lästerte Baier. »Will jetzt keinen Namen nennen, aber er fängt mit ›T‹ an und hört mit ›ürk‹ auf.«

»Sag«, Türk stützte seine Oberarme auf die Tischplatte und sah Schwab an, »wie ist das eigentlich mit diesem Internet? Da steht doch bloß drin, was einer reinstellt, oder?«

»Freilich.«

»Und umgekehrt: Wenn's einer nicht reinstellt, ist es nicht drin.«

»Richtig. Was...?«

»Und dann sieht's für jeden so aus, als gäbs das gar nicht?«

Auch das bestätigte Schwab.

»Bloß weil's nicht drin ist…«, sinnierte Türk.

Schwab verschränkte seine Arme vor der Brust.

»Auf was willst du eigentlich raus? Wieso interessiert dich das eigentlich?«

Türk faltete die Hände. Er sah an Schwab vorbei.

»Je nachdem, ob und wie einer das Netz füttert, kann er steuern, ob…«

Schwab verstand.

»Stop. Das haut bloß hin, wenn die Leut so blöd sind und das Internet für das Evangelium halten. Und zweitens, wenn die Information, die er unterdrücken will, an eine Form gebunden ist. Schrift oder Bild beispielsweise. Wenn die Information aber bloß in irgendwelchen Köpfen ist, ist einer machtlos. Nimm zum Beispiel ein Gerücht her oder eine Geschichte, die seit Generationen erzählt wird.«

»Er könnte die Köpfe abschlagen, in denen das herumgeistert«, warf Baier ein.

»Brutal, aber richtig«, nickte ihm Schwab zu. »Aber da hat er zu tun, das kann ich dir flüstern. Schau: Auch der einsamste Mensch hat Bezugspersonen, denen er was erzählt. Wie ist es dann erst mit den, sagen wir mal, normalen Leuten – die haben Hunderte von Beziehungen, enge und weniger enge. Und sie haben Großeltern, Eltern und Kinder, da wird das dann auch noch in die Generationendimension hineingetragen. Im Internet dagegen löschst oder manipulierst du einfach deine Eintragung, und – zack – ist die Information weg.«

»Wenn du meinst«, sagte Baier. »Ich frag mich jedenfalls, wer von euch zweien mehr Spaß an der Philosophiererei hat.«

Türk stützte seine Ellbogen auf den Schreibtisch und faltete nachdenklich die Hände.

»Also die Köpf der Leut sind das Gefährliche…«

Schwab nickte.

»Wie man's nimmt, Türk. Es kommt erstens drauf an, was

in ihnen drin ist. Und zweitens ist die Frage, für wen sie jeweils gefährlich sind . Aber sag, was brütest du da schon wieder aus?«

»Nichts, Schwab, nichts.«

KAPITEL 18

Türk hätte auf die knappen drei Stunden Schlaf besser verzichtet. Das Schrillen des Weckers hatte ihn aus einem traumlosen Schlummer gerissen. Mit schweren Gliedern war er in die Küche getappt, hatte sich einen Kaffee gebraut und danach einige Hände kalten Wassers ins Gesicht geworfen. Als er vor die Tür trat, hatte er sich noch immer wie gerädert gefühlt und reichlich Wirres von sich gegeben, als er Frau Grohm begegnete. Sie, rücksichtslos morgenmunter wie immer, wollte ihn mit mütterlich besorgter Miene in ein Gespräch über den »braven Buben« verwickeln.

Doch jetzt, als er im Innenhof des Stadtmuseums stand und nach einem Hinweisschild zum Büro der Filmabteilung suchte, begann der Kaffee seine Wirkung zu tun. Die bleierne Müdigkeit in seinen Gliedern und das dumpfe Wummern seines Pulsschlags waren einer fast euphorischen Wachheit gewichen, und es war ein Leichtes gewesen, der Sekretärin des Filmmuseums vorzumachen, dass er im Nachlass seines Großvaters einen Stapel alter Filme gefunden hätte, mit den Beschriftungen aber nichts anfangen könne, weshalb er keine Ahnung habe, ob es sich um einen wertvollen Fund handle oder ob er das verstaubte Zeug nicht besser in die Tonne kippen sollte.

»Unterstehens Ihnen!«, hatte sie mit freundlicher Strenge gemahnt, zum Telefon gegriffen und ihn im Kopienlager angemeldet.

Bunkeratmosphäre empfing ihn, als er den Keller des Filmmuseums betrat. Ein blasser junger Mann drehte sich auf seinem Stuhl um und schob seine Brille auf die Stirn.

»Was stand auf den Dosen, die Sie geerbt haben?«, fragte er, nachdem Türk sein Märchen erzählt hatte. »›Andalusische Nachtigall‹? Nichts anderes? Kein Name einer Produktion? Ein Regisseur?«

Türk schüttelte den Kopf.

»Nie was davon gehört.«

Der junge Mann drehte sich zu seinem Rechner und rief eine Datei auf. Nach einigen Befehlen gab er auf. Er massierte nachdenklich sein Kinn.

»Nö«, meinte er schließlich. »Nirgends vermerkt. Sind Sie ganz sicher, dass es eine deutsche Produktion ist?«

»Sicher bin ich nicht. Aber der Titel klingt ja nicht gerade chinesisch, oder?«

»Da haben Sie Recht.« Ein leicht herablassender Blick streifte Türk. »Aber das sagt nichts. Es kann genauso gut die deutsche Fassung eines ausländischen Films sein, verstehen Sie? Dann wären Sie bei uns an der falschen Adresse.«

Er bemerkte Türks Enttäuschung.

»Haben Sie denn wenigstens eine Ahnung, aus welchem Jahr er stammt?«, fragte er seufzend. »Oder wer darin mitspielt?«

Türk musste wieder passen. Der junge Mann rieb sich die Wange.

»Ist die Aufschrift gedruckt? Oder handschriftlich?«

Türk erinnerte sich an die Beschriftung der Rollen in Ulmers Heimkino.

»Und?«, bohrte der junge Mann ungeduldig nach. »In Sütterlin oder Latein?«

»Irgendwas mittendrin, würde ich sagen.«

»Na, das ist ja schon einmal was.« Der Angestellte verzog sarkastisch den Mund. »Dann können wir schon mal sagen, dass die Rollen zwischen 1940 bis Mitte der Sechziger Jahre beschriftet worden sind. In dieser Zeit sind bloß über zehntausend Filme gedreht worden.«

»Nützt vielleicht der Name des Kameramanns etwas?«

»Warum sagen Sie das nicht gleich? Wenn es ein bekannter gewesen ist – vielleicht.«

»Urschall oder so ähnlich.«

Das Gesicht des jungen Mannes hellte sich um einige Grade auf. Er schwang an seinen Schreibtisch zurück und hackte auf die Tastatur seines Rechners ein. Nach kurzer Zeit erschien eine Liste mit Titeln auf dem Bildschirm. Der junge Mann ließ sie abrollen.

Dann schüttelte er den Kopf.

»Sie müssen sich getäuscht haben. In seinem Werkverzeichnis taucht so ein Film nicht auf.«

Seine Hand klatschte ultimativ auf die Tischplatte. Sie klauen mir die Zeit, guter Mann, bedeutete das unmissverständliche Signal.

»Und wenn es doch ein ausländischer Film war? Oder der Film umbenannt wurde?«

»Hören Sie!« Die Ungeduld des Museumsangestellen war jetzt nicht mehr zu überhören. »Sie können davon ausgehen, dass ich mich in der ausländischen Filmgeschichte ebenfalls ein bisschen auskenne. Wenn ich von diesem Titel je etwas gehört hätte, hätte ich es Ihnen gesagt. Okay? Aber wenn Sie drauf bestehen, fragen sie doch auch noch den Kollegen Waldau.«

Er stemmte sich einige Zentimeter aus seinem Sessel und rief nach hinten.

»Herr Waldau?«

Eine mürrische Stimme, verborgen hinter einer Allee von Regalen, antwortete. Der Techniker wies nach hinten.

»Wenn Ihnen wer helfen kann, dann der Herr Waldau. Der ist am längsten bei uns und vergisst eher den Namen, als dass ihm ein Titel nicht mehr einfallen würde.«

Der Archivar, ein rundlicher Mann mit fahlem, kränklich

gekerbten Gesicht blickte unverwandt auf den Bildschirm des Schneidetisches, als Türk sich ihm näherte.

»Was wollen Sie?«

Waldau zeigte keine Regung, als Türk den Titel nannte. Ein Stummfilm surrte gleichmäßig über die Zahntrommeln.

»Was wollen Sie mit diesem Käse«, brummte er schließlich.

Türks Herz machte einen Satz.

»Sie… Sie kennen ihn?«

»Eine fürchterliche Schnulze.«

»Von wann ist der Film?«

»Von zwei… nein, dreiundvierzig. Grauenhaft.«

»Wieso? War es ein Propagandafilm oder so was?«

»Ach was! Ich sagte doch, eine fürchterliche Schnulze. Miserable Story, miserable Schauspieler und ein miserabler Regisseur«, sagte der Alte. »Nur der Kameramann hat halbwegs Passables, wenn auch nichts Überwältigendes geleistet. War aber auch schon besser. Und immerhin war auch Lia Casaro dabei. Weiß der Henker, wie sie sich darauf einlassen konnte.« Er stellte das Laufwerk ab und sah Türk ins Gesicht. »Was interessiert Sie eigentlich ausgerechnet an diesem Machwerk?«

Türk erzählte seine Geschichte.

»Eine Rolle, sagen Sie? Auf einem Speicher? Kann es nicht sein, dass ein anderer Film in der Büchse liegt? Kommt schon mal vor.«

»Vielleicht. Aber wieso sagen Sie: Machwerk?«

»Weil ich es sage! Die Geschichte basiert auf einem Buch eines österreichischen Autors um die Jahrhundertwende, eine verlogene, schmalzige, trotzdem wohl einigermaßen erfolgreiche Kolportage aus der K.-und-K.-Zeit. Wenn ich mich nicht täusche, ist aus dem Stoff auch eine Operette gemacht worden.«

»Aber ich hab überall nachgesehen und den Titel in keinem Lexikon gefunden.«

»Kein Wunder.«

»Aber Sie sagen doch, dass es ihn gibt? Warum steht er dann…«

Der Alte unterbrach ihn. »Weil ›Die Andalusische Nachtigall‹ nie fertiggestellt worden ist, ganz einfach. Der Film ist nie in irgendwelchen Kinos gelaufen, und es ist nie eine Kopie hergestellt worden.«

»Warum? Und wann ist das gewesen?«

Waldau stellte das Laufwerk ab. Er war jetzt ganz in seinem Element.

»Mit den Dreharbeiten ist Anfang '43 begonnen worden. Ein Großteil der Filmaufnahmen sollte in Ungarn gemacht werden, was sich bald als schwierig herausgestellt haben muss. Details weiß man nicht, man hat von Sabotage und so weiter gesprochen. War ja Krieg, besetztes Land. Als Ersatz hat man wohl schließlich doch noch irgendeine Gegend im Reich gefunden, aber da war es dann schon zu spät. Nach ein paar Drehtagen muss der Produktion endgültig das Geld ausgegangen sein. Und deshalb ist von diesem Unternehmen nichts als eine Handvoll Negative und ein paar Musterrollen übriggeblieben. Und auch davon ist bei Kriegsende noch etliches verschwunden.«

»Da bin ich ja gleich an den Fachmann gekommen«, schmeichelte Türk.

»Man tut, was man kann.«

Der Alte nickte nicht ohne Stolz.

»Woher wissen Sie gerade über diesen Film so genau Bescheid?«

»Weil ich auch eine Geschichte habe, junger Mann«, sagte Waldau, und ein säuerliches Lächeln spielte um seine Lippen. »Ich habe selbst einmal Ambitionen gehabt. Für meinen Film damals hatte ich grad so viel Geld wie Dreck unter den Fingernägeln, dafür aber die Frechheit, die Casaro um Mitwirkung anzugehen. Sie hat natürlich abgesagt. Zum Regisseur hat's bei mir dann doch nicht gereicht, aber immerhin zu einer Biografie über Lia Casaro. Sie lebt übrigens noch.«

»Wirklich?«

»Sogar nicht weit von hier, in einer Art Künstler-Altersresidenz. Früher war sie manchmal in der Vorstellung, wenn einer ihrer Filme auf dem Programm stand.«

Türk notierte die Adresse.

»Dann muss es sich bei meinem Film wohl um einen Irrtum handeln.«

»Etwas anderes kann ich mir nicht vorstellen. Meines Wissens war nur eine Rolle mit ungeschnittenem Negativmaterial im Umlauf. Das bedeutet, dass es sich nur um einen winzigen Teil des Materials gehandelt hat, bestenfalls das Ergebnis eines oder höchstens zweier Drehtage.«

»Was heißt ›war‹?«

»Weil sie hier bei uns gelagert waren. Die Rolle war Teil eines Pakets, das uns ein Sammler nur als Ganzes verkaufen wollte. Der Verkäufer war ein etwas zwielichtiger Geselle, aber es ist nun mal so, dass die alten Nazis noch viel in ihren Schränken und Speichern liegen haben. Die waren damals ja ganz verrückt nach Film und Kino. Hatte man nicht manchmal den Eindruck, als hätten viele von ihnen da was verwechselt?«

»Was meinen Sie damit?«

»Für einige von ihnen war die ganze elendige Geschichte doch nur eine riesige Inszenierung einer Art Film, der von Helden, Kämpfen gegen finstere Mächte und schließlich einer Götterdämmerung handelte. Mit Filmen ist es wie mit guten Weinen. Man kann sie genießen, aber man kann sich auch damit besaufen.«

Türk zuckte die Schultern.

»Sie verstehen das nicht«, stellte der Alte fest. »Ist ja auch klar. Aber zurück zu Ihrer ›Nachtigall‹. Was Sie da auf Ihrem Speicher haben, kann nicht das sein, wovon Sie reden. Das einzige Material, das je existiert hat, ist nicht mehr bei uns. Vor kurzem hat sich der Eigentümer gemeldet und das Material zurückgefordert.«

»Wer ist der Eigentümer? Und warum hat er es erst jetzt zurückgefordert?«

»Das erste will ich Ihnen nicht sagen, weil derjenige anonym bleiben möchte. Es ist jemand, der uns immer kräftig unterstützt hat.« Der Archivar schmunzelte. »Möglich, dass er für gewisse Jugendsünden Buße tun wollte. Er hat in den Fünfzigern ein paar Heimatfilm-Schmonzetten gedreht, bei denen es einem den Magen umdreht. Ich kann Ihnen sagen, dass ich mich nicht sehr gewehrt habe, besonders ab dem Moment, an dem er ein paar sehr gute Argumente aufgefahren hat.« Der Alte rieb Daumen und Zeigefinger und begleitete diese Geste mit einem vieldeutigen Grinsen. »Ohne Geld geht es nun mal nicht.«

»Hätte jemand, der bald einen wichtigen Orden erhält, einen Grund dazu, das Material zurückzuholen?«

»Kann ich mir kaum vorstellen«, sagte Waldau, wobei sein verhaltenes Lächeln ihn Lügen strafte. »Nur wenn er sehr eitel ist. Schließlich handelt es sich nicht um einen antisemitischen Hetzfilm oder sonstwie Anrüchiges. Es sind nur Teile einer wertlosen Schnulze. Und warum nicht dazu stehen, dass man einmal jung und dumm gewesen ist?«

»Und es hat wirklich keine andere Rollen von dieser ›Andalusischen Nachtigall‹ gegeben?«

»So glauben Sie mir doch. Was immer auf Ihrem Speicher ist, dieser Film kann es nicht sein. Sie können Ihren Fund gerne einmal vorbeibringen. Vielleicht ist etwas für uns dabei? Wenn nicht, dann haben Sie vielleicht bei dem einen oder anderen Sammler Glück.«

Der Archivar setzte das Laufwerk des Schneidetischs wieder in Gang.

»Gibt es da nicht einen im Gärtnerplatzviertel? Einen Herrn Dobrosch?«

»Den gibt es. Aber wenn es sich um Sachen aus dem Dritten Reich handelt, können Sie's bei dem vergessen, kann ich Ihnen gleich sagen.«

»Gibt's noch andere?«

Waldau rieb sich den Nacken.

»Lassen Sie mich überlegen – in Trudering, meine ich, gibt's einen, der da nicht so heikel ist.« Der Archivar hob die Stimme. »Walter? Wie heißt der Sammler in Trudering gleich wieder? Hat er uns nicht neulich wieder was von Urschall angeboten?«

Der Angestellte erinnerte sich. »Aber Herr Waldau!«, rief er vorwurfsvoll. »Sie werden sich doch noch an den Herrn Ulmer erinnern.«

KAPITEL 19

Die Besitzerin des Tabak- und Zeitschriftenladens am Viktualienmarkt war sofort gesprächig geworden, als Türk den Namen der alten Schauspielerin erwähnt hatte.

»Selbstverständlich kenne ich die«, erklärte sie stolz.

Sie kenne alle, die im Haus nebenan wohnen würden. Die Frau Casaro hätte sich in letzter Zeit allerdings etwas rar gemacht und nur noch den Herrn Rudolph geschickt. Sie hatte gezwinkert.

»Ihr Diener oder so was ähnliches.«

Türk legte einen Schein auf die Ladentheke und steckte die Zigarettenschachtel ein.

»Interessant. Und wie ist sie eigentlich so? Als Mensch, mein ich?«

Sie kramte in ihrer Schublade nach Wechselgeld.

»Noch immer ganz die große Dame. Sie wissen schon, ein bissl heikel in allem. Wie sie noch öfters zu mir gekommen ist, hat sie mir manchmal das Herz ausgeschüttet, was in ihrer Wohnung alles nicht funktioniert. Na ja, ich hab sie reden lassen. Bei mir daheim jedenfalls, wenn was nicht geht, dann sag ich's halt meinem Mann, und der langt dann kurz hin. Aber eine wie sie, die läutet ja schon Sturm bei der Hausverwaltung, wenn eine Glühbirne hin ist, net wahr?«

»Ist halt doch eine berühmte Filmschauspielerin gewesen.«

»Eben. Und wahrscheinlich immer von Dienern und so umgeben.«

»Aber das ist heut wahrscheinlich nicht mehr so, hm?«

Nicht ohne Befriedigung darüber, dass das Schicksal doch hin und wieder für eine gewisse Gerechtigkeit sorgte, antwortete die Ladnerin: »Wo denken Sie hin. Das ist vorbei. Sie muss aufs Geld schauen, wie jeder. Übriggeblieben ist nur diese…« Sie zögerte etwas. »…diese noble Manier. Ist manchmal richtig zum Lachen. Na ja, geht ja auch schon auf die Achtzig zu. Da wird wahrscheinlich ein jeder ein bissl besonders. Stimmt's oder hab ich Recht? Haha.«

Kurze Zeit später drückte Türk auf den Klingelknopf unter dem Schild ›L.C.‹ und gab sich als Mitarbeiter der Hausverwaltung aus, deren Namen neben dem Eingang angebracht war. Er habe den Auftrag, in der gesamten Wohnanlage eine Mängelliste zu erstellen, und wenn Frau Casaro Beschwerden oder Wünsche hätte, würde er sie gerne aufnehmen.

Ein gebückter, sich würdig gebender Glatzkopf öffnete. Nachdem er Türk einige Sekunden skeptisch taxiert hatte – Türk konnte sich partout nicht erklären, warum die Ankündigung der Hausverwaltung ausgerechnet bei Frau Casaro nicht angekommen war und zeigte sich empört über die Schlamperei seiner Kollegen –, ließ er ihn eintreten und bat um einen Augenblick Geduld. Er müsse erst Madame informieren. So viel könne er aber jetzt bereits sagen: Der Mängel seien beileibe nicht wenige. Mit schlurfenden Schritten verschwand er hinter einer Tür.

Es war still. Die Geräusche des Marktplatzes waren fern. Türk sah sich um. Der Raum war dunkel möbliert und strahlte eine vergangene Noblesse aus. Von den lavendelgetönten Wänden sahen Frauen und Männer in exaltierten Posen auf ihn herab. Die Casaro, allein, tragisch umflort. Die Casaro als blonde Verführerin. Die Casaro mit Willi Fritsch. Die Casaro mit Karl Schönböck, die Casaro, der ein unbekannter Smoking-Galan eine Rose überreichte, die Casaro…

»Madame lässt bitten.« Herr Rudolph machte eine eckige Handbewegung in das Innere des Salons.

Dichte Stores tauchten den Raum in eine weiche Dämmerung. Rauchschwaden standen bewegungslos über dem Lehnstuhl, in den sich die alte Diva drapiert hatte. Sie drückte eine Zigarette aus.

»Nun kommen Sie schon.« Die Stimme Lia Casaros war rauchig und befehlsgewohnt. »Es war ja wirklich an der Zeit! Incroyable!«

Türk näherte sich respektvoll. Die kleine, runzelige Hand machte eine kreisende Bewegung.

»Die Tapeten«, sagte sie. »Ich fühle mich wie im Mottenschrank.«

Türk fischte seinen Notizblock hervor und notierte.

»Wird geändert. Selbstverständlich.«

Sie nickte befriedigt, griff nach einer Orientschachtel, setzte eine Zigarette auf die Spitze und ließ das Feuerzeug aufflammen.

»Dann der Fußboden.« Ein Rauchring schwebte empor. »Es war einmal so etwas wie Lack darauf.«

»Er muss renoviert werden. Keine Frage.«

»Würde ich auch sagen.« Sie hüstelte. »Er ist unzumutbar.«

»Sie haben Recht«, pflichtete ihr Türk beflissen bei. »Eine Künstlerin wie Sie hat Anspruch auf exquisite Wohnqualität.«

»Das will ich meinen, junger Mann. Etwas weniger Süßholzraspelei würde Ihnen allerdings gut zu Gesichte stehen.«

»Entschuldigung. Ich… ich bin ein großer Verehrer von Ihnen, Frau Casaro.« .

»Reden Sie keinen Quatsch.«

Türk spielte den Getroffenen.

»Sie können mich bestenfalls in irgendwelchen Sonntagnachmittags-Wiederholungen gesehen haben. Für einen jungen Mann wie Sie sollte das aber die Zeit der Rendez-vous sein. Das war es zumindest in meiner Zeit.«

Türk lachte höflich.

»Und… die Heizung, Frau Casaro?«

»Sie könnte etwas leiser sein. Aber sie funktioniert wenigstens.«

Türk kniete sich nieder und befingerte den Regler des Heizkörpers.

»Wir können versuchen, das zu beheben. Aber es ist nun einmal nicht die allerneueste Anlage, Frau Casaro.«

»Das ganze Haus ist eine Bruchbude«, brummte die Diva.

Türk musste sie wie ein kranker Dackel angesehen haben, denn ihre Stimme klang nun etwas versöhnlicher.

»Nehmen Sie doch nicht so ernst, was ich sage. Ist ja fürchterlich mit der heutigen Jugend!«

Türk tat erleichtert. Er stand auf.

»Frau Casaro?«

»Oui?« Wieder stieg Rauch auf. Die Diva paffte wie ein Schlot.

»Darf ich Sie etwas Persönliches fragen? Bitte entschuldigen Sie, aber ich… ich interessiere mich wirklich sehr für…«

Sie ließ ihn nicht ausreden.

»Sie werden mir doch nicht wirklich weismachen wollen, dass Sie sich für mich interessieren?«

Türk lächelte schüchtern. Sie seufzte leidend.

»Sie sind ein Lügner. Aber Sie gefallen mir. Sie scheinen noch zu wissen, wie man sich bei einer Dame benimmt. Wenn Ihre Höflichkeit indes auch das Versprechen beinhalten würde, dass die Renovation noch zu meinen Lebzeiten in Angriff genommen wird, würden Sie mich wirklich glücklich machen.«

»Frau Casaro!«

Türk tat gekränkt.

»Meinetwegen. Legen Sie los. Un moment!« Sie hob die Hand. »Rudolph?! Cognac!«

Mit einem wohlwollenden Blick auf Türk setzte sie hinzu: »Für den jungen Mann auch, nicht wahr? Keine Widerrede! Sie sehen sehr angestrengt aus. Etwas Entspannung schadet Ihnen nicht.«

Türk machte ein Gesicht, als könne er sein Glück kaum fassen.

Der Bedienstete deutete eine Verbeugung an. Er war im Handumdrehen zurück.

»A votre santé, Madame. Mein Herr?«

Türk bedankte sich artig. Als der Diener sich zurückgezogen hatte und er sich wieder Lia Casaro zuwandte, war deren Schwenkglas geleert.

»Nun? Was möchten Sie wissen? Und bitte machen Sie es kurz.«

»Ich...« Türk räusperte sich respektvoll. »...würde Sie gerne fragen...«

»Mon dieu! So tun Sie's doch endlich!«

»...ob...«

»Ob Willi Forst in mich verliebt war? Nein! Wir konnten uns beide nicht ausstehen. Ob ich ein Verhältnis mit Carné hatte? No! Er spielte lieber den Patrioten. Ob ich...«

Türk hob scheu die Hand.

»Ich wollte Sie fragen, warum man Sie nie in ›Die Andalusische Nachtigall‹ hat sehen dürfen.«

Die Diva erstarrte. Für einige Sekunden war nichts als ihr leise rasselnder Atem zu hören. Er ging in ein beherrschtes Schnauben über. Sie drückte die Zigarette aus.

»Merci«, sagte sie brüchig. »Vous êtes trés gentil, Monsieur.«

»Entschuldigung?«

»Sie sind sehr freundlich, sagte ich.«

Türk verstand nicht. Was hatte er falsch gemacht? Treuherzig erwiderte er ihren Blick.

»Fragen Sie mich doch etwas... Erfreulicheres«, bat sie mit ausdrucksloser Stimme. »Interessiert es Sie, nur zum Beispiel, nicht, wie Wilder mich für ›Menschen am Sonntag‹ entdeckte? Oder wie ich Murnau davon überzeugte, das einzig richtige Gretchen zu sein?«

»Doch, auch. Aber...«

Sie unterbrach ihn schroff: »Schickt *er* Sie?«

»Wie… wer?«, stotterte Türk.

Die Casaro stemmte sich aus dem Fauteuil. »Ich habe nie mit Wilder gearbeitet! Leider!«, erklärte sie schneidend. »Und kein Regisseur der Welt wäre auf die Idee gekommen, eine Sechsjährige als Gretchen zu besetzen! Sie haben keine Ahnung! Sie belügen mich! Und bevor ich Sie gleich hinauswerfen lasse, möchte ich nur noch eines wissen: Wer hat Sie geschickt? Und was wollen Sie von mir? Heraus damit!«

Türk gab sich geschlagen.

»Ich arbeite nicht für die Hausverwaltung«, gab er zu.

»Das war das Erste, was mich stutzig gemacht hat. Ich habe mich nämlich längst damit abgefunden, bis an mein Lebensende unter diesen Umständen hier hausen zu müssen. Aber Sie haben meine Frage noch nicht beantwortet. Hat *er* Sie geschickt?«

»Für…« Türk setzte sich gerade. »Frau Casaro, kann ich Ihnen vertrauen?«

»Die Frage stellt sich wohl eher umgekehrt, Sie Hochstapler.«

»Ich bin von der Polizei.«

Sie kniff ihre Augen zusammen.

»Sie werden lachen – das glaube ich Ihnen sogar. Wozu dann aber das erbärmliche Theater?«

»Weil ich nicht in offiziellem Auftrag hier bin.«

»Hätten Sie die Güte, mir das zu erklären?«

Als Türk geendet hatte, nickte die alte Dame.

»Sie werden wieder lachen – auch das glaube ich Ihnen. Unfähige und missgünstige Kollegen gibt es auch in meinem Beruf.« Sie wandte ihr Gesicht ab. »Aber warum müssen Sie unbedingt in dieser Merde stöbern, wo ich doch versucht habe, sie zu vergessen?«

Türk zuckte hilflos die Schultern.

»Sie müssen wohl einfach«, antwortete sie für ihn. »Also. Fangen Sie an.«

»Sie haben die Hauptrolle gehabt. Richtig?«

Lia Casaro griff nach der Zigarettendose. »Leider. Und ich erinnere mich nur sehr ungern daran.«

»Warum ist der Film nie fertiggestellt worden?«

Sie steckte eine Zigarette auf ihre Spitze. Türk gab ihr Feuer.

»Danke. Es lag nicht an mir. Der Regisseur war verrückt. Erst ein Bombeneinschlag in der Nähe machte ihm klar, dass die Zeit für Spielereien vorbei war. Abgesehen davon, war die Story grauenhaft. Es war ein dummes, albernes Märchen. Mit viel Musik, Herzschmerz und völlig unglaubwürdigen Wendungen.«

»Können Sie sich noch an die Handlung erinnern?«

»Ich bin noch nicht senil, mon cher«, tadelte sie. »Also: Dem Prinzen eines Operettenstaates wird von seinem strengen Vater aufgetragen, eine Räuberbande in den Wäldern dingfest zu machen. Er verirrt sich bei einem seiner Streifzüge, gerät in Lebensgefahr und in die Hände der Bande, einer wilden Zigeunerhorde. Die Tochter des Bandenführers verliebt sich in ihn. Und er sich in sie, nachdem er sie bei einem abendlichen Gelage hat tanzen sehen. Beide beschließen zu fliehen. Eine wilde Verfolgungsjagd beginnt, bei der den beiden viele treue Bauern Hilfe leisten. Da diese Jagd die Bande aus dem schützenden Wald treibt, können die Banditen schließlich dingfest gemacht werden. Als der strenge Herrscher darauf besteht, dass auch das Mädchen aufs Schafott soll, begehrt der Prinz auf. Er entführt das Mädchen und flieht seinerseits in die Wälder, nun verfolgt von den Häschern seines Vaters. Schließlich stellte sich heraus, dass der Bandenführer der verstoßene Bruder des Herrschers war und seine Tochter somit eine Angehörige des Adels. Einem herzzerreißenden Happy-end steht nichts mehr im Wege. Von den gefangenen Banditen ist nicht mehr die Rede. Großartig, nicht?«

»Ein Märchen halt«, meinte Türk ratlos.

»Natürlich, ein Märchen. Aber um uns herum brannte die

Welt! Auch wenn wir Künstler leicht dazu zu verführen sind – zu diesem Zeitpunkt war es längst niemandem mehr möglich, sich vor der Wahrnehmung der Wirklichkeit zu drücken. Nur, was hätte ich tun sollen? Emigrieren? Jetzt noch? Nein. Der Kelch musste bis zur bitteren Neige geleert werden. Verstehen Sie?«

»Ich hab die Zeit nicht miterlebt.«

»Ich bin keineswegs blind und kann auch noch rechnen«, sagte Lia Casaro. »Und vor allem hasse ich diese Allgemeinplätze. Ihre Generation tut, als würde das alles ungeheuer weit zurückliegen. Und natürlich hätte Ihresgleichen sich damals völlig anders entschieden, nicht wahr? Ich würde aber jeden von euch Maulhelden gerne sehen, wenn es wieder soweit kommen sollte.« Ein Hustenanfall schüttelte sie. Sie sank auf die Lehne zurück. »Ich möchte jetzt nicht mehr darüber reden. Auch nicht über diesen, diesen… Film. Bitte.« Sie umklammerte die Armlehnen. »War das alles?«

»Nur noch eines: Der Regisseur war ein Georg B. Mayer. Richtig?«

»Nur zur Hälfte. Mayer war kein Regisseur. Er war ein Schaumschläger, einer von jener Sorte, die ihre Unfähigkeit mit tyrannischem Habitus auszugleichen versuchen. Gewiss, er war noch sehr jung, und es war sein allererster Film, soweit ich mich entsinne…«

»Ist bei den Aufnahmen irgendetwas Ungewöhnliches vorgefallen?«

»Bei Dreharbeiten fallen nur ungewöhnliche Dinge vor. Diese aber waren das reine Chaos. Ein Wunder, dass ihn die Produktion nicht schon nach ein paar Tagen gefeuert hat. Aber Mayer hat immer beste Beziehungen gehabt. Bei einigen Szenen ist es ihm sogar gelungen, vom Militär unterstützt zu werden. Und das mitten im Krieg.«

Türk nahm seinen Kopf in die Hände.

»Der Film war also eher harmlos…«, begann er nachdenklich.

»Das ist noch das gelindeste Wort. Aber ich hatte Sie gebeten…«

Türk sah ihr ins Gesicht. »Können Sie mir eine Erklärung geben, warum trotzdem jemand hinter diesen Rollen her sein könnte?«

Ihr Gesicht verschloss sich. Sie sah an ihm vorbei.

»Vielleicht«, sagte sie heiser. »Und jetzt gehen Sie. Bitte.«

Türk stand er auf.

»Entschuldigen Sie, Frau Casaro. Ich hab das sichere Gefühl, dass Sie mir helfen könnten. Und nicht nur mir, sondern möglicherweise auch einem Unschuldigen, der als Mörder gejagt wird.«

»Sie phantasieren. Was soll die Geschichte, die vor fast sechzig Jahren passiert ist, mit einem Mordfall von heute zu tun haben?«

»Genau das versuche ich herauszufinden, Frau Casaro.«

»Albern! Wenn ich Ihr wirres Gerede von vorhin richtig verstanden habe, dann vermuten Sie, dass für dieses unsägliche und gleichzeitig so erschütternd harmlose Filmchen ein Mord begangen wurde? Möglicherweise sogar ein zweiter? In beiden Fällen haben Sie nichts als vage Hinweise? Beim einen ist es eine angeblich verschwundene Filmrolle, beim anderen ein angeblicher Telefonanruf?«

»Stimmt. Ich weiß nur, dass ich in beiden Fällen immer wieder über einen alten Filmregisseur stolpere, dem bald ein Orden umgehängt werden soll und vor dem die Leute schon zu Lebzeiten wie vor einer Legende in die Knie gehen.«

»Sie haben noch etwas, mein Lieber. Einen entsetzlichen Mangel an Realitätssinn!« Die alte Diva beugte sich aus ihrem Stuhl. »Ich habe Ihnen gesagt – und ich wünsche, dass dies respektiert wird –, dass es Dinge gibt, an die ich nicht gerne erinnert werden möchte!«

»Das sagten Sie«, bestätigte Türk.

»Und auch nicht daran, dass seit Jahrzehnten kein Hahn mehr nach mir kräht.«

»Was hat das damit zu tun?«

»Sehe ich etwa aus wie jemand, der immer fleißig Rentenansprüche gesammelt hat?«

Türk verstand noch immer nicht.

»Pardon. Ich dachte für einen Augenblick, ich hätte es mit einem intelligenten Menschen zu tun«, sagte sie bitter. »Verzeihen Sie, mein Lieber. Aber Sie scheinen die Welt nicht sehr gut zu kennen. Zumindest nicht die, in der ich mich bewege. Noch.«

»Dann greifen Sie einem unintelligentem Menschen doch ein bisserl unter die Arme.«

Sie erwiderte sein Lächeln nicht.

»Dass Sie noch jung sind, mag Ihre Naivität erklären. Aber es entschuldigt sie nicht.«

»Der ... der Regisseur von damals unterstützt Sie. Richtig?«

Mit einem Ruck wandte sie ihr Gesicht ab.

»Rudolph!! Der Herr wünscht zu gehen!«

KAPITEL 20

Öttl ließ sich nichts vormachen, und auch jetzt war er kein Freund feinsinniger Umschreibungen.

»Du schaust heut definitiv wie ein gekotztes Mus aus, Türk.«

Auch Schwab, den er vor dem Wachraum getroffen hatte, zeigte sich besorgt. Türk würde doch nicht schlappmachen?

»Mir geht's gut«, hatte Türk gelogen. Er drückte die Tür zum Umkleideraum auf. Baier glotzte ihn wie ein Gespenst an.

»Ich weiß, was du fragen willst, Ali«, brummte Türk. »Also spar dir's.«

Er schlüpfte in seine Uniformjacke.

»Sag ich was?«

»Ich hab nicht gesoffen, hab's nicht mit einer die ganze Nacht lang getrieben, sondern bloß schlecht geschlafen. Okay?«

»Und bist überhaupt wieder mal bombenmäßig gut drauf, schon kapiert.«

Türk winkte genervt ab. Sein erster Weg führte ihn zur Kaffeemaschine. Zitternd füllte er sich eine Tasse. Maierhofer steckte den Kopf durch die Tür.

»Schon auf deinen Schreibtisch geschaut? Die Frau vom Zirkus wollte wieder was von dir. Steht die eigentlich auf dich?«

Türk nahm seinen Kaffee, ging mit unsicheren Bewegungen zu seinem Schreibtisch und ließ sich auf den Stuhl fallen.

Augenblicklich hatte er das Bedürfnis, die Augen zu schließen und zu schlafen. Doch dann wählte er die Nummer, die ihm der Dienstgruppenleiter notiert hatte.

Die Frau Direktor musste neben dem Apparat gestanden haben. Ihre Stimme klang ein wenig vorwurfsvoll: Sie wie ihre Mitarbeiter warteten doch auf Neuigkeiten, ob man das bei der Polizei nicht verstünde?

Türk besänftigte sie. Es habe sich nicht viel getan: Carl Rosenberg sei noch immer nicht gefunden, trotz intensiver Fahndung. Die kriminaltechnische Untersuchung habe zwar ergeben, dass der Schuss auf Jascha von außerhalb des Wagens abgegeben wurde, aber damit sei er noch nicht entlastet – seine Flucht nehme die Kripo als Indiz, dass er etwas zu verbergen habe.

»Natürlich geb ich Ihnen sofort Bescheid, wenn es etwas Neues gibt. Wie schaut's eigentlich bei Ihnen aus?«

Es gehe ihr soweit gut, meinte die Direktorin. Zumindest, was das Geschäftliche betraf. Sie habe ein paar ältere Nummern ausgegraben und wieder ins Programm genommen. Die Vorstellungen seien jedesmal fast ausverkauft.

»Im Moment komm ich mir eher wie die Chefin von einer Geisterbahn vor. Die meisten sind bloß scharf drauf, den Zirkus zu sehen, in dem einer umgebracht worden ist. Irgendwie pervers, was?«

Das war kein Wunder. Der Mord im Zirkus hatte in der Stadt Aufsehen erregt. Die Bildzeitung hatte den Bericht über den Tod Jascha Rosenbergs noch am Tatabend in den Umbruch einbauen können. Wie üblich hatte niemand in der Polizeidirektion, noch viel weniger im Morddezernat eine Erklärung dafür, wie das Blatt noch am selben Abend an detaillierte Informationen gelangen konnte. Am Mittag des darauffolgenden Tages waren die Lokalsender eingestiegen. Eine schreierische Headline (»Mord im Zirkus«) war schnell gefunden, dass Opfer wie Täter Sinti waren, blieb dabei nicht unerwähnt, wie auch, dass die Fahndung nach dem gefährlichen, ohne Zweifel schuldigen und »vermutlich bewaffneten Gewaltverbrecher« auf Hochtouren laufe. Alle Tageszeitungen hatten das Foto Carl Rosenbergs veröffentlicht, was zu einer Reihe von Hinweisen aus der Bevölkerung führte, die aber nur die Festnahme von zwei bulgarischen Schwarzarbeitern zur Folge hatte.

»Auf eine solche Reklame hätte ich gerne verzichtet, Herr Türk. Aber das war's eigentlich gar nicht, was ich Ihnen sagen wollte.«

»Was denn?«

»Zwei Sachen: zum einen ist die Marica heut früh wieder weg, ohne jemandem was zu sagen. Nicht, dass ich mir ihretwegen größere Sorgen mache. Mit der Ausnahme, dass sie die Geschichte doch ziemlich mitzunehmen scheint.«

»Wo war sie übrigens gestern Vormittag?«

»Frische Luft schnappen. Ihr wär die Decke auf den Kopf gefallen. Ich kann's verstehen.«

»Warten wir's einfach ab, Frau Antoni. Sie ist ja keine Tatverdächtige. Also kann sie erst mal tun, was sie will.«

»Sicher. Aber man macht sich halt doch seine Gedanken.«

»Klar. Noch was?«

»Ja. Sie haben mich doch nach Verwandten vom Herrn Rosenberg gefragt, erinnern Sie sich? Mir ist wieder eingefallen, dass der Carl wirklich einmal von einem Verwandten geredet hat. Oder wenigstens von jemandem, bei dem er vermutet hat, dass es ein weitläufiger Verwandter sein könnte.«

»Geht's genauer, Frau Antoni?«

»Er hat wohl in der Zeitung eine Ankündigung von einem Konzert gefunden, bei dem einer der Musiker ein Rosenberg war. Es muss in irgendeinem Musik- oder Jazzclub in München gewesen sein.«

»Wann ist das gewesen?«

Sie überlegte. »Wir waren noch in Ismaning. Also vor gut drei Wochen, würde ich sagen.«

»Und? War es ein Verwandter?«

»Das hat er nicht gesagt, obwohl der Carl eigentlich kein Verdruckster war. Er hat nie ein Geheimnis darum gemacht, wenn er von etwas begeistert oder berührt war. Wenn er wirklich einen Verwandten gefunden hätte, wäre das bestimmt ein Frühstücksgespräch bei uns gewesen.«

»Aber das Konzert hat er besucht?«

»Ich bin nicht seine Aufseherin, Herr Türk. Er war in den Tagen danach zwar öfters als sonst nach der Vorstellung weg, aber da hab ich keine Rechenschaft von ihm verlangt.«

»Klar.« Türk rieb sich den Nacken. »Was anderes: Hat sich eigentlich einer der beiden fürs Kino oder den Film interessiert?«

»Wie kommen Sie darauf? Also, es wär mir neu. Allerdings weiß ich auch nicht alles. Wie mich überhaupt neuerdings immer öfter das Gefühl beschleicht, als ob da einiges an mir vorbeilaufen würde.«

»Sie müssen das der Kripo melden, Frau Antoni.«

»Ich hab diesem Herrn Schranz neulich eine Watsche androhen müssen, weil er so dermaßen unverschämt mit meinen Leuten umgesprungen ist. Mit diesem aufgeblasenen Kerl red ich kein Wort mehr.«

Türk stellte sich kurz das Gesicht von Schranz vor, wenn er die Abschriften der Telefonüberwachung durchlesen würde.

»Okay«, sagte er dann. »Ich geb's weiter.«

Nachdem er Maierhofer informiert hatte, zog er die Tastatur zu sich heran. Kurze Zeit später hatte er die Besprechung des Auftritts einer Gruppe namens »Dokalitky« auf dem Bildschirm. Der SZ-Kritiker war besonders vom Gitarristen des Trios angetan gewesen; der junge Lajo Rosenberg, den er als Kopf der Gruppe ausmachte, erinnere ihn an den frühen Django Reinhardt. Ein Querverweis ergab, dass die Gruppe am 26. Mai ein einmaliges Gastspiel im »Fraunhofertheater« gegeben hatte und von einer Agentur in Landshut vertreten wurde.

Die Stimme Maierhofers riss ihn aus seinen Überlegungen.

»Türk und Baier?! Schwingt's euch sofort aufs Ross! In der Daglfinger Straße ist der Trickbetrüger wieder gesehen worden, der letzte Woche schon angezeigt worden ist! Dalli, dalli!«

KAPITEL 21

Der für einen gewöhnlichen Münchner Handwerker eine Spur zu freundliche junge Mann hatte sich als Vertragstechniker der Telekom vorgestellt und der Witwe Baumgartner erzählt, dass die Hausleitung eine Art Kurzschluss habe, weshalb er die Fehlerquelle suchen müsse. Den angebotenen Kaffee hatte er dankend angenommen, wie er auch die im Küchenkasten liegenden fünfzig Euro sowie eine kleine, in Marmor gefasste Schrankuhr, ein über die mageren Zeiten gerettetes Erbstück, nicht verschmäht hatte.

Leider hatte er die liebenswürdige alte Dame unterschätzt. Über die Spiegelung der Küchentür hatte sie ihren Besucher vom Wohnzimmer aus im Visier gehabt. Als sich ihr Misstrauen bestätigt hatte, war sie – »Oh je, jetzt hab ich keinen Zucker mehr da! Weil ich halt so selten Besuch kriege, net wahr, und ich selber vertrag ihn ja nimmer so gut!« – zur Frau Götz in die Nebenwohnung gegangen und hatte der Nachbarin bedeutet, dass diese sofort die Polizei verständigen solle.

Als der Betrüger mit dem Rücken voran aus der Wohnung der Witwe kam, sich noch einmal mit warmen Worten für die freundliche Bewirtung bedankend, wurde er von Türk und Baier in Empfang genommen. Einem Kollaps nahe, musste sich der junge Mann am Türrahmen festhalten. Es war so schlimm, dass ihn die Beamten stützen mussten. Auf dem Weg zum Einsatzwagen wurde er jedoch wieder munter, hechtete über die Rabatte des Vorgartens und verschwand durch die Toreinfahrt in den Hinterhof, der, was er unvorsichtigerweise zuvor nicht ausgekundschaftet hatte, von einer übermannshohen Mauer umgeben war.

Minuten später klappten die beiden Beamten einen der Müllcontainer auf und machten einen unmissverständlichen Wink. Ein fünfjähriger Junge stellte interessierte Fragen, und von den Balkonen klatschten die Damen Baumgartner und Götz Beifall.

Sie hatten dann den jungen Mann herbeigerufenen Kollegen übergeben, die ihn in einen Transporter verfrachteten. Nachdem feststand, dass der Rentnerin kein weiterer Schaden entstanden war, fädelte sich Baier wieder in den Verkehr der Bad-Schachener-Straße ein und gab Gas. Er schielte zu Türk, der wie abwesend vor sich hin stierte.

»Immer noch nicht besser?«

Türk antwortete mit einem Seufzen.

»Wo andere ihr Hirn haben, spür ich eine Kreissäge. Die Rennerei hat mir grad noch gefehlt.«

»Kenn ich.«

»Ich wär reif für eine Pause.« Er sah Baier an. »Was meinst?«

Seine Kollege zuckte die Achseln.

»Ist zwar noch ein bissl zu früh«, meinte er. »Aber so wie du ausschaust, könntest du es wirklich brauchen.«

Türk schlug ein Lokal in Daglfing vor. In der nahe gelegenen Apotheke würde er sich mit einem Schmerzmittel eindecken.

»Das ist kaum der nächste Weg«, wunderte sich Baier. »Ist ziemlich weit drüben.«

»Ich möcht im Moment noch viel weiter weg sein.«

Baier stimmte lachend zu.

»Meer, Palmen, Weiber, was?«

»Der Biergarten vom ›Mooswirt‹ tut's auch. Für den Rest braucht's halt Phantasie.«

Als Baier kurze Zeit später den Wagen vor dem Lokal zum

Stehen gebracht hatte, schienen Türks Kopfschmerzen unerträglich geworden zu sein.

»Okay«, meinte Baier, »Dann hol dir die Tabletten am besten gleich. Soll ich dir schon was bestellen?«

Türk lehnte ab. Er sei in ein paar Minuten eh wieder zurück. Die Apotheke läge nur zwei Straßen weiter. Baier gab ihm den Autoschlüssel und stapfte über den kiesbelegten Wirtsgarten.

Türk zündete den Motor. Bevor er den Gang einlegte, holte er eine Notiz aus seiner Hemdtasche.

Im Fraunhofer hatte man ihm die Agentur genannt, von der sich »Dokalitky« vertreten ließ. Nachdem Türk etwas von einer Hochzeit eines Freundes gefaselt hatte, für die er sich etwas »Multikulturelles« vorstellen würde, hatte die resolute Agenturchefin sich zwar bereit erklärt, einen Auftritt zu organisieren, sich aber stur gestellt, als er nach der Adresse Lajo Rosenbergs gefragt hatte. Immerhin hatte sie nicht verneint, dass er in München wohnen würde. Das Telefonbuch gab die fehlende Information.

Die Rosenbergs wohnten in einem Block aus den Fünfzigern zwischen Denning und Dornach.

Türk parkte seinen Wagen und steuerte unter den neugierigen Blicken einiger Passanten auf den Eingang zu.

Die junge Frau hatte seine Ankunft bereits durch den Spion beobachtet. Sie öffnete die Tür einen Spalt.

Türk zeigte seinen Dienstausweis. Er müsse dringend Herrn Rosenberg sprechen.

Das Mädchen strich eine Strähne ihres schweren, bläulich schimmernden Haars aus dem Gesicht und fixierte seine Schuhspitzen.

»Warum?«, fragte sie abweisend.

»Das erklär ich ihm am besten selber.« Türk trat einen kleinen Schritt vor. »Darf ich?«

Sie verkleinerte den Türspalt um einige Millimeter.

»Großvater schläft.«

In der Zeitungskritik war doch von jungen Musikern die Rede gewesen?

»Sie meinen Lajo? Meinen Bruder?«

Eine Tür öffnete sich hinter ihr. Türk schätzte den schlanken Mann, der denselben bronzierten Teint wie seine Schwester hatte, auf Mitte Zwanzig. Die junge Frau trat zur Seite.

»Ich bin Lajo.« Er sah herausfordernd zu Türk. »Was gibt's?«

»Nur ein paar Fragen«, erklärte Türk. »Darf ich hereinkommen?«

Lajo Rosenberg betrachtete ihn mit einer Mischung aus Widerwillen und Unentschlossenheit.

»Ich brauch Sie nicht reinlassen, stimmt's?«

»Richtig«, bestätigte Türk freundlich. »Brauchen Sie nicht.«

Der junge Mann griff nach der Innenklinke.

»Na dann. Tschuldigung. Ich bin beschäftigt.«

»Interessiert es Sie nicht wenigstens, um was es geht?«

»Irgendein Arschloch in der Nachbarschaft vermisst sein Katzenvieh und vermutet es in unserem Kochtopf.«

»Nein. Es geht um einen Verwandten von Ihnen.«

Die Augen des Mädchens flogen zwischen den beiden Männern hin und her.

Türk nickte aufmunternd.

»Okay.« Lajo Rosenberg winkte ihn in den Flur. »Aber ich hab nicht viel Zeit. Muss mein Zeug vorbereiten. Wir haben heut Abend einen Auftritt in Nürnberg.«

Der junge Mann trat zur Seite und wies in sein Zimmer. Mit einer herrischen Handbewegung scheuchte er seine Schwester, die abwartend im Flur gestanden hatte, in die Küche.

Lajo Rosenberg schloss die Tür hinter sich und lehnte sich mit verschränkten Armen an ein Regal.

»Also?«

»Es geht um Carl Rosenberg.«

»Ich hab in der Zeitung davon gelesen«, sagte der junge Mann. »Aber… »

Türk unterbrach ihn. »Sparen wir uns das. Ich weiß, dass Sie Carl Rosenberg kennen. Er hat Sie mindestens einmal bei einem Konzert besucht.«

»Kann mich nicht erinnern.«

Die Antwort kam eine Spur zu hastig. Türk fixierte den jungen Mann. Lajo wechselte unruhig den Stand.

»Na gut, kann sein. Unsere Familie ist groß. Ein Teil lebt in Österreich, einige noch in Serbien, ein paar wohl auch in Ungarn. Wir kommen nicht mehr so oft zusammen wie früher. Schon möglich, dass ein Carl darunter ist.«

Er log noch immer. Türk seufzte.

»So kommen wir nicht weiter, Herr Rosenberg.«

»Schaut so aus«, bestätigte der Junge trotzig. »Ihr Problem.«

»Es kann das Ihre werden.«

»Aber ich kenne trotzdem keinen Carl Rosenberg. Hab Ihnen doch gesagt, das ist ein häufiger Name bei uns.«

»Warum lügen Sie?«

»Ich lüge?! Klar! So sind wir Zigeuner eben. Wir können nicht anders. Das Blut, wissen Sie?« Der Junge zitterte empört. »Was wollen Sie überhaupt? Erfahr ich endlich einmal, um was es eigentlich geht?«

»Nach Carl Rosenberg wird seit vorgestern Nacht gefahndet...«

»Ich kann lesen!«

»Dann wissen Sie auch, warum ich hier bin.«

Der junge Mann drehte ihm den Rücken zu.

»Ich hab Zeit, Herr Rosenberg«, sagte Türk gedehnt. »Ganz viel Zeit.«

Er stand auf und schlenderte im Zimmer herum, deutete auf ein kleines Porträt.

»Wer ist das?«, fragte er beiläufig.

Lajo sah über die Schulter. »Tante Traubela«, antwortete er mürrisch.

»Auch Musikerin?«

»Sängerin und Tänzerin.«

»Es liegt in der Familie, was?«

»Weiß nicht.«

»War eine schöne Frau, Ihre Tante.«

Lajo sah nach oben und seufzte leise. »Das kann man wohl sagen.« Er drehte sich um.

»Okay«, sagte er heiser. »Ich kenne Onkel Carl. Aber er war es nicht. Niemals.«

»Hat er sich nach dem Mord an seinem Partner bei Ihnen gemeldet?«

Lajo schüttelte den Kopf.

»Was macht Sie dann so sicher, dass er unschuldig ist?«

»Ich kann es nicht beweisen, wenn Sie das meinen. Aber Carl, Jascha und Marica haben uns gleich am Tag nach meinem Konzert besucht. Es war schön. Unser ›Alter‹ – so nennen wir Großvater – hat sich gefreut wie ein kleines Kind. Auch die Marica hat er gleich in sein Herz geschlossen.«

»Wie ist Carl Rosenberg eigentlich mit Ihnen verwandt?«

»Er ist Großvaters Neffe, der Sohn von Tante Traubela.«

»Aber...«

Türks Augen suchten das Porträt der jungen Tänzerin.

»Traubela ist Großvaters Schwester. Carl hat viel nach ihr gefragt. Der Alte hat ihm viel von ihr erzählt, weil er mit ihr eine Weile im selben Lager gewesen ist.«

Türks Verwirrung nahm zu.

»Lager?«

»Kazett«, erklärte Lajo ungeduldig, begleitet von einer impulsiv abwehrenden Handbewegung. »Jedenfalls... Wir haben geweint und gelacht an diesem Nachmittag. Glauben Sie mir: Ich hätt gesehen, wenn zwischen den zweien etwas gewesen wäre. Sie sind bestimmt nicht immer einer Meinung, aber wenn es drauf ankam, sind sie wie – ja, fast wie Brüder.«

»Was sie aber nicht waren.«

»Nein. Carl und Jascha sind Cousins über drei Ecken. Genau

weiß ich es nicht. Die Rosenbergs sind eine ziemlich große Familie.«

»Wie erklären Sie sich dann, dass Carl Rosenberg untergetaucht ist?«

Lajo steckte die Hände in die Hosentaschen. Er hob die Schultern.

»Wenn ich's wüsste.«

»Keinen Schimmer? Hat Marica vielleicht eine Andeutung gemacht? Überlegen Sie.«

»Keine. Außer, dass auch sie fest davon überzeugt ist, dass Carl unschuldig ist.«

»Warum, verdammt, sind Sie alle so sicher? Alles spricht doch gegen ihn! Verschwindet jemand, der unschuldig ist? Wenn er es ist, wieso benimmt er sich dann so idiotisch?«

Lajo Rosenberg warf ihm einen abschätzigen Blick zu.

»Sie sehen eigentlich nicht naiv aus.«

»Danke. Aber sparen Sie sich das, okay? Ich will einen Grund hören.«

»Tun Sie doch nicht so ahnungslos!«, brauste der junge Mann auf. »Es gibt viele Gründe! Beispielsweise die Erfahrung, dass man so schnell nicht wieder aus dem Knast herauskommt, wenn man einmal unter Mordanklage steht. Besonders nicht, wenn man ein Sinto ist – das sind schließlich alles Nomaden! Und international versippt!« Er lachte grimmig. »Von wegen! Wenn die Leute eine Ahnung hätten, dass es unter uns genausoviel Zoff gibt wie in jedem bayerischen Kuhkaff.«

»Wir waren bei den Gründen. Was Sie da anführen, versteh ich. Aber es reicht mir nicht.«

»Ein anderer Grund könnte sein…« Der junge Mann stieß sich ab, ging zum Fenster und sah hinaus. »…dass er sich ebenfalls bedroht fühlte.«

»Erstens: Ich red ungern mit einem Rücken, Herr Rosenberg. Und zweitens: Wie kommen Sie darauf?«

Lajo Rosenberg drehte ihm den Kopf über die Schulter zu.

»Muss ich der Polizei auch noch das Nachdenken abnehmen?«

»Bitte, ja«, sagte Türk freundlich.

»Dann überlegen Sie sich mal, ob nicht Carl die Zielscheibe von diesem Verbrecher gewesen sein könnte. Ich kenne die Nummer der beiden. Kostüme und Masken von Weiß-Clowns unterscheiden sich kaum voneinander.« Er drehte sich unerwartet heftig um und machte eine abwehrende Geste, als er sah, dass Türk zu einer Frage ansetzen wollte. »Das sind nur ein paar der Gründe, die mir einfallen, und ich hab nicht lange drüber nachdenken brauchen.« Er hob beschwörend die Hände. »Ich hab keinen blassen Dunst, warum er abgehauen ist, ich finde es sogar ziemlich idiotisch. Aber er muss einen Grund haben! Und – weil er sich ausrechnen kann, dass er sich damit verdächtig macht – einen verdammt wichtigen. Er würde Marica nie im Stich lassen. Nie!«

Türk betrachtete den jungen Mann nachdenklich.

»Aber sie ist schließlich kein Kleinkind mehr.«

»Nein, das ist sie nicht«, stimmte er zu. Er sah zu Boden. »Aber sie ist krank.« Leiser setzte er hinzu: »Er hat es mir gesagt. Sie hat eine Krankheit, an der auch ihre Mutter gestorben ist. Sie war einmal Carls Partnerin gewesen, und er muss sie sehr geliebt haben.«

Türk verstand. Lajo Rosenberg sah auf die Uhr. Seine Stimme war wieder fest.

»Wissen Sie jetzt Bescheid? Ich kann Ihnen nicht sagen, wo Carl ist. Genausowenig, warum er abgehauen ist. Ich weiß nicht einmal, ob ich mir wünsche, dass er der Polizei zwischen die Finger kommt. Das sag ich nicht als Sinto. Ich helfe nicht einem, bloß weil er zu uns gehört. Auch bei uns gibt es gute Leute und schlechte. Ich hab damit nicht mehr viel am Hut, verstehen Sie? Ich bin hier aufgewachsen, und dieses ganze Traditionsgelaber, diese alten Geschichten von Verfolgung und Konzentrationslager und das ganze Schwere und Finstere von früher – das zieht mich bloß nach unten. Ich merk das. Es macht mich fertig. Ich bin Musiker, ich kann das nicht brauchen. Ich mag nicht einmal, wenn man meine Musik ›Zigeuner-Jazz‹ nennt, mag dieses tolerante Multi-Kulti-Zeug nicht, verstehen Sie? Ich mache Musik, nichts anderes. Ob es Django Reinhardt ist oder Dimitri Buzylev – nur denkfaule Idioten brauchen das Gefasel von Zigeuner-Jazz oder Weltmusik. Es ist einfach Musik! Dass ich ein Sinto bin, fällt mir immer erst dann auf, wenn andere es feststellen. – Kann ich jetzt endlich meine Sachen packen? Meine Kollegen warten auf mich.«

»Ja.« Türk stand auf. »Nur noch eins: Hat sich Carl Rosenberg für Filme interessiert?«

Die Augen des jungen Mannes verengten sich.

»Wieso?«

»Hat er oder hat er nicht?«

»Ich weiss nichts davon.«

»Okay. Letzte Frage: Sagt Ihnen der Name Dobrosch etwas? Er ist der Besitzer eines Trödlerladens im Gärtnerplatzviertel.«

»Der Jude?«

»Keine Ahnung. Möglich. Sie kennen ihn?«

»Er hat einmal eine Geige in der Auslage gehabt, die mich interessiert hat. War leider nicht mehr zu restaurieren. Instrumente sind nicht sein Ding, er hat's mehr mit Schmuck, Büchern, Filmen und so. Da ist er wohl fit.«

»Was könnte Marica von ihm gewollt haben?«

»Weiß nicht. Ihm etwas verkaufen?«

Türk stand auf und griff zur Türklinke.

»Das war's schon?«, fragte Lajo verblüfft.

»Ja. Danke, Herr Rosenberg.«

»Sie … Sie haben gar nicht nachsehen wollen, ob er hier bei uns ist?«

»Nein, habe ich nicht«, bestätigte Türk.

KAPITEL 22

Baier kochte. Wortlos stieg er ein und startete den Motor.

»Entschuldige, Ali, hat doch ein bissl länger…«

»Verkauf mich ja nicht für blöd! Von wegen Apotheke. Du weißt ganz genau, dass du mich genauso in die Scheiße reitest. Da kann ich drauf verzichten!«

Türk sah ihn von der Seite an.

»Wieso reit ich dich rein?«

»Wieso – wieso!«, platzte Baier zornig heraus. »Der Maierhofer hat schon zigmal angeläutet! Was ist, wenn aufkommt, dass du in Sachen herumschnüffelst, die bloß die Kripo was angehen? Was soll ich sagen, wenn ich gefragt werde?«

»Dass du keine Ahnung gehabt hast.«

Baier hieb mit der Faust auf das Lenkrad.

»Aber ich hab Ahnung, du Blödmann! Das ist nicht mehr unser Bier, Türk. Ich steig aus. Die Sache geht mich nichts an. Es ist dein Bier!«

»Von was redest du eigentlich?«

»Davon, dass du es dem Schranz zeigen willst, was sonst? Du hast einen Komplex, Türk! Das ist es und nichts anderes! Aber ich werd blöd sein, mir deinetwegen die Finger zu verbrennen. Die K-ler sitzen am längeren Hebel! Dass du das nicht endlich checkst?« Er schüttelte resigniert den Kopf. »Dieser Türk. Stur wie Stirnholz.«

»Jetzt kapier ich langsam.« Türk schüttelte den Kopf. »Auf was du alles kommst?«

»Da schaust, was?«, giftete Baier zurück. »Geh nicht von dir aus, wenn du die Intelligenz von anderen beurteilst.«

»Ich geb's ja zu! Es war was Privates, und hat ein bisserl länger gedauert als geplant. Kommt auch nicht mehr vor, wenn's dich stört. Okay?«

»Hm.«

»Aber das braucht ja nicht jeder zu wissen, oder?«

Baier warf ihm einen skeptischen Blick zu.

»Wirklich? Privat?«

Türk gab den schweigenden Genießer.

»Nur kein Neid, okay?«

Baier verstand. Er grinste breit.

»Dafür ging's aber verdammt schnell. Muss ja ein scharfes Gerät sein. Hast wahrscheinlich die Unterhose schon in der Hand gehabt, wie du bei ihr zur Tür rein bist, was?«

»Schon mal was von Timing gehört?«

»Daher die Übermüdung!« Baier schüttelte den Kopf. »Also… jetzt fällt mir wirklich nichts mehr ein. Und mir spielt der Saubär den Todkranken vor!«

»War eben mehr eine seelische Krankheit.«

»Das hab ich mir schon lange gedacht, dass du an so was leidest.« Er lachte. »Es geschah am helllichten Tag, kann ich da bloß sagen. Und ich hab dich eher für einen Langweiler gehalten.«

»Eine Frage der Optik, Kollege.«

»Na gut, dann kenn ich mich in Zukunft jedenfalls aus, wenn du wieder Kopfweh hast. Mir tut's zwar immer woanders weh, wenn's wieder soweit ist, aber du bist eben auch da eine Sondermarke.« Baier wurde wieder ernst. »Aber nächstes Mal möcht ich vorher wissen, was Sache ist, okay? Und jeden Tag brauchst du es auch nicht unbedingt so krass bringen. Wer ist es denn, der sich Geschichten vom Pferd einfallen lassen muss, wenn mich der Maierhofer anfunkt?«

»Okay.«

Baier zwinkerte.

»Aber es könnt durchaus vorkommen, dass du dich mal bei mir revanchieren darfst.«

KAPITEL 23

Es musste kurz vor Vorstellungsbeginn sein. Die Direktorin war kaum zu verstehen.

»Sie ist nicht zurückgekommen! Tun Sie was, Herr Türk!«

»Frau Antoni! Ich kann nicht…« Türk registrierte aus den Augenwinkeln, dass Schwab im Türrahmen stehen geblieben war und ihn beobachtete. »Dafür ist die Kripo zuständig, das hab ich Ihnen doch jetzt schon x-mal erklärt!«

»Und ich hab gesagt: Polizei ist Polizei!«

»Stimmt ja im Prinzip. Aber…«

»Ihre Prinzipien und Zuständigkeiten sind mir egal, verdammt noch mal! Ich sag's Ihnen! Weil ich diesem Idioten von der Mordkommission nicht einmal zutraue, dass er einen fängt, der einen Pezzi-Automaten aufgebrochen hat. Ich muss jetzt rein!«

Im Hintergrund setzte Musik ein.

»Okay. Irgendwelche Hinweise, wohin die Marica gegangen sein könnte?«

»Nein! Keiner weiß was! So was hat sie noch nie getan! Noch nie hat sie eine Vorstellung geschmissen! Ich ruf Sie nachher an!«

»Frau Antoni! Ich darf nichts…«

Sie hatte die Verbindung bereits unterbrochen.

»Die Frau vom Zirkus, hm?«, erkundigte sich Schwab. »Was hat sie gewollt?«

Türk sagte es ihm. Der Inspektionsleiter runzelte die Stirn.

»Eine Fahndung wird da natürlich nicht drin sein. Kann es sein, dass die gute Frau ein bissl hysterisch veranlagt ist? Diese…«

»Marica Baron«, half Türk.

»…die ist doch weder verdächtig noch sonst was. Also, was geht es uns an? Die Frau ist erwachsen. Wenn sie einen Vertrag bricht, dann kann sie sie verklagen.«

»Ich kann schon verstehen, dass die Direktorin überall Gespenster sieht«, meinte Türk. »Soll ich es weitergeben?«

Schwab nickte. »Ich mach's schon. Sicher ist sicher. Soll sich der Schranz überlegen, was er damit anfängt.«

»Gibt's eigentlich schon was Neues in dieser Ulmer-Sache?«

»Im Augenblick haben sie wohl einen in der Mangel, der vor ein paar Wochen erst aus dem Knast gekommen ist. Hat kein Alibi, ist in der Nähe gesehen worden und früher schon wegen Einbruch eingebuchtet gewesen. Er streitet's aber ab.«

»Ist die Obduktion von Ulmer schon gewesen?«

»Offenbar. Ich hab mit dem Reiter heut Mittag telefòniert. Er meint, es hätt sich nicht viel mehr ergeben als das, was man schon am Tatort hat sehen können. Das eigentlich Interessante ist, dass dieser Ulmer wahrscheinlich mit der gleichen Waffe erschossen worden ist wie unser Zirkusclown und dass die Spurensicherung der Ansicht ist, dass der Einbruch bloß vorgetäuscht war.«

Türk schluckte. »Moment! Die gleiche Waffe – das würde doch heißen…«

»Da schaltet heut einer wieder schnell«, frozzelte Schwab. »Nein, es kann tatsächlich nicht ausgeschlossen werden, dass dieser Carl Rosenberg nicht noch mehr auf dem Kerbholz hat.«

Der Inspektionsleiter wandte sich zum Gehen. »Wenn du noch mehr wissen willst, fragst am besten den Schranz. Er gibt dir bestimmt gern Auskunft.«

»Bestimmt.«

Schwab drehte sich noch einmal um.

»Wenigstens hat diese Stänkerei von ihm aufgehört. Der Reiter hat mir gesagt, dass du dich gestern zurückgehalten hast. Ist dir schwer gefallen, hm?«

»Bin eben Masochist.«

Schwab nickte grimmig.

»Brav. Mit so einer Einstellung bringst du es bei der Polizei weit.«

KAPITEL 24

Türk musste schmunzeln, als er sah, mit welchem Heißhunger Friedl über seinen Teller herfiel. Er hatte dem Jungen am Vormittag einen Einkaufszettel hinterlassen und ihm einen Zwanziger dazu gelegt. Endlich waren die Spaghetti, wie sie sein sollten: nicht zu labberig gekocht, mit einer fetten, sämigen Hackfleischsoße.

»Und – wie war's heut?«

»Mhm«, mampfte Friedl. »Gefällt mir gut in München.«

»Ich red von deiner Lehrstelle.«

»Ah so!« Friedl schluckte den Bissen hinunter und griff nach seiner Cola. »Geht so.«

»Was heißt das?«

»Ich glaub, da ist eher nichts dabei.«

Im ersten Betrieb, einer stadtbekannten Großbäckerei, war er von oben bis unten taxiert worden und hatte herablassende Bemerkungen über sein Aussehen und seine Kleidung über sich ergehen lassen müssen.

»Nichts hat dem gepasst. Der war so ein richtiger Barras-Typ.«

Türk hatte Verständnis.

»Okay. Und der zweite?«

»Dem hab ich, glaub ich, gut gefallen.«

»Na also. Und, wird das was?«

»Eher nichts«, erwiderte Friedl beiläufig.

Türk legte die Gabel ab.

»Sind wir vielleicht ein bisserl zu anspruchsvoll? Hast du eigentlich eine Ahnung, wie schwer es heutzutage ist, eine Lehrstelle zu kriegen?«

»Schon.«

»Und was passt dem Herrn nicht? Du hast doch gesagt, du hättst ihm gefallen.«

»Mhm.« Friedl kaute zu Ende. »Zu gut.«

Türk setzte die Gabel ab und glotzte den Jungen an. Dann kapierte er.

»Was verstehst denn du davon?«, fragte er ärgerlich.

»Meinst, bei uns in Freilassing gibt's keine von denen?«

»Und wie willst du das gemerkt haben, du Schlauberger?«

»Das Vorstellungsgespräch ist in seiner Wohnung über dem Laden gewesen. Er hat mir gesagt, dass er davon ausgeht, dass ich bei ihm wohne. Sonst könnte ich's gleich vergessen, weil er noch einen Haufen andere Bewerber hätt.«

»Oha«, meinte Türk.

»Was ihn aber nicht davon abgehalten hat, mir zu sagen, dass er mich unter dem normalen Tarif bezahlen tät.«

»Darf er doch gar nicht«, fuhr Türk auf.

»Ich könnte froh sein, wenn ich überhaupt was kriege, hat er gemeint.«

»Du gibst mir nachher den Namen, ja? Den werd ich mir einmal anschauen.«

Friedl schob sich eine Ladung Nudeln in den Mund. »Aber… mmmh… nicht wegen mir, Onkel.«

»Erstens redet man nicht mit vollem Mund, zweitens schreibst du mir nicht vor, wen ich mir anschau, und drittens tu ichs für die, die weniger hell sind als du. Oder die keine andere Wahl haben. Kapiert?«

»Ist ja bloß, weil ich dir keine Scherereien machen will.«

»Das hättest du dir besser gestern Nacht überlegen sollen.«

Der Junge nickte zerknirscht.

»Na gut.« Türk hatte seinen Teller geleert und ging zur Spüle. »Du hast aber doch noch andere Adressen, oder?«

»Drei noch. Eine Schreinerei mit so einem komischen Namen, weißt, so gezwungen witzig wie ›Holzkopf‹ oder so. Ich glaub, das sind Alternative oder so.«

»Wenn sie einen Meister haben, wird's ja wohl in Ordnung sein. Was noch?«

»Noch eine Stelle bei den Stadtwerken. Als Betriebsschlosser.«

Türk nickte anerkennend.

»Stadt ist nie schlecht. Und die dritte?«

»Koch. In einer Wirtschaft nicht weit weg vom Viktualienmarkt.«

»Auch ganz ordentlich«, befand Türk. »Aber sag, dir fällt schon auf, dass das ganz unterschiedliche Berufe sind? Weißt du eigentlich, was du willst?

»Irgendwie schon.«

»Irgendwie«, echote Türk spöttisch.

»Ich check das schon, Onkel.« Der Junge strahlte eine unerschütterliche Zuversicht aus. »Wechseln kann ich allweil noch.«

Das fing schon gut an. Der Kleine war sprunghaft wie seine Eltern.

»Stimmt. Du willst ja Karriere machen.«

Türk zog sich seine Jacke über und öffnete die Tür.

»Ich muss noch einmal weg, Friedl. Du spülst ab und gehst dann ins Bett. Und denk dran, was ich dir gesagt hab: Noch einmal so eine Aktion wie gestern, und du bist definitiv draußen. Klar?«

KAPITEL 25

Dr. Hannes Böhm war nie verheiratet gewesen. Schon seit seiner Kindheit liebte er nur das Kino, und über seine Unentschlossenheit, ob er einen soliden Berufsweg einschlagen oder sich doch der Kunst widmen sollte, waren die Jahre vergangen. Er hatte schließlich beides versäumt, und als er sich endlich eingestehen musste, dass er weder genügend Energie noch Talent zum Drehbuchautor oder gar Regisseur besaß, war es auch für eine akademische Karriere zu spät gewesen. Immerhin hatte er sich auch einen bescheidenen Namen als Filmkritiker machen können, wobei seine Bewertungen zwar nicht immer geteilt, sein immenses Wissen jedoch anerkannt wurden.

Seit den Siebzigern wohnte er im ersten Stock eines drögen Mietshauses in der Blütenstraße, das in der Nachkriegszeit in aller Eile auf das Fundament eines zerbombten Gebäudes gesetzt worden war. Die Zwei-Zimmer-Wohnung war mit ältlichem Mobiliar vollgestellt. Längs des schlauchartigen Flurs standen Regale, die bis zum Plafond mit penibel ausgerichteten und laufenden Nummern versehenen Büchern und Videokassetten gefüllt waren. Das Ende des Flurs bildete ein raumhoher Blechschrank, an dessen Vorderseite ein Thermometer befestigt war.

»Ich hatte gehofft, an dieses grauenhafte Geschehnis nicht mehr erinnert zu werden.« Dr. Böhm ging voraus und wies auf einen verschlissenen, mit blassgrünem Cordsamt bezogenen Polstersessel. »Bitte.«

Türk nahm dankend Platz. Der Sammler setzte sich ihm gegenüber und sah ihn unfroh an.

»Umso mehr, als die Begegnung mit der Staatsmacht ebenfalls alles andere als erfreulich war. Sie verzeihen, aber das musste gesagt werden.«

Türk nickte verständnisvoll.

»Und ich verstehe auch nicht, was die Polizei noch von mir möchte. Das Leben ist zwar gelegentlich wie ein mieser Film, aber dass gegen mich womöglich irgendwelche Verdachtsmomente...«

»Die gibt es nicht«, beruhigte ihn Türk. »Ich bin außerdem nicht als Polizist hier.«

»Ach? Wie darf ich das verstehen?«

»Ich ermittle sozusagen privat. Ein... ein Nebenjob. Verstehen Sie?«

»Das gibt es? Ich meine, das dürfen Sie?«

»Und ob«, entgegnete Türk. Viele seiner Kollegen seien gezwungen, nebenher etwas dazu zu verdienen. Manche arbeiteten als Taxifahrer, andere als Tankwart.

»Und Sie als Detektiv. Ungewöhnlich. Obwohl's auf der anderen Seite wiederum passt.«

»Da haben Sie Recht«, gab Türk zu. »Dürfte ich Sie bei dieser Gelegenheit auch um Verständnis dafür bitten, wenn es mir lieber wäre, dass Sie meinen Besuch vertraulich behandeln? Besonders gegenüber meinen Kollegen von der Kripo?«

Böhm war noch immer skeptisch.

»Sie machen es sehr geheimnisvoll.«

»Es hat einen eher banalen Grund. Ich hab meine Nebenbeschäftigung zwar deklariert, aber nicht so... wie soll ich sagen... nicht so präzise.«

»Man befürchtet Interessenskonflikte«, folgerte Böhm. Er schlug die Beine übereinander. »Und in wessen Auftrag ermitteln Sie? Der arme Herr Ulmer kann es wohl nicht mehr sein.«

Türk nickte.

»Mein Auftraggeber vermutet, dass der Täter noch weitere Personen geschädigt hat.«

»Das wird doch kein Krimi im Sammlermilieu? Absurd.«

»Wieso?«

»Kinofans *lassen* leben. Sie morden oder lieben in ihren Filmen. Nicht aber in der Wirklichkeit.« Er legte einen Arm auf die Lehne. »Nun gut. Ich höre mir trotzdem an, was Sie von mir wollen.« Er machte eine einladende Handbewegung.

Türk räusperte sich.

»Sie haben gesagt, dass es den Film ›Die Andalusische Nachtigall‹ nicht gibt.«

»Und das dürfen Sie mir auch glauben.«

»Aber Frau Casaro behauptet, sie hätte darin die Hauptrolle gespielt.«

Böhm kniff die Augen zusammen. Seine überraschte Miene ging in einen spöttischen Gesichtsausdruck über.

»Sieh an! Als ich sie vor vielen Jahren interviewt habe, wollte ihr dieser Titel partout nichts sagen.« Er rückte an seiner Brille. »Aber wie auch immer. Sie müssen mir schon genau zuhören, Herr Türk. Ich habe lediglich behauptet, dass es diesen Film nie gegeben hat. Nicht aber, dass man nicht irgendwann versucht haben könnte, ihn zu drehen. Aber trotzdem – Respekt! Frau Casaro gibt seit Jahrzehnten keine Interviews mehr.«

Türk bedankte sich.

»Auch der Name des Kameramanns ist bekannt.«

»Urschall, ich weiß. Dann haben Sie vielleicht auch herausgefunden, dass unser lieber Georg B. Mayer damals Regie geführt hat.«

»Richtig. Ich…«

»Wir können es kurz machen, Herr Türk. Wenn Sie vermuten sollten, der Tod Herrn Ulmers könnte irgendetwas mit diesem Film zu tun haben, dann liegen Sie verkehrt. Nach allem, was ich weiß, muss es sich um eine – wenn man die Zeit betrachtet, in der man ihn drehen wollte – ärgerlich harmlose

Schnulze gehandelt haben. Getreu der Goebbelschen Parole: Die SA marschiert auf der Straße, nicht im Kino! Kein Aufruf zum Judenhass, keine Verherrlichung des Führers, und vor allem weder ein zeitgeschichtlicher noch irgendein künstlerischer Wert! Mit eben einer winzigen Einschränkung: Fritz Urschall war als Kameramann engagiert. Aber auch hier: Wer kennt ihn heute noch? Sie etwa?«

»Nein«, gestand Türk.

»Sie sind ja nun auch einige Jährchen jünger, nicht wahr? Vielleicht haben Sie wenigstens von seiner Tochter gehört? Monika? Nein? Auch nicht? Sie war eine Kampfgefährtin Che Guevaras in Bolivien.«

»Ich bin wirklich kein Spezialist für so was.«

»Das sehe ich.« Böhm lehnte sich wieder zurück. »Jedenfalls war er ein großartiger Kameramann! Ein Tausendsassa. Er hat bei Arnold Fanck gelernt, war mit Trenker in den New Yorker Slums und gehörte zu seinem Stab bei den Kampfszenen des ›Rebell‹, hat außerdem Harrers Expeditionen mit der Kamera begleitet. Leider hat er auch bei ›Triumph des Willens‹ und einigen anderen Filmen, die noch heute nicht öffentlich gezeigt werden dürfen, mitgewirkt. Sein Drama ist, dass er sich dadurch gründlich desavouiert hat, obwohl er im Grunde ein grenzenloser Naivling war, ein bodenständiger, von jeder Raffinesse unbeleckter Bauernbursche aus der Rosenheimer Gegend, der für seine Arbeit ans Ende der Welt gegangen wäre. Seine Sünde bestand darin, für jeden noch so miesen Nazidreck wunderbarste Aufnahmen geliefert zu haben.« Böhm kam Türks Einwänden zuvor. »Verstehen Sie mich nicht falsch: Ich entschuldige ihn nicht. Aber die Debatte, die in der Nachkriegszeit über ihn geführt wurde – und ihn, ganz nebenbei, ruiniert hat, woraufhin er nach Südamerika ausgewandert ist –, war von einer beispiellosen Heuchelei. Man hat ihn zum Sündenbock gestempelt.«

»Na ja. Ganz nach verfolgter Unschuld hört sich das alles ja auch nicht an.«

»Natürlich war Urschall nicht unschuldig!« Böhm schnellte vom Stuhl. »Aber war er schuldiger als die Besitzer und die Arbeiter in den Munitionsfabriken? Schuldiger als die braven Reichsbahnbeamten, die die Transporte nach Auschwitz in den Fahrplan einzuarbeiten hatten?«

Böhm sank wieder zurück.

»Ihr Pech«, sagte er leise, als wolle er sich für seinen Gefühlsausbruch entschuldigen. »Aber es gibt nun einmal Themen, die mich…« Er hielt inne und sah auf. »Zurück zum Thema. Habe ich Sie wenigstens ein wenig davon überzeugen können, dass dies alles nichts mit dem Einbruch und der Ermordung von Herrn Ulmer zu tun hat?«

»Noch nicht ganz. Kann es nicht trotzdem sein, dass wenigstens Teile der ›Andalusischen Nachtigall‹ existieren?«

»Höchstens einige ungeschnittene Negative. Aber auch die müssten mir irgendwann untergekommen sein.«

»Und wenn Sie erst vor kurzem auf den Markt gekommen sind? Das würde die Notiz auf dem Vorführzettel bei Ulmer erklären.«

Böhm wiegte den Kopf.

»Und warum gerade jetzt?« Er beantwortete sich die Frage selbst. »Es gäbe nur einen einzigen Grund. Georg B. Mayer soll in den nächsten Tagen einen Staatspreis verliehen bekommen, und deshalb stehen seine Filme im Augenblick wieder hoch im Kurs. Wäre in diesen Rollen irgendetwas, was ihn ernsthaft demontieren könnte, dann wäre zu verstehen, dass…« Er schüttelte den Kopf. »Nein! Das ist absurd! Völlig absurd!«

»Warum eigentlich?«

»Weil sich das nach einem billigen Krimi anhört! Und weil, noch einmal, diese Aufnahmen nicht dafür geeignet sind! Im Gegenteil! Die Aufnahmen würden höchstens bestätigen, dass er sich von allem Propagandadreck ferngehalten hat, dass er wie viele in eine so genannte innere Emigration gegangen ist.« Böhm lächelte mit verhaltenem Stolz. »Ich hatte einmal

Gelegenheit, Georg B. Mayer kennen zu lernen. Wir organisierten damals Studenten-Nachtvorstellungen im ›Leopold‹, und er hat uns so manche Vorführkopie finanziert, die wir uns sonst nie hätten leisten können. Er ist vielleicht kein strahlender Antifaschist gewesen, aber Fakt ist, dass ihm der heutige deutsche Film enorm viel zu verdanken hat.«

»Kann sein«, meinte Türk.

»Dem *ist* so!«

Türk wiegte nachdenklich den Kopf.

»Dieser Urschall ist bestimmt nicht mehr am Leben, richtig?«

»Erst letztes Jahr ist er in Bolivien gestorben.«

»Was ist mit seinem Nachlass?«

»Er hat damals alles mitgenommen und es auf seiner Hazienda verrotten lassen.«

»Und was ist mit dem Film, den Ulmer Ihnen besorgen wollte? Er war doch auch von Urschall.«

»›Paititi‹? Ulmer sagte mir, er hätte ihn von einem polnischen Händler, der ihn wiederum in Moskau gefunden haben wollte. Das würde übrigens den ausgezeichneten Zustand erklären. Die Russen haben auf ihr Raubgut besser Acht gegeben als unsere grandiose Kulturnation auf das, was ihr noch blieb.«

Türk massierte seinen Nacken.

»Woher wissen Sie eigentlich so genau, dass die Aufnahmen verrottet sind?«

Böhm grinste.

»Das weiß ich zufällig genau, weil ich Urschalls jüngeren Bruder Magnus kenne. Wobei ›jünger‹ hier relativ ist, weil er ebenfalls bereits auf die Achtzig zugeht. Ein ziemlich unappetitlicher Zeitgenosse ist er zudem. Aber er hat Fritz Urschall kurz vor seinem Tod noch einmal besucht und mir davon erzählt.«

»Könnte nicht er …?«

»Natürlich könnte er! Mein Gott! Er könnte mich auch belogen haben! Aber sagen Sie mir doch endlich eines: Warum sollte er das getan haben?«

»Ich weiß es nicht.« Türk schob seinen Ärmel zurück und sah auf die Uhr. »Wo wohnt er?«

»Wollen Sie das wirklich wissen, oder wollen Sie wissen, wo Sie ihn finden?«

KAPITEL 26

Die Rauchwolke im »Franz-Josef-Stüberl«, durchsetzt vom Geruch verbrauchter Luft und abgestandenem Bier, hätte in einem modernen Gebäude längst die Sprinkleranlage ausgelöst. Kehliges Gelächter mischte sich mit den Klängen von »La Montanara«, das aus der billigen Anlage waberte.

»Da sitzt er!« Die weißblonde Fünfzigerin hinter der Theke wies mit einer Kopfbewegung in eine Nische im hinteren Teil des Gastraums. »Neben dem, der ausschaut wie die Mumie Ma, bloß ausgewickelt.« Sie stellte ein Glas unter den Zapfhahn. »Geht's um Geschäfterl, hm?«

Türk nickte überrascht.

»Der Urschall zahlt neuerdings seine Zeche und gibt auch noch Trinkgeld.« Sie lächelte matt. »Wär schön, wenn's so bleiben tät.«

»Ich tu mein Bestes.«

Sie winkte ihn näher und beugte sich vor.

»Aber sinds fair zu ihm, ja? Sein Stand sind zirka acht Weiße und noch mal soviel Obstler.«

»Also praktisch nüchtern.«

Sie lachte verhalten.

»Der Magnus hat seinen persönlichen Eichstrich erreicht, wenn er vom Rommel anfängt. So weit ist es noch nicht ganz.«

Türk nahm sein Bier in Empfang und ging nach hinten.

Urschall war ein in die Breite gegangener, einst athletischer

Mann mit einem markanten Schädel und einem Gesicht, das aussah, als wäre es von einem Holzbildhauer modelliert worden. Seine Augen waren unter den dunklen drahtigen Brauen fast nicht zu sehen. Neben ihm stierte ein dürrer Weißhaariger in sein Glas.

Magnus Urschall schien Mühe zu haben, den schweren Kopf zu heben, als sich Türk vorstellte und fragte, ob er mit ihm reden könne. Wenn er erstaunt oder gar erfreut war, so ließ er es sich nicht anmerken. Er grunzte widerwillig und deutete auf den Stuhl neben ihm.

»Was willst?«

»Ich hab gehört, dass Sie mit Filmen handeln.«

»Schmarren.«

»Aber Sie…«

Der Weißhaarige hob den Kopf.

»Der Magnus kennt noble Leut…«, sabberte er.

»Halt den Schnabel!«, herrschte ihn Urschall an. Er fixierte Türk argwöhnisch. »Wer verzapft so was?«

»In Fachkreisen heißt es jedenfalls, dass Sie interessante Filme verkaufen, Herr Urschall. Ich wär interessiert an…«

»Ich hab nix mehr.« Der Alte stierte vor sich hin und nahm einen Schluck. »Hätt ich bloß gewusst, was ich da rausholen hätt können.«

»Ihr Bruder war doch der berühmte Friedrich Urschall, hab ich Recht?«

»Berühmt!«, fauchte Magnus. »Ein aufgeblasenes Arschloch ist er gewesen. Hat sich mords was eingebildet.«

»So-so red man net… von seinem Bru-Bruder, Magnus«, lallte der Hagere.

»Ich red, wie er's braucht! Wenn du den sauberen Herrn nämlich mal gefragt hast, ob er dir unter die Arm greifen könnt, dann war er grad wieder mal furchtbar beschäftigt.«

»So-so gut isses ihm ja in Ü-übersee auch ni-nimmer ergangen.«

»Geh, red doch keinen Schmarren! War ich letztes Jahr

noch drüben oder du? Eine Landwirschaft mit über achthundert Tagwerk Grund! So einem geht's schlecht?«

»Aber in Bo-Bolivien drüben! Bei den Indianern! Wo's so schon gefährlich ist. Seine To-tochter habens ihm ja auch über den Haufen geschossen.«

»Die blöde Kuh hat's net anders verdient«, grunzte Urschall verächtlich. »Und wenn jetzt du net auf der Stell deine blöde Goschen hältst, dann schieß *ich* dir eine. Hast mich?«

Er sah Türk an.

»Ich hab nix mehr«, wiederholte er. »War eh bloß Glump.«

»Ich wär besonders an einem Film interessiert gewesen, genauer gesagt, an einer Rolle von ›Die Andalusische Nachtigall‹.«

Die knitterige Stirn des Alten furchte sich. »Da ist eine Büchse dabeigewesen, ja«, erinnerte er sich. »Aber sagens, haben Sie vielleicht einen Gehörschaden? Ich hab gesagt …«

»Es wär mir sehr wichtig.«

»Mir wär auch hie und da was wichtig.« Urschall nahm einen tiefen Schluck. »Aber es nutzt nix.« Er kniff die Lider zusammen. »Was interessiert denn auf einmal die ganze Welt der Schmarren von meinem Bruder? Hat doch fünfzig Jahr keine Sau nach ihm gefragt.«

»Warum sich andere dafür interessieren, weiß ich nicht. In meinem Fall ist es eine, sagen wir, Herzenssache. Eine Kundin von mir hat in diesem Film mitgespielt«, erklärte Türk, »Sie hat jahrzehntelang nach dem Film gesucht und wünscht sich nichts sehnlicher, als sich noch einmal darin zu sehen.«

Urschall wurde umgänglicher.

»Muss ja derweil recht vertrocknet sein, die Alte, was?«

»Ins Gesicht würd ich's ihr nicht sagen, Herr Urschall.« Türk grinste kumpelhaft. »Aber denken dürfen Sie's. Also? Kommen wir ins Geschäft.«

Urschall wurde wieder mürrisch.

»Hab doch gesagt, es geht nicht. Schon deswegen nicht, weil …«

»...Sie bloß eine Rolle haben, ich weiß. Das ist genau der Punkt. Ich hab nämlich die anderen Rollen bereits aufgekauft. Es fehlt mir nur noch dieser Teil.«

»Blödsinn!«, fuhr der Alte auf. »Das gibt's nicht. Es gibt bloß die eine.«

Türk lächelte überheblich.

»Sagen Sie. Aber könnte es nicht auch möglich sein, dass Ihr Bruder bei Kriegsende nicht mehr alles hat mitnehmen können? Beim Einmarsch der Amis ist es in den Studios in Geiselgasteig drunter und drüber gegangen.«

Urschall wiegte nachdenklich den Kopf.

»Theoretisch schon möglich«, brummte er.

»Auch praktisch. Sie verstehen, dass ich nichts Genaueres sagen kann, aber die Rollen sind im Besitz von jemandem gewesen, der damals als Laufbursche für Ihren Bruder gearbeitet hat. Ob er sie gestohlen hat oder bloß in Sicherheit bringen wollte, ist heute nicht mehr festzustellen. Also? Kommen wir ins Geschäft? Meine Kundin würd sich nicht lumpen lassen.«

»Wie viel?«

»Fünftausend Minimum. Das heißt, möglicherweise noch ein wenig mehr. Je nach Zustand, natürlich.«

Der Alte sah ihn ungläubig an. Dann presste er die Lippen aufeinander.

»Es geht nicht«, sagte er schließlich resigniert. »Ich hab das Glump nicht mehr. Ich wollt's los haben. War mir zu riskant, das Zeug in meiner Wohnung zu haben. Ist alles noch Nitro-Film gewesen. Brennt ja wie der Teufel, das Zeug. Ich hab's dem Filmmuseum gegeben.«

»Alles?«

»Hat mir bloß den Platz verstellt.«

»Wann ist das gewesen?«

»Dürft schon ein gutes Dreivierteljahr her sein.«

Türks Herz machte einen Satz. Die Filmrolle war damit schon längst wieder in Mayers Händen! Das Motiv, auf das er gesetzt hatte, existierte nicht!

»Fünftausend…«, sinnierte Urschall vor sich hin. »Was bin ich für ein Idiot gewesen.«

Türk achtete nicht auf ihn. Er hatte sich verrannt! Alles war umsonst gewesen.

Der Alte hob die Stimme. »Wirklich Fünftausend?«

Türk nickte abwesend.

»Tät's eine Kopie eventuell auch?«, fragte Urschall.

Türk musste für Sekunden ein unglaublich dummes Gesicht gemacht haben.

»Eventuell, sag ich«, betonte Urschall.

»Es… gibt eine Kopie?«

»Zwei sogar«, meinte der Alte beiläufig. »Ich hab ja bloß die Dings, die…«

»Negative?«

»Genau. Ich hab bloß die gehabt. Der Mann vom Museum hat mir als Bezahlung angeboten, dass er mir zwei Kopien machen lässt, die ich dann besser verscherbeln könnte. Es müsste allerdings unter uns bleiben, hat er gesagt. Wegen den Rechten und so. Die hätte ja immer noch der Regisseur, nicht mein Bruder.«

»Und was haben Sie mit den Kopien gemacht?«

Urschall berichtete, dass er eine der Kopien an einen Sammler im Münchner Osten verkauft hatte, die zweite einem Trödler. Es sei noch keine drei Wochen her, dass er mit Letzterem zu tun gehabt hätte.

Ulmer und Dobrosch hatten Kopien gekauft! Türk versuchte, gelassen zu bleiben.

»Na, das wär doch eine Idee, Herr Urschall. Wenn's Ihnen gelingt, einen der Verkäufe rückgängig zu machen, dann würd ich im Gegenzug versuchen, dass ich noch mehr bei meiner Kundin raushol. Was halten Sie davon?«

»La-lass dich nicht aus-auschmieren, Magnus«, brabbelte der Hagere.

Magnus Urschall achtete nicht auf ihn. In seinem Schädel arbeitete es.

»Probieren könnt man's«, meinte er schließlich.

»Fein! Sagen Sie, hat sich eigentlich noch jemand für die Rolle interessiert?«

»Warum?«

»Verstehen Sie mich nicht falsch, Herr Urschall. Aber ich möchte ungern in die Situation kommen, dass da noch ein Mitbieter auftaucht.«

Der Alte verstand. »Von einer Filmfirma war neulich einer da. Aber dem hab ich das mit dem Museum gesagt, und seitdem hab ich nichts mehr von ihm gehört.«

»War das zufällig jemand von der Firma, für die Ihr Bruder früher einmal gearbeitet hat?«

»Ja. Er hat gemeint, dass die Filme eigentlich seiner Firma gehören.«

»Von den Kopien haben Sie ihm aber nichts erzählt?«

»Blöd werd ich sein. Der Mann hat mir doch gesagt, dass ich damit gar kein Geschäft hätt machen dürfen.«

Türk grinste verschwörerisch. »Haben Sie ja auch nicht.«

»Genau.« Urschall leerte sein Glas.

Türk beugte sich an sein Ohr. »Aber noch ein kleiner Tipp vom Fachmann, Herr Urschall – an Ihrer Stelle würde ich auch niemandem davon erzählen, dass wir zwei…« Er räusperte sich. »Verstehen Sie mich? Das mit den Rechten an den Filmen ist nicht ohne. Die Polizei hat einen gleich am Wickel, wenn sie einem dahinterkommt. Kann ich mich auf Sie verlassen?«

»Schau ich aus wie ein Volldepp?«

Türk stand auf und streckte dem Alten seine Hand hin.

»Sind wir im Geschäft, Herr Urschall?«

Urschall nickte schwer.

»Tuns mir Ihre Nummer her.«

KAPITEL 27

Als der Wecker schrillte, war er sofort wach.

Durch die Vorhänge blinkte ein klarer Morgen, vor dem Kippfenster zwitscherten die Amseln, die Luft war frisch und würzig. Türk schälte sich aus dem Bett und streckte sich mit wohligem Knurren. Er fühlte sich erholt und kräftig und warf nach langer Zeit wieder einmal seine Kaffeemaschine an, bevor er unter die Dusche stieg. Wann hatte er das letzte Mal vor sich hin gepfiffen? Einfach so?

Auch die Küche war aufgeräumt. Doch, der Junge war durchaus zu gebrauchen.

Er öffnete leise die Wohnzimmertür. Friedl schlief noch fest. Behutsam zog Türk die Bettdecke zurecht, die dem Jungen zur Hälfte auf den Boden gerutscht war.

Er trank seinen Kaffee zu Ende, griff nach seinem Jackett und stand bereits auf der Schwelle zum Treppenhaus, als er noch einmal innehielt und in die Küche zurückkehrte.

»Friedl«, kritzelte er auf einen Zettel. »Wenn jemand anruft, den du nicht kennst, dann sag auf keinen Fall, dass ich bei der Polizei bin.« Er setzte ein »Wichtig!« dazu und unterstrich es.

Vor der Inspektion kamen ihm Brunner und Genzbacher von der A-Schicht entgegen.

»Na?«, fragte er.

»Das Übliche.«

Türk hatte lässig mit der Hand gegrüßt und mit der anderen schon die Türe zur Hälfte aufgedrückt, als ihm Genzbacher noch nachrief:

»Ah, Türk – die Fahndung nach dem Zigeuner ist abgepfiffen! Sie haben ihn.«

Auch Maierhofer, in dessen Zimmer Türk atemlos gestürzt war, bestätigte es.

»Der Schranz hetzt seitdem von einer Pressekonferenz zur anderen«, spöttelte er. »Mehrere Mordfälle mit einem Schlag gelöst, tönt er, so was macht ihm so schnell keiner nach.«

Türk versuchte, seine Aufregung zu verbergen.

»Gibt's denn überhaupt schon ein Geständnis?«

»So weit ich weiß, hat der Rosenberg bisher noch keinen Mucks gemacht, obwohl sie ihn schon seit Stunden bearbeiten. War überhaupt ziemlich komisch, die ganze Geschichte. Ich meine, wie sie ihn gefunden haben.«

»Wo überhaupt?«

»Im Wald hinter Straßlach, in einer Kapelle. In der Nähe hat eine Pfadfindergruppe ihr Lager gehabt. Die haben da wohl eine Art Nachtwanderung gemacht und ihn gefunden.«

»Hat er sich denn die ganze Zeit im Wald versteckt?«

»Danach soll er nicht ausgeschaut haben. Ich meine, wenn du ein paar Tage im Wald bist, ohne Dach über dem Kopf und so, dann wirst ja einigermaßen verzottelt. Nein, wahrscheinlich hat ihn jemand versteckt. Im Moment wird grad ein altes Bauernhaus in der Nähe gefilzt, das ein paar junge Musiker als Übungsraum gepachtet haben sollen.«

...von denen einer auf den Namen Lajo Rosenberg hört!, dachte sich Türk im Stillen.

»Hat er sich gewehrt?«

»Angeblich hat er überhaupt keine Anstalten gemacht zu fliehen oder um sich zu schlagen. Er soll auf dem Boden von der Kapelle gekniet und gebetet haben.«

Türk zog einen Stuhl zu sich heran und setzte sich.

»Gebetet? Und deswegen haben die Pfadfinder die Polizei geholt? Schon komisch, oder?«

»Es wird noch komischer, wenn das Wort dafür überhaupt das Richtige ist. Er ist nicht allein gewesen. Eine Frau war bei ihm, diese Marica Baron. Aber die war tot.« Maierhofer machte die Erhängen-Geste. »Er hat sie in der Kapelle aufgebahrt, mit Kerzen und allem drum und dran.«

Türk kam ins Stottern: »Er… er hat sie…?«

»Umgebracht.« Maierhofer nickte. »Danach schaut's jedenfalls aus.«

Geschlagen wankte Türk an seinen Schreibtisch. Öttl streifte ihn mit einem besorgten Blick. Baier kam gutgelaunt zur Tür herein.

»Auch schon gehört, Türk? Den Zigeuner…«

Er stockte und sah fragend zu Öttl. Dieser zuckte die Achseln.

»Alles klar.« Baier grinste spöttisch. »Lange Nacht, was?«

»Halt einfach einmal deinen Schnabel«, sagte Türk tonlos. »Tu's einfach, ja?«

»Pffh.«

Türk starrte ins Nichts. Ich glaube es nicht, dachte er. Ich glaube es einfach nicht.

Erst viel später drang Baiers gereizte Stimme in sein Bewusstsein.

»Herrgott noch mal, Türk! Wir haben einen Einsatz! Pennst du, oder was?«

Eine ältere Frau war mitten auf die Wasserburger Landstraße getorkelt. Ein Lieferwagen hatte gerade noch bremsen können, damit aber eine Serie von Auffahrunfällen ausgelöst. Als Türk und Baier eintrafen, mussten sie zunächst zwei Streithähne trennen, die bereits damit begonnen hatten, mit den Fäusten aufeinander loszugehen. Erst dann konnten sie sich um die Frau kümmern, die wimmernd am Straßenrand saß. Sie hatte keine Papiere bei sich.

Wie aus dem Nichts stand plötzlich ein maulfauler Mann neben ihnen, der sich als ihr Gatte zu erkennen gab. Mit sichtlichem Unbehagen bot er an, seine Frau nach Hause zu bringen. Er verplapperte sich, als er danach gefragt wurde, wie er überhaupt erfahren habe, dass seine Gattin hier zu finden sei, immerhin mehrere Kilometer von ihrer Wohnung entfernt.

Sie wären im Auto wieder einmal in Streit geraten, erzählte er. Seine Frau hätte ihm vorgeworfen, er würde sie betrügen. Seit Jahr und Tag keife sie deswegen auf ihn ein. Schließlich habe er ihr eine Ohrfeige gegeben – na ja, vielleicht auch zwei, drei, er könne sich nicht mehr daran erinnern. Er sei eben ausgerastet, weil das ewige Genörgel nicht mehr zu ertragen gewesen sei. Wenn er etwas mit anderen Frauen habe, dann sei es nicht seine Schuld. Sie würde ihn dazu treiben, weil sie ihm mit ihren hysterischen Anfällen das Leben zur Hölle mache.

Als sie an einer Ampel aus dem Auto gestürzt sei, hätte er auf dem Seitenstreifen gehalten und – angeblich wie gelähmt – zugesehen, wie sie auf die Fahrbahnmitte gelaufen sei.

Hatte er während seiner Erzählung noch den vom Schicksal Geschlagenen gespielt, so begann er zu toben, als Türk ihm eröffnete, dass er selbstverständlich mit einer Anklage wegen Körperverletzung und unterlassener Hilfeleistung zu rechnen habe. Und, so hatte Türk nach einigen Minuten ungerührt hinzugefügt, mit einer saftigen Strafe wegen Beleidigung.

Nachdem die Straße wieder freigegeben und die gebrochene Frau in einen Krankenwagen verfrachtet worden war, der in Richtung der nahe gelegenen Nervenklinik fuhr, kehrten die Beamten zur Inspektion zurück.

KAPITEL 28

Schwab rührte bedächtig in seiner Tasse. Maierhofer gähnte ungeniert.

»Ist ruhig heute, hm?« Türk schob die Tür des Hängeschranks beiseite und griff nach einer Tasse.

»Gibt eben so Nächte.«

Baier ließ sich auf den Stuhl fallen und streckte die Beine von sich.

»Verschrei's nicht«, meinte Maierhofer. »Wenn's allzu ruhig wird, krieg ich immer das Gefühl, als wär irgendwas im Busch.«

Türk grinste matt. »Meinetwegen nicht.«

Maierhofer wandte sich zu Baier und wies mit einer Kopfbewegung auf Türk.

»Übertrieben dynamisch kommt mir unser Kollege in letzter Zeit aber nicht vor.«

Baier zwinkerte vielsagend.

»Der Türk ist derzeit schwer eingespannt.«

»So?« Maierhofer wechselte einen amüsierten Blick mit Schwab. »Was hast denn so getrieben heut Nachmittag?«

Ja, was? Türk wusste es nicht mehr genau. An Schlaf, um für die Nachtschicht fit zu sein, war nicht zu denken gewesen. Die Decke fiel ihm auf den Kopf, und draußen war Sommer, mit glänzendem meerblauen Himmel und warmer, vom Duft aufbrechender Erde durchatmeter Luft. In der Altstadt waren ihm die Menschen entgegengeflutet, eine schwatzende, lärmende, nimmermüde Welle von Gesichtern und Körpern. Er hatte sich verloren gefühlt, und dann war wieder Verbitterung in ihm aufgestiegen. Ihm war plötzlich, als würde er sich in einem Theater befinden, auf einer sich mit angestrengter Munterkeit und geschmacklosen Witzchen anbiedernden Schmierenbühne, mit billigen Kulissen und den unechten Gesten schlechter Schauspieler. Man gab das Spiel von Glück, Wohlstand und Erfolg, in dem alles blühte und glänzte und worin weder Armut, noch Alter, Verzweiflung und Tod vorkamen, schon gar nicht Menschen wie Carl Rosenberg und Marica Baron.

Als sich irgendwann Müdigkeit und Durst gemeldet hatten, steuerte Türk ein Straßencafé am Viktualienmarkt an, bestellte ein Bier und vergrub sich in eine der herumliegenden Tageszeitungen.

Die Festnahme des »Zirkusmörders« war noch nicht vermeldet. Schranz würde sich erst morgen in seinem Triumph sonnen können, und bestimmt war er im Augenblick dabei, den Pressereferenten zu bearbeiten, die Pressekonferenz so zu legen, dass seine Heldentaten schon in den Abendnachrichten der Regionalsender zu bewundern wären.

Auf der dritten Seite brachte das Blatt einen Vorbericht über die morgige Verleihung des Kultur-Staatspreises. In jeder Sparte waren drei Künstler nominiert worden, deren Chancen abgewogen wurden, als wäre nicht seit Tagen längst durchgesickert, wer die Gewinner sein würden. Völlig unstrittig aber war der diesjährige Ehrenpreis an den Regisseur und Produzenten Georg B. Mayer, Urgestein und Großer Alter Mann des deutschen Kinos, Förderer junger Talente und bescheiden im Hintergrund wirkender Wohltäter in Not geratener Künstler. Ein reiches, erfülltes Leben habe er geführt, habe sich stets voller Tatkraft gegen Borniertheit und Intoleranz gestellt und damit so mancher heutigen Berühmtheit zum Aufstieg verholfen. In den dunklen Jahren der deutschen Geschichte habe er gelernt, dass es falsch sei, sich – wie er es damals tat – in eine innere Emigration zurückzuziehen. Diese Erfahrung habe sein ganzes Leben geprägt.

Türk hatte die Zeitung zugeschlagen und in den trägen Himmel geblinzelt. Seine Augen tränten. Das Bier hatte ihn träge gemacht, doch wieder und wieder waren seine Gedanken wie ein außer Kontrolle geratenes Karussell um den Fall Rosenberg gekreist. Doch so sehr er auch versucht hatte, die Fäden zusammenzuspinnen – er hatte keine Erklärung gefunden.

Maierhofer schlürfte vernehmlich.

»Es wurmt dich einfach, dass der Schranz richtig gelegen ist. Mach uns nichts vor.«

»Schmarren.« Türk zuckte genervt die Schultern.

Vielleicht sollte ich es einfach hinnehmen, sagte er sich. Schranz hatte eben Glück gehabt, hatte wie ein blindes Huhn drauflosgepickt, zufällig den richtigen Riecher gehabt und mit dem ersten Schnabelhieb sein Korn gefunden. Und ich bin nichts als ein dummes, gekränktes Würstchen, das nicht verlieren kann.

»Na ja«, gab Schwab zu bedenken, »wie gesagt, hat er ja noch kein Geständnis.«

»Einfach lang genug dünsten lassen«, empfahl Baier. »Irgendwann knickt er schon ein.«

»Wenn's nicht der Schranz selber ist, der das irgendwann tut«, bemerkte Maierhofer. »Was er nicht im Hirn hat, gleicht er durch Tag- und Nachteinsatz aus. Man fragt sich drüben, warum er nicht schon längst sein Feldbett im Kommissariat aufgebaut hat.«

»Und der Rosenberg sagt tatsächlich keinen einzigen Ton?«, fragte Baier.

»Er soll unter einer Art Schock stehen und irgendwie gebrochen wirken«, wusste Schwab. »Für den Reiter ist er ein Fall für den Psychiater.«

»So wie's ausschaut, kann der Schranz möglicherweise auf ein Geständnis auch verzichten«, sagte Maierhofer. »Alle Indizien sprechen halt einmal gegen den Rosenberg.«

»Sicher«, wandte Türk ein. »Was aber nach wie vor fehlt, ist ein Motiv.«

Baier gähnte.

»Was wird das schon sein? Eine Eifersuchtsgeschichte, Marke ›Alter Trottel verschießt sich in junges Gemüs und wird nicht damit fertig, dass sie ihn abservieren will‹. Ist doch nichts Neues, oder, Schwab?«

»Das nicht. Aber dann fehlt immer noch ein Grund, warum er auch den Filmsammler, diesen Ulmer, erschossen hat.«

Baier zuckte die Schultern.

»Geld wird er gebraucht haben, was sonst?«

»Er hat aber keins mitgenommen.«

»Weil er überrascht worden ist«, vermutete Maierhofer. »Und weil er wahrscheinlich blöd wie eine Palette Pressspanplatten ist, wie die meisten Mörder.« Er öffnete die Hände. »Ist doch wahr. Ruinieren einen anderen und sich selber. Ich frag euch: Kommt ein Mensch, der auch bloß ein bissl Hirn hat, auf so was?«

Schwab lachte. »Jetzt wird's echt philosophisch. Maierhofer, ich kenn dich nicht wieder.«

»So Anfälle hab ich immer um Mitternacht, Chef. Vergeht schon wieder.«

»Dann ist's recht. Ein verhinderter Philosoph und ein verhinderter Kriminaler in meiner Inspektion, das geht mir nämlich grad noch ab.« Schwab schwenkte seine Tasse und nahm einen Schluck. »Weil wir grad beim Motiv vom Rosenberg waren: Drüben sollen grad die Fetzen fliegen, weil die von der Spurensicherung sich nicht ausreden lassen, dass bei dieser Marica Baron auch in Richtung Selbstmord ermittelt werden müsste.«

»Hab ich auch gehört«, bestätigte Maierhofer.

»Spinnen die?«, entfuhr es Baier. »Der Rosenberg ist doch direkt neben der Toten gefunden worden?« Er schüttelte den Kopf.

Türk hatte mit offenem Mund zugehört.

»In Richtung Selbstmord…?«, brachte er heraus.

Maierhofer nickte.

»Die von der Spurensicherung behaupten jedenfalls, dass nicht hundert-pro sicher ist, dass es der Rosenberg gewesen ist«, erwiderte Schwab. »Kann natürlich sein, dass sich da bloß jemand wichtig tun will.«

»Aber wie soll sie dann…«

»Was weiß ich? Es scheint jedenfalls durchaus möglich, dass sie sich selbst aufgehängt hat!«

»Wie… wie kommen die auf so was?«

Maierhofer stöhnte.

»Weißt was, Türk?« Er stand auf und drückte sein Kreuz durch. »Ruf doch einfach den Schranz an. Der erklärt's dir gern. Ich muss jetzt wieder rüber.« Er stellte die Tasse ab.

»Wir haben eine Spülmaschine«, bemerkte Schwab.

Maierhofer hielt sich am Türrahmen fest und grinste.

»Eine Putzfrau auch. Wir wollen doch keine Arbeitsplätze vernichten. Übrigens klingst du manchmal wie meine Alte.«

Schwab lachte leise.

»Hau ab.«

»Apropos«, sagte Baier und stand schwungvoll auf. »Zeit für einen Kontrollanruf daheim.«

»Hast du eigentlich schon von diesen Dingern gehört – diesen Sendern, die du in die Haut von deiner Freundin hineinoperierst und die dir genau sagen, wo sie sich gerade rumtreibt?«

»Eine Spitzenidee, Schwab«, gab Baier gallig zurück. »Vielleicht redest du mal mit dem Personalrat, dass das angeschafft wird?«

Er grüßte und ging.

»Überall Krisen«, seufzte Schwab. »Gehört scheint's dazu, wenn einer Schicht arbeitet.«

»Bei dir vielleicht auch?«

»Hat dich nicht zu interessieren.« Der Inspektionsleiter lächelte ironisch. »Außerdem: Ich weiß nichts von einer Krise, weil ich eh kaum daheim bin.«

Er erhob sich mit einem leisen Ächzen, ging zum Fenster und sah in die Nacht hinaus.

»Es ist was Komisches um die Finsternis«, sagte er nach einer Weile. »Da kann die Menschheit auf den Mond fliegen, aber der Nacht wird sie nicht Herr.«

Türk beobachtete den Inspektionsleiter verstohlen.

»Es ist die Zeit, in der alle Spitzbuben lebendig werden«, fuhr Schwab fort. »Die meisten Einbrüche, Überfälle, die Familienkrisen und Schlägereien finden in der Nacht statt.«

»Die Morde auch«, ergänzte Türk.

»Stimmt.« Schwab nickte unmerklich. »Und die Nacht beschützt sie.«

»Ich… ich versteh nicht ganz, worauf du raus willst.«

»Ich auch nicht.« Der Inspektionsleiter drehte sich um und stützte seine Hände auf die Fensterbank. »Vielleicht komm ich drauf, weil ich dich in den letzten Tagen ab und zu beobachtet hab. Es hat mich dran erinnert, dass ich mich auch einmal gefragt hab, was unsereins eigentlich tut. Wenn du einen Einsatz gehabt hast, du die Schlawiner mit Müh und Not hinter Schloss und Riegel gebracht hast, und ein paar Minuten später ein Hauseck weiter das Gleiche wieder passiert. Wenn das Tag für Tag so geht und nie aufhört, nie anders wird. Irgendwann kommst du dir vor wie der Hamster im Rad und willst alles hinschmeißen.«

Türk unterdrückte ein Gähnen.

»Ist ja erst mal auch leichter gesagt als getan.«

»Stimmt. Mit Frau und zwei Kindern im Kreuz und einem Gehalt, das dir schon verdampft ist, bevor du's in der Hand hast… Aber es ist vor allem auch nicht die Lösung, hab ich rausgefunden.«

»Und die wäre?«

»Ich kenn natürlich bloß die, die ich irgendwann für mich gefunden hab. Sie geht ungefähr so: Du musst einfach akzeptieren, dass das Verbrechen nie aus der Welt verschwinden wird. Es gehört dazu wie die Nacht zum Tag, du kannst es genauso wenig abschaffen, wie du die Nacht abschaffen kannst. Es ist eine Balance, die jeden Tag wieder neu austariert werden muss. Blöd bloß, dass es unser Job ist, das…«

Schwab hielt inne und lauschte. Aus einem der Büros drang das gedämpfte Klingeln eines Telefons. »Ist das bei mir oder…?«

Türk stand rasch auf. Es war sein Apparat.

Das Display zeigte seine Privatnummer. Friedl rief von seiner Wohnung aus an. Was wollte er um diese Zeit? Um diese Zeit müsste er doch schon längst schlafen? Zorn kochte in Türk auf. Bestimmt hatte Friedl wieder irgendeinen Mist gebaut!

Er riss den Hörer von der Gabel.

»Ja?!«, knurrte er.

Ein schwaches Wimmern drang an sein Ohr.

»Onkel Jos…«

Friedls Stimme klang weit entfernt, schließlich erstarb sie ganz. Ein gedämpftes Poltern folgte; der Hörer musste auf den Boden gefallen sein.

»Friedl!!«

Das Netzrauschen zog hoch.

Türks Herz macht einen Satz. Mit fliegenden Bewegungen unterbrach er die Verbindung und hämmerte die Nummer der Nachbarin in das Tastenfeld. Sie meldete sich mit verschlafener Stimme.

»Schnell, Frau Grohm! Mit dem Friedl ist was passiert! Gehen Sie sofort rauf! Ja! Auf der Stelle. Ich fahr auch gleich los!« Er wartete ihre Nachfragen nicht ab.

Maierhofer schreckte herum, als Türk in den Funkraum gestürzt kam.

»Ruf die Inspektion am Mariahilfplatz an! Sofort einen Wagen in die Nockherstraße 80, dritter Stock, bei Türk! Und einen Notarzt!«, setzte er hinzu, bevor er in weiten Sätzen in

Richtung Parkplatz hetzte und Minuten später mit quietschenden Reifen auf die Kameruner Straße einschwenkte.

Zwei Einsatzfahrzeuge und der Wagen des Notarztes blockierten die enge Nockherstraße. In allen Wohnungen brannte Licht. Ein Streifenbeamter war gerade dabei, neugierige Nachbarn zurückzudrängen, als Türk die Treppe empor stürmte.

Ein Beamter der Spurensicherung machte sich gerade an der Türklingel zu schaffen.

»Immer mit der Ruhe, ja?«, murrte er, als Türk sich an ihm vorbeizwängte. Ein stämmiger Polizist trat ihm alarmiert in den Weg und hob die Hände auf Brusthöhe.

»Ganz ruhig, Kollege.«

»Lasst mich zu ihm«, sagte er heiser.

»Kollege Türk, richtig?«

»Lasst mich zu ihm«, wiederholte Türk. Er zitterte am ganzen Körper.

»Ist das Ihre Wohnung?«

Ein stämmiger Beamter mit Vollbart drehte sich um.

»Steht doch an der Tür, Willi. Frag nicht so dumm.« Er stellte sich als Polizeihauptmeister Böglmüller vor und sah Türk ernst an. »Kripo ist unterwegs. Ist es Ihr Sohn?«

Türk schüttelte den Kopf.

»Neffe«, sagte er und schob die beiden Polizisten energisch zur Seite. Böglmüller räusperte sich.

»Da sind's ja! Endlich!« Frau Grohm musste seine Stimme gehört haben. »Herr Türk! Gott sei Dank, dass Sie kommen!« Sie kam ihm entgegen. »Wie können Sie den Buben bloß so ohne Aufsicht lassen?«

Türk schloss die Augen und atmete tief durch. Böglmüller schaltete schnell und berührte die Hausmeisterin am Arm.

»Ihre Aussage haben wir ja bereits protokolliert, Frau. Bitt schön gehens jetzt wieder in Ihre Wohnung. Sie sehen ja, wie eng es hier drinnen ist.« Er schob sie behutsam zur Türe hinaus.

Türk fühlte, wie seine Knie nachgaben. Die Sanitäter hatten Friedl auf das Sofa gebettet. Das Gesicht des Jungen war kalkweiß, sein Blick glasig. Der Notarzt packte gerade die Messmanschette in den Koffer. Türk betätschelte Friedls Gesicht. Der Junge lächelte matt. Seine Lippen bewegten sich, als versuche er zu sprechen. Türk spürte, wie seine Augen zu brennen begannen. Er musste schlucken.

»Was … ist mit ihm, Doktor?«

»Der Kollege ist sein Onkel«, warf Böglmüller erklärend ein.

Der Arzt verstand. »Dann als Erstes: Kein Grund zur Beunruhigung. Kreislauf et cetera ist stabil. Der Bub hat überhaupt eine bemerkenswert gute Kondition. Der Schlag, den er erhalten hat, war zwar keineswegs harmlos. Aber er wird bald wieder auf dem Damm sein.«

Er stand auf und wischte sich unsichtbare Staubflusen von den Knien. »Und sein Glück war, dass er sich vermutlich leicht gedreht hat, wie der Einbrecher auf ihn eingeschlagen hat. Das hat die Wucht etwas abgefangen. Hätte er das nicht gemacht, würde ich nicht die Hand dafür ins Feuer legen, dass er jetzt nicht ein Loch im Schädel hätte. Und ob das ohne sofortige Hilfe zu überleben gewesen wär?« Der Arzt wiegte den Kopf. »Ich würd fast sagen: eher nicht.«

»Also ein astreiner Mordversuch«, meinte der Bärtige.

»Nun, ich bin kein Kriminaler«, gab der Arzt zurück. »Aber sagt man nicht, dass Einbrecher vor Mord eher zurückschrecken?«

»Normalerweise, ja«, pflichtete ihm Böglmüller bei. Er rieb sich die Wange und ließ seinen Blick durch das Wohnzimmer wandern. Die Türen des Wandschranks und der Kommode standen offen, der Inhalt lag auf dem Boden verstreut. »Ich schätz mal, dass er von dem Jungen überrascht worden ist und die Panik gekriegt hat. Das würde heißen, dass es eher kein Profi gewesen ist. Ich tipp eher auf Junky oder so was Ähnliches. Auf jeden Fall jemand mit ziemlich angegriffenen

Nerven. Dumm, dass wir den Buben nicht gleich fragen können, ob er was mitgekriegt hat.«

Der Arzt hob die Brauen. »Unterstehen Sie sich! Außerdem sagt uns die Lage des Hämatoms bereits jetzt, dass er von hinten niedergeschlagen worden ist. Was bedeutet, dass er seinen Angreifer wahrscheinlich gar nicht zu Gesicht bekommen hat.«

»Da könnten Sie Recht haben«, stimmte der Polizeihauptmeister zu. »Auf jeden Fall muss der Einbrecher schon in der Wohnung gewesen sein, als der Bub gekommen ist.«

»Und wie soll er reingekommen sein?«, fragte Türk.

Hatte Friedl wieder nicht auf ihn gehört, eine halbseidene Bekanntschaft gemacht und den Verbrecher selbst in die Wohnung gelassen?

Der Bärtige gab die Frage an die Spurensicherer weiter.

»Mit einem Dietrich, eindeutig!«, kam es zurück. »Und das ist ihm nicht besonders schwergefallen. Das Türschloss ist nämlich eins von der Firma ›unwiderstehliche Einladung‹. Wär wirklich schön, wenn ein Polizist nicht bloß anderen gute Ratschläge gibt, sondern sie auch selber beherzigt.«

»Könntest du deine Predigt ein andermal halten?« Böglmüller wandte sich an Türk und deutete auf die Schränke. »Könnten Sie vielleicht mal einen Blick drauf werfen, was fehlt, Herr Kollege?«

Türk nickte, obwohl er wusste, dass seine Bemühungen überflüssig wären. Nichts würde fehlen. Ganz einfach deshalb, weil es das, wonach der Einbrecher suchte, nie gegeben hatte.

Er lag also doch richtig! Ich habe sie aufgescheucht, dachte Türk.

Aber er fühlte keinen Triumph.

KAPITEL 29

In dieser Nacht war Türk nicht mehr von Friedls Seite gewichen. Der Inspektionsleiter hatte nichts einzuwenden gehabt. Er könne ihn ausnahmsweise entbehren, es sei wirklich eine selten ruhige Nacht.

»Du wirst es wahrscheinlich anders sehen«, hatte Schwab hinzugefügt.

Die Untersuchungen im Schwabinger Krankenhaus hatten nichts Beunruhigendes ergeben: eine ordentliche Beule, aber kein Schädelbruch. Der Junge sei bereits dabei, den Schock zu verdauen. Ein junger und kräftiger Organismus stecke das weg, einige Tage Ruhe, und alles wäre wieder im Lot. Nein, es sei nicht unbedingt nötig, den Jungen zur Beobachtung hier zu behalten.

Kurz vor Morgengrauen kehrten sie zurück. Türk verstaute notdürftig, was der Einbrecher aus den Schränken gezerrt hatte. Was er vermutet hatte, bestätigte sich. Nichts fehlte, seine alte Canon staubte noch immer auf dem Wohnzimmerschrank vor sich hin, und auch Computer und Musikanlage waren unberührt. Der Einbrecher hatte nach etwas anderem gesucht.

Friedl schlüpfte in das Bett und zog die Bettdecke bis ans Kinn.

»Schläfst jetzt, hm?«

Der Junge schüttelte den Kopf.

»Geht nicht. Vorhin wollte ich's noch, aber jetzt bin ich irgendwie so aufgedreht. Aber du, du wirst dich hinlegen wollen, oder?«

Bleib noch ein bisschen bei mir, flehten seine Augen. Türk zog sich den Sessel heran und setzte sich an seine Seite. Er lächelte gezwungen.

»Heute kommt bestimmt keiner mehr, Friedl.«

»So… so ein feiger Hund…«

»Kannst du dich eigentlich noch an irgendwas erinnern?«

Friedl dachte angestrengt nach.

»…bloß noch, dass ich zur Tür herein bin. Ab dann…«

»Streng dich nicht an.« Türk winkte ab. »Macht nichts.«

Der Junge zog die Bettdecke noch ein Stück höher.

»Ich hab's wieder verbockt, hm?«, sagte er kleinlaut.

Türk hob erstaunt die Augenbrauen.

»Wieso du?«, fragte Türk mit belegter Stimme.

Er war es doch, der ihn in diesen Schlamassel hineingezogen hatte! Er war es doch, der davon überzeugt war, dass Urschall etwas mit dem Rosenberg-Fall zu tun hatte, oder nicht? Dann hatte er doch auch damit rechnen müssen, dass der Verbrecher versuchen würde, ihn ausfindig zu machen! War er so verbohrt in seine Arbeit gewesen, dass er nicht daran gedacht hatte, dass er damit den Jungen in Gefahr bringen könnte? Es war verdammt verantwortungslos gewesen!

»Weil ich am Nachmittag heimgekommen bin und da einmal das Telefon geläutet hat. Da war einer dran, der wollte wissen, ob er sich nicht verwählt hat. Ob hier die Familie Türk sei? Sag ich, ja. Dann fragt er, ob er mit dem Otto reden kann.«

Türk fühlte, wie ihm heiß wurde. Er schluckte.

»…mit dem Otto?«

»Ja. Da sag ich: Nein, kenn ich nicht. Und er drauf: Ja, ist da nicht Türk in der Pariser Straße? Drauf sag ich: Nein, da ist Türk…« Friedl brach ab und biss sich auf die Lippen.

Türk beendete den Satz: »…in der Nockherstraße achtzig.«

»Ja«, gestand der Junge leise. »Aber… er ist ganz freundlich gewesen, ich hab mir nichts… war blöd, gell?«

»Du hast es ja nicht gewusst.«

»Was?«

»Dass das…« Türk wich seinem Blick aus. »Dass das… halt so Tricks sind von denen. Ist es eigentlich eine alte Stimme gewesen?«

»Alt nicht. Eher so mittel.«

»Hat sie bayerisch geredet?«

»Ich glaube…« Friedl sah zur Zimmerdecke. »Nein. Ich weiß es nimmer genau.«

Türk sank tiefer in den Sessel, legte seinen Nacken auf die Lehne und schloss die Augen.

»Weil… ich bin mit dem Kopf noch woanders gewesen…«

»Und wo?«, fragte Türk abwesend. Warum schlief der Junge nicht endlich?

»Vorher hat die Mama angerufen. Sie ist wieder da.«

Türk wurde augenblicklich wach.

»Und? Wie geht's ihr?«

»Eigentlich gut. Sie hat sich bloß ein bissl geknickt angehört.«

Friedl hatte erfahren, was der wahre Grund für seine Verbannung nach München gewesen war.

Seine Mutter hatte vor einem Monat einen nicht nur gut aussehenden, sondern auch aufstrebenden Geschäftsmann kennen gelernt. Dieser muss etwas sehr Männliches und zugleich Verträumtes an sich gehabt haben, was Sabine dahinschmelzen ließ – auch deshalb, weil Männer dieser Art in ihr den Eindruck erweckten, sich leicht lenken zu lassen. Einen seiner Träume (natürlich neben jenem, an ihrer Seite endlich, wirklich und für immer glücklich werden zu dürfen!) hatte er ihr eines Tages erzählt, vermutlich zuerst zögernd, dann mit leiser, von Spuren des Zweifels durchsetzter Stimme und einem Blick, der an ihr vorbei in eine Weite ging, in der sich Pinien im Wind des azurenen Meeres wiegten – so musste es gewesen sein, denn es gab auf der Welt keine praktischer denkende Frau als Sabine. Verstand es aber einer doch, sie dazu zu bringen, ihre Waffen zu strecken, dann brannte die Welt. Der Mann musste den Kniff verdammt gut beherrscht haben, und bald zeigte er ihr Fotos einer Hotelpension bei Demre, die er gerne eines Tages eröffnen würde: ein von Palmen umrahmtes, sandfarben verputztes, gepflegtes Haus mit Ägäisblauen Volets, berankt von blütenschweren Glyzinien. Als Partnerin denke er natürlich allein – wie sie da überhaupt fragen könne! – an Sabine. Den größten Teil der Kaufsumme habe er schon, der Rest sei nur noch eine Frage der Zeit. Seine augenblickliche Melancholie hätte jedoch damit zu tun, dass der Verkäufer in Antalya wegen unvorhergesehener Liquiditätsprobleme auf schnellen Abschluss drängen würde, und, tja... nein! Nie könne er von ihr verlangen, ihm Geld... nie! Das liefe seinem Ehrgefühl entgegen! Er! Und Geld annehmen von einer Frau! Doch der Bedauernswerte hatte keine Chance. Von Liebe, noch mehr vom eigenen Wagemut berauscht und wie immer kurzentschlossen nahm Sabine einen Kredit auf, setzte ihren Namen als Mitbesitzerin unter ein mit Stempeln übersätes Formular (das er ihr zuvor natürlich sorgfältig übersetzt hatte), winkte kurze Zeit danach dem Flugzeug nach, in dem der Partner und Geliebte abhob, um nur noch die leidige Sache mit dem Grundbucheintrag unter Dach und Fach zu bringen und stand wenige Tage später nicht ihrem Liebsten gegenüber, sondern vor einer vermüllten, staubigen Brache am nördlichen Stadtrand von Antalya.

»...und jetzt, sagt sie, könnte ich wieder heim«, schloss Friedl. »Wenn ich möchte.«

Türk fühlte einen dünnen Schmerz in der Herzgegend.

»Und...« Er räusperte sich. »Tust du das?«

»Muss ich mir noch überlegen.« Der Junge gähnte. »Hab ich dir übrigens schon gesagt, dass die in der Schreinerei mich nehmen täten?«

Dann fielen ihm die Augen zu.

Auch Türk versuchte zu schlafen. Doch kaum war er für einige Minuten vor Erschöpfung eingenickt, schreckte er wieder hoch und wanderte ruhelos zwischen Schlafzimmer und Küche hin und her. Sein Puls hämmerte, und er hatte das Gefühl, eine Sprungfeder in seinem Inneren würde sich mehr und mehr spannen.

Er trat an das Fenster. Eine feine Gischt besprühte die Scheiben. Die Straßenlampen glühten noch durch den nebeligen Tag. Eine dichte Wolkendecke wattierte die Dächer der Vorstadt. Ein Zug rauschte über die Hochbrücke der Pilgersheimer Straße, bis sein Geräusch vom fern tosenden Verkehr am Isarhochufer verschluckt wurde.

Er sah auf die Uhr. Es war halb zehn.

Vorsichtig öffnete er die Tür zum Wohnzimmer. Friedls Brust hob und senkte sich gleichmäßig. Türk raffte Autoschlüssel und Jackett an sich und verließ die Wohnung.

KAPITEL 30

Die Scharniere der Ladentür zu »Charly's Modern Studio« in Schwabing flehten inständig um Ölung, aber immerhin konnte sich der Besitzer damit die Reparatur der Türglocke sparen.

Etwas übernächtigt und einsilbig, den Nasenrücken noch mit einem Pflaster verziert und nicht sonderlich bemüht, seine mürrische Laune zu vertuschen, bugsierte er Türk auf einen Sessel und schoss das Polaroid.

»Könnten Sie's mir gleich zuschneiden?«

»Sicher doch.«

»Wissen Sie, ich brauche es für meinen neuen Ausweis.« Türk griff in seine Innentasche und zog seinen Dienstausweis hervor. »Schauen Sie her – so auf diese Größe ungefähr.«

Für den Bruchteil einer Sekunde schien der Fotograf irritiert.

»Kein Problem«, sagte er knapp. »Gehört zum Service.« Er griff nach dem Schneidegerät.

»Sie machen doch auch Hochzeiten und so?«

»Aber sicher doch.«

»Muss man sich da lange vorher anmelden?«

»Wär besser. Aber es findet sich immer eine Lösung.«

»Sie haben viel zu tun, hm?«

»Sicher.«

»Das freut mich. Die meisten Betriebe jammern ja eher«, sagte Türk. »Steuern, Nebenkosten, Konjunktur.«

»Tja. Ist ja auch was dran.«

»Man muss sich halt was einfallen lassen, stimmt's?«

»Sicher.«

»Neuerdings ist ja dieses Casting-Ding schwer in Mode.« Türk setzte ein einfältiges Lächeln auf. »Aber ich hab das Gefühl, dass den Leuten da bloß das Geld aus der Tasche gezogen wird.«

»So. Finden Sie.« Der Fotograf sah nicht auf . »Sind Sie... dienstlich hier?«

»Ach woher. Wie kommen Sie darauf?«

Der Fotograf suchte geschäftig nach einem Umschlag. »War nur 'ne Idee.«

»Weil ich vom Geld-aus-der-Tasche-ziehen rede? Nein, das ist nur so dahin gesagt. Ich mein doch bloß, dass da einmal ein bissl, sagen wir mal, ausgemistet werden muss. Die fleißigen und anständigen Geschäftsleute wie Sie müssen geschützt werden, finde ich. Aber die Polizei schläft nicht, da können Sie wirklich beruhigt sein.«

»Fein.« Der Fotograf wirkte angespannt. »Arbeiten Sie... ich meine, sind Sie mit diesen, äh, Dingen befasst?«

Türk schüttelte den Kopf. »Nur indirekt.«

»Wie, äh, indirekt?«

»Indem ich wie jeder andere Beamte gehalten bin, jede entsprechende Beobachtung aufzunehmen und weiterzuleiten.«

»So so.« Die Stimme des Fotografen klang rau. Er schien Mühe zu haben, die Rechnungssumme einzutippen.

Ganz der eifrige Gesetzeshüter, plapperte Türk weiter: »Wer diesbezüglich, sagen wir mal, auffällig wird, ist dran! Dafür sorg ich, das versprech ich Ihnen. Der blecht, das garantier ich. Und die Gewerbeerlaubnis hat er auch gesehen!«

Der Blick des Fotografen flatterte.

»Aber... wie auffällig?... Ich meine, wie will man... ?«

»Wie uns einer auffällt?« Türk lächelte überlegen. »Dafür sind wir schließlich trainiert, gell? Aber viele sind ja selber so blöd, wie Sie sich das wahrscheinlich gar nicht vorstellen können. Ich hab von einem Fall gehört, da haben ein paar, die über den Tisch gezogen werden sollten, eine kleine, harmlose Rauferei angefangen. Und, stellen Sie sich vor, der Schlawiner war so strunzdumm und hat die Burschen angezeigt. Ist natürlich nach hinten losgegangen. Die Sache ist untersucht worden und – zack! – Betrugsverfahren! Entzug der Gewerbeerlaubnis! Und ein Ermittlungsverfahren wegen Steuerhinterziehung hat er jetzt auch noch am Hals. Ein Idiot, finden Sie nicht? Zieht die ganze Aufmerksamkeit noch auf sich!« Türk schüttelte den Kopf. »Wenn er wenigstens die Anzeige rechtzeitig zurückgezogen hätte.«

Der Fotograf kämpfte noch immer mit der Kasse.

»Nun, das… das geht ja auch nicht so mir nichts dir nichts, oder?«

»Doch, doch!« Türk tat gescheit. »Bis ein Verfahren eingeleitet wird, dauert es immer ein paar Tage. Freilich gibt's dann die eine oder andere dumme Frage von den Kollegen, aber unter uns gesagt…« Türk beugte sich vertraulich vor. »…jeder von denen ist ja froh, wenn er wieder was vom Hals hat.«

Die Hand des Fotografen zitterte leicht. »Hier. Ihre Aufnahmen.«

Türk griff in die Gesäßtasche.

»Was macht's?«

»Nichts. Und jetzt entschuldigen Sie mich bitte. Ich, äh, hab noch wichtige Dinge zu erledigen.«

»Verstehe«, sagte Türk verständnisvoll.

KAPITEL 31

Als er seinen Wagen in der Corneliusstraße abstellte, sah er bereits von der gegenüberliegenden Straßenseite aus, dass Dobrosch noch nicht geöffnet hatte.

Er schlug den Kragen hoch, überquerte die Straße und steuerte auf den kleinen Tabak- und Zeitungsladen zu, der sich im Nebenhaus befand.

Wieder bewies sich, dass die kleinen Läden in den Stadtvierteln mehr sind als eine schlichte Ausgabestelle für Zeitungen, Tabak und Süßigkeiten. Sie sind Treffpunkt und Sozialzentrum, aber auch eine Informationszentrale, der jeder Nachrichtendienstler nur Respekt zollen kann.

Kaum hatte Türk den Namen des Trödlers erwähnt, öffneten sich Schleusen.

»Den Herrn Dobrosch?!« Selbstverständlich kannte ihn die Ladnerin. Schließlich seien er und sie schon seit den Fünfziger Jahren Nachbarn. »Aber ich hab ihn seit zwei Tagen nimmer gesehen«, erzählte sie, nach Wechselgeld kramend. »Gut, er meldet sich nicht bei mir ab, das braucht's ja wirklich nicht, und ich weiß auch, dass er öfters unterwegs ist. Zum Zeugeinkaufen oder auf so Vorträgen. Wissen Sie…« Sie senkte die Stimme ein wenig, »er ist ja Jud.«

Türk verstaute Scheine und Münzen umständlich in seiner Geldbörse.

»Hat er eigentlich viel Kundschaft?«

»Auch wenn's nicht so ausschaut – ja.« Sie lachte spöttisch.

»Was meinen denn Sie, wie viel ich schon gesehen hab, die nach Außen hin furchtbar nobel tun und sich bei ihm reinschleichen? Nein, nein. Genaueres weiß man zwar nicht, weil er immer ein bissl reserviert tut. Aber arm ist der gewiss net, der Herr Dobrosch.«

Türk sah auf die Uhr.

»Tja«, seufzte er. »Das ist jetzt aber trotzdem ärgerlich. Er hat mich um diese Zeit herbestellt. Er ist doch normalerweise zuverlässig?«

»Absolut«, versicherte sie. »Und mit dem Datum haben Sie sich nicht vertan?«

Türk schüttelte nachdrücklich den Kopf.

»Könnte es denn sein, dass ihm was passiert ist?«

»Sie meinen…«

Sie legte erschrocken ihre Hand vor den Mund. Ihre Augen wurden groß.

Türk zuckte mit den Schultern.

»Er hat mir fest zugesagt, er wär zwischen neun und elf im Laden.«

Türk machte ein verdrossenes Gesicht. »Und ich komm eigens von außerhalb…«

Sie unterbrach ihn.

»Meinen Sie, man sollte einmal nachschauen? Wenn ich mir's genau überlege, ist er ja so jung auch nimmer. Geht ja auch schon auf den Fünfundsiebziger zu.«

Sie griff entschlossen zum Telefonhörer.

»Ich ruf den Adi an!«, sagte sie, während sie eine Nummer eingab. »Der Adi ist der Hausmeister«, fügte sie erklärend hinzu.

»Ich warte vor dem Laden«, sagte Türk, winkte ihr zu und ging auf die Straße hinaus. Er überquerte sie und schlenderte gemächlich die Straße hinab, hin und wieder einen Blick zurück werfend.

Es waren etwa fünfzehn Minuten vergangen, als ein Streifenwagen heranbrauste, mit quietschenden Reifen, Martinshorn und Blaulicht den Gärtnerplatz umrundete und vor dem Trödelladen hielt. Türk blieb vor der Auslage einer Buchhandlung stehen. In der Spiegelung des Schaufensters beobachtete er, wie zwei Beamte aus dem Wagen sprangen und auf einen aufgeregt gestikulierenden Mann in einem grauen Arbeitsmantel zugingen. Die Ladenbesitzerin kam hinzu. Sie schlug entsetzt die Hände vor den Mund. Kurze Zeit später verschwanden Polizisten und der Hausmeister in der Toreinfahrt. Als Türk hörte, wie sich die Sirene eines zweiten Einsatzwagens näherte, trabte er los. Bei seinem Wagen angekommen, ließ er sich auf den Fahrersitz fallen. Er lehnte sich zurück und schloss die Augen.

Er hatte es befürchtet. Aber warum musste auch noch Dobrosch sterben?

Türk atmete tief durch und versuchte seine Gedanken zu ordnen. Was hatte er bisher erfahren?

Der alte Urschall hatte mehrere Filmrollen aus dem Nachlass seines Bruders erhalten. Eine davon bestand aus ungeschnittenem Material eines Films, der im Jahr 1943 begonnen, aber aus irgendwelchen Gründen nie fertiggestellt wurde. Das Originalnegativ hatte er einem Museum überlassen, wofür er zwei Kopien erhalten hatte. Von denen verkaufte er je eine an Dobrosch und an Ulmer. Beide wurden ermordet. Als er, Türk, ausgestreut hatte, dass er ebenfalls Teile dieses Films besäße, wurde in seine Wohnung eingebrochen und Friedl brutal niedergeschlagen.

Es musste also jemanden geben, der diese Rolle unter allen Umständen in seinen Besitz bringen wollte. War es Georg B. Mayer selbst? Aber warum dafür morden, wenn das Material nach Einschätzung aller, die den Inhalt kannten, völlig harmlos war?

Und was hatte der Fall Rosenberg eigentlich damit zu tun? Nichts, als dass der Artist mit derselben Waffe getötet worden war, mit der auch Ulmer erschossen wurde. Was es außerdem gab, waren eine Verbindung von Carl Rosenberg zu

Marica Baron, die wiederum eine vage Beziehung zu Dobrosch gehabt haben musste, sowie jene zwischen dem jungen Musiker zu allen Dreien. Carl Rosenberg und Lajo wiederum verband nichts anderes, als dass beide zu einer Sinti-Familie gehörten. Trotzdem sah es danach aus, als hätte der junge Musiker den flüchtigen Carl versteckt.

Gut. Was aber hatte all dies wiederum mit der mysteriösen Filmrolle zu tun? Nicht viel mehr, als dass in diesem Film auch eine Bande räuberischer Zigeuner aufgetreten sein sollte.

Ja, und? Nach dem, was er von Lia Casaro erfahren hatte, kamen diese doch gar nicht so schlecht dabei weg?

Gesichert war lediglich, dass Carl Rosenberg vor der Ermordung seines Partners mit der Firma Georg B. Mayers Kontakt aufnehmen wollte – oder es sogar getan hat. Wenn dieser Anruf irgendetwas mit dieser Rolle zu tun haben sollte – was interessierte ihn daran? Und warum war er geflohen, wenn er doch unschuldig war? Wie und warum starb Marica?

Und warum Jascha Rosenberg, sein Partner, der mit all dem nichts zu tun hatte?

Türk rieb sich das Gesicht.

Er war wieder am Anfang angekommen!

Türk wusste nicht genau, warum er wenig später in die Wasserburger Landstraße einbog. Er fühlte nur, dass er es tun musste, wenn er die Antwort auf seine Fragen finden wollte.

KAPITEL 32

Wieder ließ das Mädchen nur einen Spalt offen, bereit, die Tür sofort wieder zuzuschlagen.

»Lajo ist nicht da. Und meine Eltern sind unterwegs.«

»Sie erinnern sich an mich?«

Sie nickte knapp.

»Aber ich weiß nicht, wo mein Bruder ist.«

Sie versuchte, die Tür zuzudrücken. Türk schob seine Schuhspitze in den Spalt.

»Er und seine Gruppe üben in einem alten Haus in der Nähe von Straßlach. Ist er dort?«

»Hauen Sie ab!«

Ihre Augen funkelten zornig.

»Verdammt noch mal, es ist wichtig! Ich muss es wissen! Ist Lajo dort?«

»Rena?«, ertönte eine Stimme aus dem Inneren der Wohnung. »Wer ist da?«

»Niemand, Großvater«, gab das Mädchen zurück.

Die Tür hinter ihr öffnete sich. Ein alter Mann mit schlohweißem, verlegtem Haar taperte über die Schwelle und schob das Mädchen beiseite.

»Das sehe ich, Kind«, meinte er. »Was wünschen Sie, mein Herr?«

»Polizei!«, flüsterte ihm Rena zu.

Der Alte musterte Türk mit freundlicher Neugierde.

»Er sieht nicht so aus.«

»Ist aber so!«, zischte das Mädchen.

Der Alte wandte sich zu ihr.

»Ich glaube dir doch, Kind. Ich sagte auch bloß, dass er nicht danach aussieht.«

Türk straffte sich.

»Herr Rosenberg?«

»So ist es. Rosenberg, Johan.«

»Ich… möchte mit Ihnen reden. Darf ich hereinkommen?«

»Es scheint wichtig zu sein«, sagte der Alte zu seiner Enkelin. »Er macht ein ernstes Gesicht.«

Sie presste die Lippen aufeinander und schüttelte den Kopf. Er strich ihr gütig über die Wange.

»Was du hast, Kind…«

Sie entzog sich.

»Wir brauchen ihn nicht hereinzulassen, Großvater! Lajo hat es mir gesagt!«

»Lajo wird mir nicht sagen, was zu tun ist«, entgegnete der Alte gelassen.

Er hielt die Tür auf, ließ Türk eintreten und ging vor ihm in das Wohnzimmer. Dort zeigte er einladend auf die Couch und ließ sich in einem Sessel nieder. Rena blieb abwartend im Türrahmen stehen.

Johan Rosenberg ließ eine Reihe schlechter Zähne sehen.

»Man soll nicht von uns Zigeunern sagen, dass wir unsere Gäste vor der Tür stehen lassen.«

Türk musste ihn verblüfft angesehen haben. Er lächelte nachsichtig.

»Sie hören richtig, mein Herr. Ich sagte: Zigeuner. Die meisten von uns hassen dieses Wort, und ich verstehe sie. Ich aber sage, wenn die Nazis uns mit diesem Wort beschimpften, dann ist das für uns ein Ehrentitel. Was sie hassen und fürchten, muss gut sein. Und sie haben uns so viele Dinge geraubt, die Nazis, auch die Wörter, und sie haben sie gefüllt mit ihrem Schmutz. Ich hole mir die Wörter wieder zurück – verstehen Sie mich?«

Türk nickte verwirrt. Der Alte lehnte sich zurück.
»Nun, Herr …?
Türk nannte seinen Namen.
»Ich muss dringend mit Lajo Kontakt aufnehmen.«
»Biete dem Herrn etwas zu trinken an, Rena«, sagte der Alte.
Türk lehnte ab.
»Es eilt, Herr Rosenberg.«
»Wenig eilt im Leben, mein Herr.«
»Dieses ›wenig‹ ist jetzt!«
»Wir wissen es nicht«, sagte Rena.
Der Alte nickte bestätigend.
»Sie sagt die Wahrheit.«
Türk atmete geräuschvoll aus.
»Ist er nicht in diesem Haus, wo er Musik macht?«
»Nein.«
»Woher wissen Sie das so genau?«
»Weil noch vor ein paar Minuten einer seiner Freunde angerufen hat!«, sagte das Mädchen gereizt. »Er wollte wissen, warum Lajo nicht zur Probe gekommen ist.«
Der alte Mann verschränkte seine Finger vor dem Bauch.
»Jetzt seien Sie bitte so freundlich und geben uns auch Antwort. Was wünschen Sie von meinem Enkelsohn?«
»Es geht um Carl Rosenberg.«
»Carl …«, murmelte der Alte.
»Und was hat mein Bruder damit zu tun?«
Türk sah ihr ins Gesicht.
»Das will ich herausfinden.«
Sie hielt seinem Blick stand.
»Um ihm etwas anzuhängen?«
»Nein. Wenn es ist, wie ich befürchte, dann ist er in Gefahr!«
»Mein Enkelsohn ist klug«, bemerkte Johan Rosenberg. »Ich bin sehr stolz auf ihn.«
»Wieso in Gefahr?«, fragte Rena argwöhnisch. »Wer soll ihn denn bedrohen?«

»Derjenige, der Jascha Rosenberg erschossen hat.«

Der Alte und das Mädchen wechselten einen Blick. Johan Rosenberg betrachtete Türk prüfend.

»Lieber Herr, ich möchte Ihnen einen Vorschlag machen: Wir wollen offen zu Ihnen sein, und Sie sind es bitte ebenso. Sagen Sie aber zuvor, warum Lajo in Gefahr sein soll.«

Türk erklärte, dass er vermute, Lajo könnte dem Flüchtigen Unterschlupf gewährt haben. Wenn das stimme, dann wisse er mit großer Wahrscheinlichkeit, warum Carl nach dem Mord an seinem Partner verschwunden sei.

»Carl ist kein Mörder«, sagte der Alte ruhig.

»Ich glaube es auch nicht, Herr Rosenberg. Aber wenn das stimmt, bedeutet das, dass der wirkliche Mörder noch frei herumläuft. Und Ihr Enkel ist für ihn ein gefährlicher Mitwisser.«

Rena verließ ihren Platz und setzte sich neben ihren Großvater.

»Aber die Polizei…?«

»…glaubt, dass Carl der Mörder ist, weil er geflohen ist!«

»Er hatte Angst«, sagte der Alte.

»Wovor? Und woher wissen Sie das?«

Der Alte überlegte einen Moment. Schließlich sagte er: »Er hat hier angerufen, nachdem es geschehen ist. Er war sehr verzweifelt, weil er wusste, dass er es war, der getötet werden sollte. Und dass der Mörder ihn weiter jagen würde. Darum hat er sich versteckt.«

»Aber warum will ihn jemand töten? Und wer?«

Der Alte zuckte mit den Achseln.

»Er hat es uns nicht gesagt.«

Türk sah das Mädchen an.

»Ich habe nicht mit ihm geredet. Nur Großvater und Lajo«, erklärte sie.

Türk stützte seine Ellenbogen auf die Knie und legte seine Hände an die Schläfen. Er seufzte.

»Es ist die Wahrheit, lieber Herr. Wir wissen es wirklich

nicht«, wiederholte der Alte. »Wir wissen nur, dass Carl ein guter Mensch ist. Ein sehr guter.«

»Hat er Marica geliebt?«

Beide nickten.

»Sehr.«

Johan Rosenbergs Augen schimmerten feucht.

»Sie war die Tochter seiner großen Liebe. Sie starb früh. An Krebs.«

»Sie hatte die gleiche Krankheit wie Marica«, ergänzte Rena leise. Sie deutete auf ihren Hinterkopf. »Einen Tumor.«

»Wusste er, dass Marica krank war?«

»Natürlich. Er wollte ihr helfen. Um alles in der Welt. Aber es war schon zu spät.«

Türk sah auf.

»Hat Carl das ebenfalls gewusst?«

»Dass es zu spät war? Nein. Und auch wenn, dann hätte er es nicht akzeptiert.«

»Und Marica selbst? Ist ihr klar gewesen, wie es um sie steht?«

Wieder nickten beide.

»Was nicht bedeutet, dass sie nicht auf ein Wunder gehofft hat«, fügte Rena leise hinzu.

»Sehen Sie jetzt, warum wir glauben, dass Carl kein Mörder ist?«, fragte der Alte. »Warum sollte er seinen Partner töten? Die beiden haben vielleicht manchmal miteinander gestritten, aber sie waren keine Feinde. Sie waren gemeinsam erfolgreich, und Carl hat das Geld dringend gebraucht, das er verdient hat. Er hat Marica von einem Arzt zum anderen gefahren. Einmal sogar in die Schweiz. Sie haben es der Direktorin nicht gesagt.«

»Nun ja, alles einleuchtend«, pflichtete Türk dem Alten bei. »Aber es erklärt nichts. Wenn wir nicht herausfinden, was hinter allem steckt, wird er verurteilt. Fast alles spricht gegen ihn.« Er sah Rena an. »Und darum müssen wir Lajo finden!«

Sie senkte den Kopf.

»Ich weiß doch nicht, wo er ist«, flüsterte sie.

»Er ist ein sehr guter Junge«, sagte Johan Rosenberg. »Aber wir machen uns auch Sorgen um ihn. Er ist seit einiger Zeit… anders als sonst.«

»Wie anders?«

Er sah Hilfe suchend zu seiner Enkelin.

»Cajo hat viel von Traubela geredet in letzter Zeit«, half sie ihm aus. Auf Türks fragenden Blick hin erzählte sie: »Sie ist die ältere Schwester von Großvater. Er hat in den letzten Wochen fast nur noch von ihr gesprochen. Alles wollte er von ihr wissen. Ich finde, er hat es etwas übertrieben. Vielleicht war es, weil sie auch Künstlerin war. Sie war eine sehr schöne Frau. Eine Tänzerin und Sängerin. Lajo ist sicher, dass sie ihm etwas von ihrem Talent geschenkt hat, und…«

»Sie tut es noch immer«, warf der Alte leise ein.

Rena nickte ihm zu.

»Sie hat sogar einmal in einem Film mitgespielt.«

»Oh ja«, erinnerte sich Johan Rosenberg. »Sie war so glücklich in dieser Zeit. Sie hat gehofft, dass ihre Not ein Ende hat, wenn die Menschen diesen Film sehen.«

»Wie… wie hat dieser Film geheißen?«

Die beiden blickten sich fragend an.

»Wir wissen es nicht«, antwortete Rena.

»Hat auch Carl Rosenberg davon gewusst?«

»Von diesem Film? Als er uns vor einigen Wochen besucht hat, hat ihm Großvater davon erzählt. Er war sehr… berührt. Tante Traubela war seine Mutter. Er wusste nichts von ihrem Schicksal.«

Türk löste seinen Blick von ihr und legte die Fingerspitzen nachdenklich aneinander.

»Sie lebt also nicht mehr, hm?«

Das Gesicht des Alten versteinerte. Türk sah Rena fragend an.

»Auschwitz«, sagte sie tonlos. Ihre Augen waren auf den Alten gerichtet. »Sie, ihr Mann und drei ihrer Kinder.«

Es war still geworden. Türk hielt den Atem an. Aus der Kehle Johan Rosenbergs wuchs ein lang gezogener, brüchiger Laut. Sein Kopf war zwischen die Schultern gesunken, seine Hände krampften sich, und seine Augen füllten sich mit Tränen. Ein maßloser Schmerz überzog sein altes Gesicht. Rena stürzte auf ihn, umarmte ihn und weinte mit ihm.

»Sie lebt…«, wimmerte der Alte.

Türk fühlte plötzlich, wie sein Mund trocken wurde. Er saß kerzengerade. Das Hämmern seines Herzens wurde stärker. Sein Mund klappte auf und zu, aber schließlich brachte er es doch heraus:

»In… in welchem Jahr ist Ihre Schwester in das Lager gekommen, Herr Rosenberg?«

Rena antwortete für ihn.

»Im gleichen Jahr wie alle«, sagte sie leise, ohne ihren Blick von Johan Rosenberg abzuwenden. »Achtunddreißig.«

Türk rechnete kurz nach. Dann stürzte er grußlos aus der Wohnung.

KAPITEL 33

Die Miene des Inspektionsleiters verriet nicht, was in ihm vorging. Seine Finger trommelten mechanisch auf die Tischplatte.

»Die Wahrheit, Türk. Ich will einfach die Wahrheit wissen, sonst nichts.«

Als Schwab Türks Zögern bemerkte, glitt der Ansatz eines beruhigenden Lächelns über sein Gesicht.

»Vom Chef hast du nichts zu befürchten. Aus dem Präsidium ist durchgesickert, dass sich die Staatskanzlei lobend über uns geäußert haben soll. Klar, dass der Chef da nicht so tun kann, als hätte er von nichts eine Ahnung. Und der Schranz wird vorläufig auch seinen Schnabel halten. Er liegt im Krankenhaus. Akutes Erschöpfungssyndrom. Er soll nächtelang nicht mehr geschlafen haben.« Schwab beugte sich vor und sah Türk scharf an. »Der Einzige, von dem du etwas befürchten musst, wenn du anfängst, mir irgendwelche Märchen von Zufällen und so weiter aufzutischen, bin ich, klar?« Er ließ sich wieder auf den Stuhl fallen. »Ich hab nicht unbedingt vor, dich in die Scheiße zu reiten. Aber Fakt ist, dass du eine klare Anweisung von mir bekommen und dich nicht daran gehalten hast.«

»Ich hab doch kaum …«

»Ich warne dich. Keine Märchen mehr, okay? Und jetzt: raus mit der Sprache.«

»Wo soll ich anfangen …«, Türk zögerte.

»Beim Anfang«, sagte Schwab trocken.

»Erst war's bloß so ein Gefühl.«

»Nicht schon wieder.«

Der Inspektionsleiter verdrehte die Augen.

»Stimmt«, räumte Türk ein. »Es ist mehr gewesen. Als wir den Toten im Zirkuswagen gefunden haben, war mir sofort klar, dass das Ganze nichts mit Totschlag im Affekt zu tun haben konnte. Da war keine Leidenschaft im Spiel, dazu ist der Täter viel zu geplant vorgegangen. Was mich allerdings irritiert hat, war erstens, dass sich sein Partner aus dem Staub gemacht hat. Und zweitens, dass es zwischen dieser jungen Artistin und dem Geflohenen eine enge Beziehung gegeben hat. Eine, die über ein Kollegenverhältnis weit hinaus gegangen sein muss.«

»Was dem Schranz ja durchaus auch aufgefallen ist.«

»Bloß, dass er es in eine andere Richtung interpretiert hat. Er ist sich ganz sicher gewesen, dass die beiden ein intimes Verhältnis gehabt haben.«

»Okay. Aber was der Kollege Schranz gedacht hat, interessiert mich nicht weiter. Ich will wissen, was einer meiner Leute, ein gewisser Joseph Türk, seines Zeichens Polizeiobermeister und für nichts anderes zuständig als für Ordnungs- und Schutzaufgaben, getan hat.« Er nickte aufmunternd. »Ich höre?«

»Dass Carl Rosenberg kurz vor der Tat mit einer Filmfirma Kontakt aufgenommen hat, war das nächste, was mich gewundert hat.«

»Wieso?«

Türk dachte einen Augenblick nach.

»Es… es hat irgendwie nicht zusammengepasst. Er war sein Leben lang Artist, stammte aus einer alten Zirkusdynastie. Zirkus und Kino haben zwar irgendwas miteinander zu tun, aber sind doch ganz unterschiedliche Welten. Was also hat er mit Film zu tun, habe ich mich gefragt. Dass er umsteigen wollte, hab ich mir schlecht vorstellen können. Aber trotzdem war es der einzige Ansatzpunkt für ein mögliches Motiv.«

»Dass die beiden darüber in Streit geraten sein könnten, meinst du?«

Türk nickte.

»Aber als Mordmotiv hätte das auch nicht getaugt. Eher umgekehrt: Das Opfer war es ja, das sich hätte verraten fühlen müssen, wenn er ausgestiegen wär.«

»Leuchtet ein. Und dann?«

»Das war's erst einmal. Ich hab ja keinen Zugang dazu gehabt, was Spurensicherung und Obduktion wirklich gebracht haben. Erst, nachdem du mir den Namen dieser Filmfirma genannt hast – die Carl Rosenberg angeblich angerufen hat – und genau dieser Name auch beim Mord an Ulmer aufgetaucht ist, wenn auch erst mal indirekt, da...«

Schwab hob drohend den Zeigefinger.

»Wehe, wenn jetzt wieder das Gefühl kommt, das du da gehabt haben willst!«

»Keine Angst.« Türk grinste. »Es hat mich bloß in der Nase gejuckt. Aber noch hätt auch das ein Zufall sein können. Es hat nur eine weitere, wenn auch winzige Gemeinsamkeit gegeben, nämlich, dass bei Ulmer eine Filmrolle gestohlen worden ist und es in diesem Film unter anderem um Sinti gegangen sein soll – und die Rosenbergs waren welche. Komisch war außerdem, dass um diesen Film so ein Tam-Tam gemacht wurde. Nirgendwo ist er verzeichnet gewesen, und dafür, dass es ein ziemlich belanglose Sache gewesen sein soll, waren mir zu viele Leute daran interessiert. Jedenfalls hab ich mich erst einmal erkundigt, um was es in dem Film genau gegangen ist...«

»Ist ja hoch interessant, mit was sich meine Leute beschäftigen, wenn sie sich eigentlich ausschlafen sollten. Und? Was hast du herausgekriegt?«

»Nichts. Es ist ein Film gewesen, der 1943 begonnen, aber nie zu Ende gedreht worden ist. Er ist weder politisch noch sonstwie verfänglich gewesen.«

»Diese Spur hat also nichts gebracht«, stellte Schwab fest.

»Erst einmal, ja«, bekannte Türk. »Bis ich bei einem entfernten Verwandten von Carl Rosenberg darauf gestoßen bin, dass dessen Großtante Traubela dabei mitgespielt haben soll.«

»Und dieser entfernte Verwandte ist dir ganz zufällig über den Weg gelaufen.«

Türk zuckte mit den Schultern. »Das ganze Leben ist ein Zufall.« Er versuchte ein Grinsen. »Oder?«

»Der Mensch macht einen rasend«, knurrte Schwab. »Weiter.«

»Der – wie sagt man da? – Großneffe der Frau, die in diesem Film mitgespielt hat…«

»Lajo Rosenberg? Der Musiker?«

Türk nickte. »Der hat mir sehr überzeugend vorgespielt, dass ihn alte Geschichten nicht interessieren. Sie würden ihn belasten, ihn daran hindern, im Leben nach vorne zu schauen, und mit so was im Kreuz könne man keine Musik mehr machen. Ich hab's so verstanden, dass er nicht immer damit konfrontiert werden wollte, dass sein Volk oft zu den Verlierern gehört hat.«

»Versteh ich irgendwie«, gestand Schwab.

»Ich auch. Auffallend war bloß, dass ich ihn gar nicht danach gefragt hab.«

»Und dann hast du gehört, dass Carl Rosenberg gefasst worden ist und die junge Frau tot ist.«

Türk nickte.

»Das war dann der Punkt, an dem ich die Sache schmeißen wollte. Weil jetzt wirklich alles auf die Erklärung zugelaufen ist, dass es sich tatsächlich um irgendeine Dreier-Chose gehandelt hat. Bis ich zwei Dinge mitgekriegt hab: erstens, dass nicht weit von der Stelle, wo Carl Rosenberg und die tote Marica Baron gefunden worden sind, der junge Rosenberg mit einigen Freunden ein altes Haus gepachtet hatte.«

»Stimmt«, bemerkte Schwab. »Die Kripo ist noch mal zu diesem Haus hinter Straßlach raus und hat einen gut getarnten Dachbodenverschlag gefunden, von dem die anderen Musiker nichts gewusst haben. Dort hat sich der Carl Rosenberg versteckt. Und was war das Zweite, was dich stutzig gemacht hat?«

»Dass sich Marica möglicherweise selbst erhängt hatte.«

»Was übrigens mittlerweile erwiesen ist«, warf Schwab ein. »Aber was hast du daraus geschlossen?«

»Immer noch nicht viel. Was hätte es mir auch sagen sollen? Als Beweis hat es jedenfalls nicht getaugt, dass Carl Rosenberg seinen Partner nicht doch erschossen hat. Ich wollt's wirklich schmeißen, ehrlich.«

»Bis bei dir eingebrochen worden ist, hm? Hast du wenigstens ein anständig schlechtes Gewissen gehabt, dass du den Buben da mit reingezogen hast?«

»Ja«, gab Türk kleinlaut zu.

»Na immerhin«, stellte Schwab befriedigt fest. »Mal ein bissl nach rechts und links schauen, tät dir nicht schaden, ja? Aber jetzt lass mich mal weiter raten: Dann hast du mitgekriegt, dass es bei der ganzen Sache um einen alten Film geht und der Trödler ebenfalls umgebracht worden ist. Dass er übrigens ziemlich zugerichtet worden ist, was darauf schließen lässt, dass der Täter eine Information aus ihm hat herauspressen wollen, das weißt du ja mittlerweile auch.«

Türk nickte bewegt. Der alte Dobrosch hatte Wort gehalten. Er hatte nicht geredet.

Schwab verschränkte die Finger vor seiner Brust.

»Gut. Und wann hat es endlich ›Klick‹ gemacht?«

»Kann ich dir nicht mehr genau sagen. Irgendwann fügt sich einfach eins ins andere.«

»War es, weil du in der Zeitung gelesen hast, dass dieser Georg B. Mayer einen Orden für sein Lebenswerk bekommen sollte und dass er der Regisseur des Films war, hinter dem alle Beteiligten her waren?«

»Da noch nicht.«

»Trotzdem bist du zum Cuvilliés-Theater gesaust, hast den

Fall gelöst und…« Schwab grinste breit »…ganz nebenbei Supermann-mäßig unseren Ministerpräsidenten gerettet. Das Volk der Bayern dankt. Gratuliere.« Er sah zur Seite und schüttelte in gespielter Verzweiflung den Kopf. »Mit dem hab ich mir was eingehandelt…« Er schlug die Beine übereinander und sah Türk ins Gesicht. »So! Und jetzt will ich wissen, was da im Theater passiert ist.«

KAPITEL 34

Natürlich hatte ihn der Einsatzleiter erst abservieren wollen.

»Blödsinn. Uns liegt nichts vor. Außerdem haben wir alles abgesucht. Jede Einladung ist kontrolliert worden, und an jedem Zugang stehen mehrere Leute. Kann's nicht sein, dass Sie sich ein bissl aufspielen wollen, Herr Kollege? Wir machen das schließlich nicht zum ersten Mal.«

»Und wenn er schon längst drin ist?«, beharrte Türk.

»Herrgott noch mal!«, schnaubte der Einsatzleiter. »Meinen Sie, wir sind erst seit einer Viertelstunde da?!« Er drehte sich brüsk um und ließ Türk stehen. Nach einigen Schritten hielt er inne, warf einen argwöhnischen Blick zurück und näherte sich wieder.

»Ist das wirklich kein Witz?«, fragte er leise.

Türk schüttelte den Kopf. Im Saal brandete wieder Beifall auf. Musik setzte ein.

»Wenn's nicht stimmt, dann können Sie sich warm anziehen, ja?«

»Sie auch – wenn was passiert!«

Der Einsatzleiter befingerte nervös seinen Krawattenknoten.

»Und wie, verdammt noch mal, soll er reingekommen sein? Es sind nur ausgesuchte und geladene Gäste drinnen.«

»Was ist mit den Bühnenarbeitern?«

Der Einsatzleiter winkte dem Inspizienten.

»Herr Dufter, Sie haben doch einen Überblick über Ihre Leute.«

Der Inspizient nahm Haltung an.

»Selbstverständlich!«

»Und es sind nur Mitarbeiter des Hauses da?«, hakte Türk nach.

»Natürlich!«

»Und was ist mit den Fernsehleuten?«

»Nun… die gehören nicht zu uns.«

»Eben! Sind die auch kontrolliert worden?«, fragte Türk.

Der Einsatzleiter winkte gereizt ab.

»Sie sehen Gespenster. Seit wann haben Mitarbeiter des Bayerischen Rundfunks was gegen die Staatsregierung? Außerdem hat jeder von denen einen Ansteckausweis.«

»Den man bestimmt auch nachmachen kann.«

»Ja, ja! Es kann auch morgen die Welt untergehen.«

Türk wandte sich an den Inspizienten.

»Sind noch andere im Haus, die nicht zur Belegschaft gehören?«

»Nur noch das Team, das die Projektoren bedient.«

»Waren heute Nachmittag Externe im Haus? Und wenn ja, welche?«

»Ooch…«, machte der Inspizient. »Sicher, da war natürlich ein Kommen und Gehen. Das Theater ist ja schließlich kein Kino. Die Technik muss ja erst einmal installiert werden.«

»Von wem?«, hakte Türk nach.

»Lassen Sie mich überlegen: Da waren die Techniker, die den Projektor in der Königsloge aufgebaut haben, die Mitarbeiter einer Beschallungsfirma und etliche Bühnenbildner.«

»Und die sind alle wieder weg?«, erkundigte sich Türk.

»Bis auf die beiden Filmvorführer – natürlich.«

»Sehen Sie!«, sagte der Einsatzleiter zu Türk. »Da hat sich Ihr angeblicher Informant einen miesen Scherz mit Ihnen erlaubt.«

»Diese Teams kannten sich untereinander nicht…« Türk

überlegte laut. »Wenn einer zu Team A sagt, er gehöre zu Team B, und umgekehrt, dann würde das niemandem auffallen. Oder?«

»Und wenn auch!«, fauchte der Einsatzleiter. »Wir haben das Foyer, das Parkett, sämtliche Logen und – damit Sie ganz beruhigt sind – auch sämtliche Klos abgesucht. Und das noch vor einer halben Stunde! Da ist keiner, der da nicht hingehört!«

Der Inspizient warf Türk einen abschätzigen Blick zu.

»Sind Sie jetzt davon überzeugt, dass wir unsere Aufgaben auch ohne Sie ordentlich erledigen können?«

»Augenblick – Sie sagen, dass das Theater kein Kino ist.«

»Allerdings. Filmvorführungen sind die absolute Ausnahme. Das soll auch so bleiben.«

»Wo sind die Projektoren denn aufgebaut worden?«

»In der Königsloge natürlich. Oder wüssten Sie einen besseren Platz?«

»Der Kollege weiß alles.« Der Einsatzleiter stemmte seine Arme in die Hüften. »Ihre Wichtigtuerei wird ein Nachspiel haben! Das ist so sicher wie das Amen in der Kirche!« Er drehte sich erbost um und stapfte davon.

»Was ist mit der Königsloge?«, rief ihm Türk nach.

Der Einsatzleiter winkte ärgerlich ab. Dann erstarrte er, wirbelte herum und kehrte mit schnellen Schritten zurück.

»Verdammt!«, sagte er heiser. »Wir sind davon ausgegangen, dass ...«

Er winkte zwei Beamte zu sich und eilte mit langen Schritten auf die Treppe zu. Wieder brausten gedämpfter Beifall und Musik auf.

Der Einsatzleiter ließ sich die Tür zur Königsloge zeigen.

»Hier sind die Projektoren aufgebaut«, flüsterte der Inspizient. Er drückte die Klinke herab. Die Tür war abgesperrt.

»Stufe eins«, flüsterte der Einsatzleiter. Dann schrie er es in sein Funkgerät.

KAPITEL 35

Das salbungsvolle Timbre des Moderators waberte durch den Saal. Obwohl seine durchsichtig gesetzten, routinierten Gesten von Ehrerbietung, sein pfarrerhaftes Zelebrieren von alles umschlingender Harmonie – als wäre die Filmbranche nicht, wie jeder andere Wirtschaftszweig auch, ein Haifischbecken – bei einigen Zuhörern einen Zustand leichter Gereiztheit hervorgerufen hatte, legte sich jetzt gerührtes Wohlwollen über die Gesichter. Ja, eine große Familie war man. Jede Missgunst war vergessen, jeder Gedanke an verbissene Kämpfe um Fördermittel und vorteilhafte Verträge war ausgelöscht, jeder Ärger über Konkurrenten Welten fern.

Georg B. Mayer saß in der ersten Reihe. Er war überrascht, wie sehr ihn dies alles doch bewegte. Fast verlegen gab er die anerkennenden Blicke zurück, die ihn immer wieder streiften. Er sah verstohlen zur Seite. Alle waren sie gekommen. Der Ministerpräsident, der Kultusminister, die Intendanten der Staatstheater, seine alten Mitstreiter, nicht wenige mit knospend junger Begleitung, die grau gewordenen Kinorebellen aus den Sechzigern, Gesichter aus Film und Showbiz, irgendwo auch die geschäftige Dobler mit ihrem Team und tatsächlich ebenfalls – musste das sein? – Lia Casaro. Wer hatte diese Schabracke gleich in die erste Reihe gesetzt? In divenhafter Pose, die maskenhaften Züge von einem weitkrempigen Hut verschattet, blickte sie nach vorne.

Dafür hing Jörg Vierkant mit glänzenden Augen an ihm.

Der Geschäftsführer wirkte eigenartig aufgekratzt. Nervös knetete er seine Finger. Georg B. Mayer musterte ihn verstohlen. Der Junge hatte wirklich schlechte Nerven. Er würde mit ihm sprechen müssen, bald. War er wirklich allem gewachsen? Was beunruhigte ihn?

Der Moderator bot jetzt noch einmal alles an erhabenem Vibrato auf, als er seine Laudatio beendete.

»...bayerisches Urgestein und Weltmann zugleich, versehen mit schier unerschöpflicher Tatkraft, welche er voller Leidenschaft für den Aufbruch des deutschen Nachkriegsfilms und die Förderung junger Talente einsetzte – das ist er, unser Georg B. Mayer, dessen Lebenswerk wir an diesem Abend ehren wollen, meine sehr verehrten Damen und Herren!«

Er ließ den brausenden Applaus abklingen.

»...und bevor ich nun unseren sehr verehrten Herrn Ministerpräsidenten auf die Bühne bitten darf, bitte ich Sie um Aufmerksamkeit für eine kleine filmische Hommage!«

Langsam verlöschte das Saallicht. Das Murmeln erstarb.

Für Sekunden war nur ein leises Spannungsbrummen aus den Lautsprechern zu hören. Im Publikum wurde gehüstelt. Flüstern und verhaltenes Gekicher raschelten in der Dunkelheit. Eine technische Panne?

Dann wurde die Leinwand mit einem Schlag gleißend hell. Wirre Schriftkrakel tanzten, bis die ruckende, fleckige Schwarzweiß-Aufnahme einer Filmklappe auftauchte.

Die Andalusische Nachtigall. Die zwölfte Aufnahme von Einstellung 33. Datum: 16. August 1943. Spielleitung: G.B. Mayer.

Ein Raunen ging durch das Publikum.

»Ton!«, rief jemand. In der vordersten Parkettreihe kam Unruhe auf. Von der Rückseite des Parketts geisterte ein Lichtschein über die Köpfe und erlosch sofort wieder. Eine Gestalt war gebückt auf den Ministerpäsidenten zugeschossen, hatte ihm etwas zugeflüstert und war mit ihm hinausgeeilt.

Georg B. Mayer nahm von alledem nichts mehr wahr. Seine Augen waren starr auf die Leinwand gerichtet, auf der nun die Klappe aus dem Bild gezogen wurde und sich aus dem Hintergrund einer weiten Puszta-Landschaft eine Gruppe fahrender Zigeuner auf die Kamera zubewegte. Sie kamen näher. Die Kamera schwenkte mit. Ein abenteuerlich gekleideter Schauspieler zu Pferd führte den fröhlichen Haufen an. Sein Kumpan spielte auf der Geige und sah hinter sich. Nun erfasste die Kamera eine junge Frau mit glänzenden schwarzen Haaren. Sie drehte sich wirbelnd im Kreis und schlug ein Tambourin. Ihre Augen blitzten, sie lachte ausgelassen, ihre Begleiter klatschten im Takt ihrer Bewegungen.

Das Murmeln im Publikum schwoll an.

»Ton!«, rief wieder jemand, von vereinzeltem Gelächter begleitet. Einige klatschten.

Georg B. Mayer war zusammengesackt.

Jörg Vierkant hatte einige Sekunden wie gelähmt auf die Leinwand gestiert. Er löste sich mit einem Ruck aus seiner Erstarrung, schoss aus dem Sitz und hechtete auf die Bühne.

»Aus! Aufhören!«, kreischte er. Den Moderator, der ihm eine Frage zuflüstern wollte, stieß er zur Seite. Vergeblich riss er am Bühnenvorhang. Dann rannte er an die Bühnenrampe und breitete die Arme aus, als könne er mit dieser lächerlichen Bewegung die Leinwand hinter seinem Rücken abdecken. Das gleißende Licht schien ihn zu durchbohren, das Bild der Tanzenden flackerte über sein Gesicht, und es sah aus, als kämpfe er mit einer Riesin.

»Schluss! Aus! Aufhören!«, brüllte Vierkant mit überschnappender Stimme in das anschwellende Stimmengewirr. »Das ist eine Fälschung!« Seine Stimme kippte in ein hysterisches Falsett. »Herr Mayer hat sich niemals! Ich wiederhole: niemals! – für seinen Film KZ-Häftlinge zuteilen lassen, um Geld zu sparen! Ich habe Beweise! Keiner der Komparsen ist nach den Dreharbeiten nach Auschwitz deportiert worden! Es ist eine ungeheuerliche Verleumdung!«

Gestühl knarzte, empörte Rufe schallten durch den Saal, das Stimmengewirr schwoll zu einem bedrohlichen Brodeln an. Die Casaro hatte sich erhoben, ging entschlossen auf den versteinerten Alten zu, durchbohrte ihn mit einem dunklen Blick, holte aus und schlug ihm klatschend ins Gesicht. Er reagierte nicht. Stumpf glotzte er auf die Leinwand.

»Aus! Aus!«

Vierkants Beine gaben nach. Er sank auf die Knie. Röhrend rang er nach Luft. »Das ist eine Fälschung!«, wimmerte er. Er fuhr hoch, ein letztes, verzweifeltes Aufbäumen vor der sicheren Vernichtung, und reckte die Faust. Sein von Zorn und Verzweiflung verrissenes Gesicht versprühte Hass.

»Ich werde mit allen Mitteln gegen diese ungeheuerliche Verleumdung vorgehen!« Sein Gebrüll ging in ein Heulen über. »Mit *allen* Mitteln!!«

Ein Megaphon krächzte.

»Hier spricht die Polizei. Bitte bewahren Sie Ruhe und verlassen Sie den Saal. Noch einmal! Bitte bewahren Sie Ruhe. Es besteht keine unmittelbare Gefahr!«

Panik schäumte auf. Entsetzensschreie erfüllten den Saal, in wilder Flucht drängte die Menge auf die Ausgänge zu, versuchte sich drängelnd, stoßend und boxend zu retten.

Georg B. Mayer saß bewegungslos in seinem Sessel. Sein Kopf war tief zwischen die Schultern gesunken, und ein dümmliches und ungläubiges Grinsen umspielte seinen Mund.

Noch immer tanzte Traubela Rosenberg. Sie wiegte gelöst ihren Körper, ihr weites Kleid umwehte sie, verdeckte ein ums andere Mal das Objektiv, und ihr schweres, dunkles Haar peitschte ihr schönes Lachen.

KAPITEL 36

Zu beiden Seiten des Eingangs zur Königsloge hatten Bewaffnete Stellung bezogen.

»Polizei!« Wieder schlug der Einsatzleiter an das Türblatt. »Wer sind Sie?! Was sind Ihre Forderungen?!«

»Bleibt wo ihr seid, verdammt!«, drang es durch die Tür. »Er hat meinen Kollegen als Geisel genommen!«

»Wer sind Sie? Sprechen Sie mit uns!«

»Ich bin der zweite Filmvorführer!«

»Wer hat Ihren Kollegen als Geisel genommen?«

»Kenn ich nicht! Bleibt um Himmels willen, wo ihr seid!«

»Was will der Mann?!«

»Den Film zeigen, den er mitgebracht hat!«

Der Einsatzleiter legte sein Ohr an das Türblatt. »Wie bitte?!«

»Hört ihr schlecht?! Er will nur, dass sein Film vorgeführt wird!«

»Ist… ist der Mann geisteskrank?«

»Weiß ich doch nicht!«

»Womit ist er bewaffnet?«

»Kann ich nicht genau sehen. Ein Messer oder so was!«

»Keine Schusswaffe?«

»Nein!«

Der Einsatzleiter flüsterte mit seinem Stellvertreter. Dann nickte er.

»Sagen Sie ihm, dass wir mit ihm reden wollen«, rief er.

»Welches Anliegen er auch immer hat, wir werden ihn fair behandeln. Aber er muss sich ergeben! Sagen Sie ihm das!«

»Er will mit niemandem reden!«

Der Einsatzleiter donnerte mit der Faust an die Tür. Mit der anderen Hand gab er den Beamten ein Zeichen. Sie stellten sich im Halbkreis um den Logeneingang auf und nahmen die Schussposition ein.

»Öffnen Sie! Wir brechen jetzt die Tür auf!«

»Herrgott noch mal, ihr Arschlöcher! Er hat meinen Kollegen!!«

Der Einsatzleiter winkte seinem Stellvertreter.

»Ist der Ministerpräsident…?«, flüsterte er.

»Ist in Sicherheit. Der Saal wird noch evakuiert.«

»Okay!«

Der Einsatzleiter pochte wieder gegen die Tür.

»Sagen Sie ihm, dass wir von der Schusswaffe Gebrauch machen, wenn er sich nicht sofort ergibt!«

Eine schrille Stimme antwortete: »Nein!! Seid ihr wahnsinnig?! Keine Schusswaffen!! Er hat einen Nitrofilm im Projektor! Der kleinste Funke, und das ganze Theater geht in Flammen auf!«

Der Einsatzleiter sah seinen Vize fragend an.

»Was soll das sein – Nitrofilm?«

»Keine Ahnung!« Der Angesprochene zuckte die Achseln. »Aber wenn es stimmt, ist die ganze Residenz in Gefahr! Wir müssen sofort die Feuerwehr alarmieren!«

Der Einsatzleiter hob sein Funkgerät.

In diesem Moment schwang die Tür zurück und öffnete den Blick in die Königsloge.

»Nicht schießen!«, stieß der Filmvorführer hervor. »Er ergibt sich!«

Lajo Rosenberg ließ einen Schraubenzieher zu Boden poltern und hob langsam die Hände. Auf seinen Wangen glitzerten Tränen. Das Einsatzkommando stürzte sich auf ihn, riss ihn zu Boden und bog ihm die Hände auf den Rücken.

KAPITEL 37

Vierkant hat einfach die Nerven verloren. Hätte er seinen Mund gehalten, das Ganze mit ein paar lockeren Scherzchen als technische Panne heruntergespielt, dann hätte die Sache keinen Menschen weiter interessiert. Wären später irgendwelche Gerüchte aufgetaucht, wäre es ihm ein Leichtes gewesen, ein paar Journalisten zu schmieren oder sie mit Klageandrohungen einzuschüchtern. Sogar die Linken, für die der alte Mayer so eine Art väterliches Vorbild gewesen war, hätten Hemmungen gehabt, ihr Denkmal zu demolieren.«

»Und? Hat er schon gestanden?«, wollte Schwab wissen.

»Noch an Ort und Stelle. Carl Rosenberg wollte von ihm Geld, um die Behandlung von Marica Baron bezahlen zu können. Er hat sie geliebt. Sie war ihrer Mutter – seiner früheren Geliebten – wie aus dem Gesicht geschnitten, und vermutlich hat er sich immer vorgeworfen, die Krankheit von Maricas Mutter nicht ernst genommen und zu spät reagiert zu haben. Das wollte er wahrscheinlich wieder gut machen.«

»Das versteh ich«, meinte Schwab. »Aber wozu die Erpressung? War sie nicht versichert?«

»Sie hätte eine spezielle Medikamentenkombination gebraucht. Aber ihre Krankenkasse hat es abgelehnt, diese Kosten zu übernehmen.«

Der Inspektionsleiter schüttelte ungläubig den Kopf.

»Wie? Darf die das? Das würde ja heißen, dass Menschen krepieren müssen, bloß weil sie nicht genug verdienen?«

Türk nickte.

»Das darf die Kasse, und das tut sie.«

»Schweinerei«, murmelte Schwab »Und was ist mit dem Alten?«

»Mayer ist auf der Intensivstation. Herzanfall.«

»Kriegt wahrscheinlich jede Behandlung, die er braucht«, schloss Schwab sarkastisch.

»Klar. Die besten Doktoren schwänzeln um ihn herum. Er kann's ja zahlen«, sagte Türk. »Aber es soll nicht gut für ihn ausschauen.«

Schwab blies seine Backen auf und atmete aus.

»Hab nicht viel Mitleid, wenn ich ehrlich bin. Aber sag: Wie ist der Rosenberg überhaupt auf den Film gekommen?«

»Er hat bei seinem Besuch bei Lajo zum ersten Mal davon gehört. Er hat sich nach dem Schicksal seiner Mutter Traubela erkundigen wollen, nachdem er hinter dem Eisernen Vorhang keine Möglichkeit dazu gehabt hat. Lajos Großvater hat es ihm erzählt. Der Alte wusste es, weil er im selben Lager wie Carls Mutter war – irgendwo bei Salzburg.«

»Und weiter?«

»Als der Zirkus Caloni dann nach München gekommen ist, hat er in der Zeitung von der bevorstehenden Ehrung Georg B. Mayers gelesen.«

»Alles klar«, kürzte Schwab ab. »Dem hätt's auch gut angestanden, gegenüber einem Sinti ein bissl großzügiger zu sein...«

»Es heißt ›Sinto‹ – wenn's ein Mann ist«, korrigierte Türk.

»Okay, du Oberlehrer... und umgebracht hätts ihn bestimmt auch nicht. Warum aber trotzdem die Morde?«

»Der Geschäftsführer hat die Panik gekriegt. Er war kurz vor einem Abschluss mit einem großen europäischen Medienkonzern. Es ist um mehr als eine Million gegangen. Er hat außerdem darauf spekuliert, Mayers Nachfolger zu werden, und hat dafür schon Riesenpläne gehabt, für die er das Geld gebraucht hätte.«

»Ein grundsolides Motiv, so was lob ich mir«, sagte Schwab anerkennend. »Er hat also zuerst versucht, den Erpresser auszuschalten.«

»Wobei er leider den Falschen erwischt hat, was er spätestens dann gemerkt hat, als sich Carl Rosenberg kurz darauf wieder bei ihm gemeldet und Druck gemacht hat – er wusste, dass Marica nicht mehr viel Zeit hatte. Also hat Vierkant versucht, den richtigen Erpresser ausfindig zu machen. Dazu hat er den Weg der Urschall-Kopien verfolgt und ist dabei auf Ulmer und Dobrosch gestoßen. Ulmer hat wahrscheinlich deshalb sterben müssen, weil er sich stur gestellt hat und seine Kopie nicht herausrücken wollte. Damit war er ja bei seinem treuen Kunden Böhm im Wort. Bei Dobrosch hat er erst recht auf Granit gebissen. Den Film hatte er außerdem schon längst an Carl Rosenberg gegeben.«

»Der alte Mann hat sich also lieber umbringen lassen, als Vierkant zu sagen, wo Rosenberg sich versteckt hält. Warum eigentlich?«

»Dobroschs Verwandte sind in Auschwitz umgebracht worden. Es hat ihn verbittert zu sehen, wie in der Nachkriegszeit viele alte Nazis wieder nach oben gekommen sind. Er und der junge Rosenberg kannten sich gut, und so ist auch die Verbindung zu Carl Rosenberg zu Stande gekommen.«

»Welche Rolle hat Magnus Urschall bei der ganzen Sache gehabt?«

»Er ist ein Säufer, einsam, verbittert, und schuld sind die anderen. Vierkant hat ihn gekauft, in dem er ihm hin und wieder ein Almosen hat zukommen lassen. Wie ich ihm erzählt habe, dass ich mich für die ›Andalusische Nachtigall‹ interessiere, hat er sich eine Belohnung versprochen und es Vierkant gesteckt.«

»Aber sag, Türk – wie ist dieser Georg B. Mayer überhaupt zu seinem Heiligenschein gekommen? Hat denn wirklich niemand in der Filmbranche gewusst, dass da der eine oder andere Fleck auf der Weste ist?«

»Kann ich dir nicht sagen. Aber nach dem an diesem Film bestimmt Hunderte von Leuten beteiligt waren, die nicht alle im Krieg gefallen sein werden, kann man wahrscheinlich schon davon ausgehen. Er hat schon früh Leute von sich abhängig gemacht und auch immer eine gute Nase für Geschäfte gehabt. Wenn Geld gewinkt hat, hat er mit Leuten zusammen gearbeitet, die er früher nicht mal mit der Zange angelangt hätte. Er hat es einfach gerochen, dass das alte Kino am Ende war und dass der eine oder andere junge Regisseur eine Zukunft haben wird.«

Schwab verschränkte seine Finger im Nacken und streckte sich.

»Dann bleibt nur noch die Frage: Warum hat sich die junge Artistin umgebracht?«

»Weil sie Carl Rosenberg davor bewahren wollte, sich ihretwegen zu ruinieren. Marica hat zuerst nichts von Carls Erpressung gewusst. Er hat ihr höchstens mit ein paar vagen Andeutungen Hoffnung gemacht, dass er bald das Geld für ihre Behandlung auftreiben könnte. Nach dem Mord im Zirkus hat sie sich natürlich gefragt, was hinter allem steckt. Als Erstes hat sie sich mit Dobrosch in Verbindung gesetzt, von dem sie zuvor einmal mitbekommen haben muss, dass er mit Carls Geldplänen zu tun hatte. Dann hat sie Kontakt zu Lajo aufgenommen, der ihr alles erzählt hat. Sie muss entsetzt gewesen sein. Sie hat vermutlich versucht, Carl davon abzubringen, für sie zum Verbrecher zu werden. Außerdem war ihr mehr oder weniger klar, dass es für sie keine Rettung mehr gab. Carl aber hat es nicht wahrhaben wollen.«

»Also hat sie den einzigen Weg gewählt, der das Ganze beenden würde«, folgerte Schwab bewegt. »Aber dieser junge Musiker? Was hat den getrieben? Dass er jemanden aus seiner Familie unterstützt, kapier ich ja. Aber dann auch noch diese Aktion im Theater? Hunderte von Leuten hätten dabei draufgehen können. Er auch, nebenbei.«

»Lajo war dabei, als Carl zum ersten Mal von diesem Film

erfuhr, in dem seine Mutter vor ihrer Deportation nach Auschwitz mitgespielt hat. Auch für ihn ist die Geschichte neu gewesen, der Alte hatte nie vorher darüber gesprochen. Carl und er haben sich außerdem auf Anhieb verstanden. Also war es für Lajo keine Frage, Carl zu unterstützen.«

»Bei einer Erpressung?«

»Bei der es aber nur darum gegangen ist, ein Menschenleben zu retten.«

Der Inspektionsleiter seufzte.

»Es hilft nichts, Türk. Es bleibt nun mal eine.«

»So wie es bleibt, dass sich Mayer aus Kostenersparnisgründen aus einem KZ Statisten hat liefern lassen, die, quasi nach Gebrauch, hinterher in die Gaskammer geschickt worden sind.«

»Du weißt genau, was ich sagen will«, meinte Schwab unwillig.

»Dass wir Polizisten sind und keine Richter?«

»Erfasst. Und jetzt sag mir bloß noch, warum er diese Wahnsinns-Aktion im Theater hat machen müssen. Um was ist es ihm gegangen? Um Rache?«

»Ich glaube, dass ihn etwas eingeholt hat, vor dem er eigentlich davonlaufen wollte. Soweit ich das alles kapiert habe, ist er an einen Punkt gekommen, wo er, wenn er nichts unternommen hätte, zugrund gegangen wäre. Er hat lange Zeit gedacht, dass es weit zurückliegt, was seinem Volk angetan wurde, und dass es mit ihm nicht mehr viel zu tun hat. Dann aber hat er miterleben müssen, wie etwas, das sich lange vor seiner Geburt zugetragen hat, noch immer das Leben von Menschen zerstören kann.«

»Er hat nicht mehr wegschauen können, hm?«

»So ungefähr«, sagte Türk.

Eine Weile hingen die beiden Männer ihren Gedanken nach. Schließlich beendete der Inspektionsleiter das Schweigen.

»Sag mir bloß noch eines, Türk, und das ganz ehrlich: Bist

du, wie du ins Theater rein bist und alle verrückt gemacht hast, wirklich hundertprozentig sicher gewesen, dass Lajo Rosenberg drin ist?

»Nein. Sicher bin ich mir bloß in einem gewesen: Wenn's daneben gegangen wär, dann wär ich draußen gewesen.«

»Das siehst du ziemlich klar«, sagte Schwab ruhig. Er sah Türk ins Gesicht. »Und genau so klar sollte dir sein, dass das passieren wird, wenn du mir noch ein einziges Mal mit so einer Geschichte daherkommst. Ab jetzt keine Ermittlungen mehr auf eigene Faust, hast du mich verstanden? Nie mehr!«

NACHBEMERKUNG

Das dem Roman zugrundeliegende, juristisch nie gesühnte Verbrechen an Sinti und Roma ist historisch belegt. Dagegen sind Personen und Handlung frei erfunden. Die Polizeiarbeit abseits spektakulärer Verbrechen darzustellen, ist Absicht. Wobei ich es wie Pasolini eher mit jenen halte, die in ihrem Alltag die Reibung zwischen hochtrabenden politischen Vorgaben und der Realität aushalten müssen und die sich noch nicht in falscher Corpsgeist-Heimeligkeit oder Zynismus eingerichet haben. Ich möchte jedenfalls nicht in der Haut eines einfachen Streifenbeamten stecken, der sich und anderen erklären muss, warum etwa ein Drei-Euro-Ladendiebstahl mit größerem Aufwand verfolgt werden muss als die Schikanen eines Immobilienhaies, der seinen betagten Mieter in den Herztod treibt.

Die Praxis des Polizeitalltags ist, von gewissen organisatorischen Standards abgesehen, von Inspektion zu Inspektion und von Belegschaft zu Belegschaft höchst unterschiedlich, so dass ich mich bei widersprüchlichen Informationen an die für mich plausibelste Variante gehalten habe. Für Hinweise und Korrekturen bin ich den Fachleuten unter meinen Lesern dennoch dankbar. Für wertvolle Detailinformationen und Einschätzungen möchte ich zudem der Leitung des Zirkus »Rio«, Sepp Pfauner, Professor Hanisch, Beate Hötger, Andreas Arnold und Andreas Koll herzlich danken.

Robert Hültner